2. Auflage
Originalausgabe 11/2016
ISBN: 978-3-00-054811-6
© by Moiné, Passauer Str. 3, 94121 Salzweg
Umschlaggestaltung: © Moiné
Alle Rechte vorbehalten.
Printed in Germany by Amazon Distribution GmbH,
Leipzig

Die verhexten

Zombiekarnickel

Einfach zauberhaft 2

Wie dir obliegt, zu Staub zerfall'.

Kein Nekromant soll stör'n dich!

Noch Hexenkunst beschwör'n dich!

Auch Irrgespenst verschon' dich!

Nichts Böses überkomm' dich!

Hab ein ruhiges Ende hier;

William Shakespeare

Vorwort

Liebe Leser, auch die Fortsetzung von Lilys und Ethans Abenteuern ist wieder in drei Zeitebenen gegliedert. Um Euch das Lesen zu erleichtern, habe ich am Anfang jedes Kapitels ein Symbol für die jeweilige Zeitebene eingefügt.

Das Liliensymbol steht für die Gegenwart, in diesem Falle das Jahr 2015. Das Schiff symbolisiert das zwölfte Jahrhundert und die drei Skelette zeigen die Kapitel im siebzehnten Jahrhundert an.

Einige der schottischen Namen könnten Euch vielleicht Probleme mit der Aussprache bereiten, deshalb hier die Schwierigsten:

Ealasaid spricht man aus wie Ehlasetsch. Es ist eine Form von Elisabeth. Éua ist eine Form von Eva. Gillebride klingt etwa wie Gije Brije und Thane, also ein Lord, der über ein Stück Land und einen Clan herrschte, spricht man /θeɪn/ aus.

rolog

Kalte Hände griffen nach ihr. Es roch nach modriger, feuchter Erde und Fäulnis. Sie wollte schreien, doch es kam nur ein ersticktes Krächzen aus ihrer Kehle. Grässliche Gestalten mit Fetzen ledriger, vergilbter Haut, die sich über die Knochen spannte, lauerten auf sie.

Die Gesichter waren verunstaltet und kaum mehr als grinsende Totenköpfe. Strähnige Haare mit Erdklumpen zierten ihre Häupter. Und sie gierten nach ihrem Fleisch. Sie rannte um ihr Leben, rannte bis ihre Füße bluteten.

apitel 1 – Sommeranfang

»*Wir wissen zwar, was wir sind, aber nicht, was wir werden können.*«

William Shakespeare

Lily starrte aus dem Fenster auf den prasselnden Regen. Draußen sah alles düster und unfreundlich aus. Dieses schottische Wetter konnte einen schon manchmal trübselig machen. Sie seufzte langgezogen und beobachtete die nassen Spuren, welche die Tropfen auf der Scheibe hinterließen. Fast wie Tränen.

Da erschien vor ihr das schemenhafte Gesicht eines Mädchens, vielleicht sechs Jahre alt. Wo zuvor die kleinen Bäche der Regentropfen waren, sah sie nun echte Tränen aus unsagbar traurigen Augen fließen. Lily zuckte erschrocken zurück. Doch da war das Gesicht auch schon wieder verschwunden. Sie würde sich wohl nie an diese seltsamen Visionen gewöhnen.

Zwei große, warme Hände legten sich von hinten auf ihre Taille, gefolgt von zwei starken Armen, die sie nun umschlangen und schließlich einem stoppeligen Kinn, das sich liebevoll gegen ihre Wange rieb. Sie musste lächeln. Zufrieden lehnte sie sich gegen Ethans Brustkorb und schmiegte sich in seine Halsbeuge.

»Einen Penny für deine Gedanken«, flüsterte er ihr ins Ohr.

Lily lachte auf. »Wenn ich für jeden meiner Gedanken einen Penny bekäme, wärst du arm. Ich musste grade an letztes Jahr und unser Abenteuer denken und ich hatte schon wieder eine Vision. Vielleicht werde ich ja doch langsam verrückt?«

Unwillkürlich lief ihr ein Schauer über den Rücken. Sie war erst im letzten Jahr mit ihrer Mutter von London in das schottische Dorf gezogen – nachdem sich ihre Eltern getrennt hatten. Aber das waren bald nicht mehr ihre einzigen Probleme, denn es hatte sich herausgestellt, dass Witford von einem alten Fluch betroffen war, den ihre eigene Vorfahrin Alison ausgesprochen hatte. Bald schon musste sie sich gemeinsam mit Ethan und seinen Freunden den Geistern der Vergangenheit stellen. Seitdem aber hatte sie sich verändert. Nicht nur, dass sie damals im örtlichen Schloss spontan eine Art Blitz produziert hatte, um Ethan zu retten, nun hatte sie auch hin und wieder diese seltsamen Visionen, besonders, wenn sie bestimmte Gegenstände berührte – manchmal auch aus heiterem Himmel. Ob sie etwa Alisons Hexengen geerbt hatte?

Ethan, der spürte, welch düstere Gedanken Lily beschäftigten, strich ihr beruhigend über den Rücken.

»Du wirst nicht verrückt. Wir haben nur alle sehr viel durchgemacht, aber nun ist es ja vorbei. Du warst damals so tapfer, meine Süße! Du hast sie alle erlöst.« Ethan küsste sie auf den Scheitel.

»Wir haben sie erlöst«, korrigierte sie ihn und drehte sich zu ihm um. Sie schlang ihre Arme um seinen Hals und küsste ihn. Er roch wunderbar nach einer Mischung aus Seife und etwas erdig-krautigem. Doch bald schon löste sie sich wieder von ihm.

»Du solltest dich dringend rasieren, du bist so kratzig wie ein Igel.«

Ethan lachte. »Zu Befehl, meine Königin! Dann verschwinde ich mal unter die Dusche und danach werde ich mich gründlich für dich scheren.« Er zwinkerte ihr zu.

»Ich muss leider nach Hause. Mum macht heute früher Schluss und will etwas kochen. Seit sie ihre Assistentin hat, ist sie viel öfter zuhause. Kommst du später noch vorbei?«

»Aber unbedingt! Wenn ich mich schon rasiere, will ich mir wenigstens meine Belohnung dafür abholen.« Ethan zog aufreizend die Augenbrauen hoch. Lily lachte und schlug ihm spielerisch auf den Arm.

»Das werden wir ja noch sehen.«

Sie nahm ihren Rucksack von Ethans Bett und gab ihm einen Kuss auf die Wange.

»Warte, ich fahre dich. Bei diesem Wetter lasse ich dich nicht nach Hause laufen. Du holst dir noch den

Tod.« Ethan schnappte sich seine Autoschlüssel vom Schreibtisch und nahm Lilys Hand.

Gemeinsam liefen sie nach unten, doch als sie die Haustüre öffneten, überraschte sie ein Wolkenbruch.

»Ah, Mist! Warte, ich such `nen Schirm.«

Ethan lief zurück in den Flur und begann, in einer kleinen Kommode zu wühlen, bis er gefunden hatte, was er suchte. Kurze Zeit später zog er einen alten, zerfledderten Herrenschirm hervor.

»Ich schätze, ich sollte mir mal einen Neuen kaufen. Den anderen hat Dad dabei. Tut mir leid!«

»Na, dann weiß ich ja schon, was ich dir zum Geburtstag schenke«, neckte Lily.

Ethan spannte den Schirm auf und ließ Lily unterstellen. Dann zog er die Tür zu und sperrte ab.

»Komm schnell!«, rief er ihr über das laute Prasseln des Regens zu und sie liefen zum Auto, in das sie sich flüchteten. Trotz des Schirms waren sie triefend nass geworden.

Es war nur eine kurze Fahrt zum Cottage, in dem Lily und ihre Mutter Monica wohnten. Lily gab Ethan einen schnellen Abschiedskuss und hechtete schließlich aus dem Wagen und der Haustür entgegen.

Drinnen angelangt, tropfte es rings um sie auf den Teppich. Dicke Wassertropfen liefen an ihren nassen blonden Haarsträhnen herab. Schnell zog sie ihre Ballerinas und die Jeansjacke aus und hängte sie auf einen

Bügel. Doch auch ihr T-Shirt und die Hose waren nass geworden.

»Wie ein begossener Pudel«, murmelte sie und lief dann nach oben, um sich im Badezimmer ein Handtuch zu holen und umzuziehen.

Als sie kurze Zeit später wieder nach unten kam, sich die Haare mit dem Handtuch rubbelnd, war ihre Mum bereits nach Hause gekommen. Sie hatte einige Einkäufe auf den runden Küchentisch gestellt und drehte sich nun zu ihrer Tochter um.

»Oh, hey Mäuschen! Ich hab uns einige Sachen fürs Abendessen gekauft. Wie wäre es, wenn wir Lasagne machen und dazu einen gemischten Salat?«

Monica begann in den Tüten zu wühlen, verschiedene Zutaten daraus hervorzuholen und auf dem Tisch aufzureihen.

»Hi Mum! Lasagne klingt lecker. Warte, ich helfe dir beim Ausräumen.« Lily legte sich ihr Handtuch um die Schultern und begann, die Einkäufe in die Schränke zu räumen. Da fiel Monica Lilys nasses Haar auf.

»Hast du geduscht oder bist du in den Regen geraten?«

»Leider Letzteres. Heute ist es echt eklig draußen.«

»Wem sagst du das? Ich habe auf dem Weg zum Schlossparkplatz auch einiges abbekommen«, meinte Monica. »Hat Ethan dich nicht gefahren?«

»Doch, schon, aber wir sind ausgerechnet mitten in den Wolkenbruch geraten. Da half selbst der Schirm nichts mehr.« Lily zuckte mit den Schultern.

»Ach du Ärmste! Ich hoffe, du hast dich nicht verkühlt. Ich mach dir gleich mal `ne schöne Tasse Tee«, meinte Monica in besorgtem Tonfall und griff schon nach dem Wasserkocher.

Fünf Minuten später stand bereits eine dampfende Tasse vor Lilys Nase.

»Ich helf dir Gemüse schnippeln«, erbot sich Lily. Sie stand von ihrem Platz am nun leeren Küchentisch auf, holte sich ein Schneidbrett und Messer und begann dann, einige Möhren, ein Stück Sellerie und Tomaten zu waschen. Monica war in der Zwischenzeit mit den Zwiebeln beschäftigt.

»Na, Mäuschen, hast du denn schon Pläne für die Ferien? Nur noch zwei Wochen Schule … Wir könnten wieder etwas gemeinsam unternehmen. Ein paar nette Ausflüge, was meinst du?«

»Ausflüge klingen super! Wahrscheinlich werden Ethan und ich auch wieder irgendwo zelten, so wie an meinem Geburtstag.«

Monica nickte, ihrer Tochter noch immer den Rücken zugewandt, und rührte nachdenklich in der Pfanne.

»Hm, ja. Euer Ausflug zum Loch Kinord letzten Monat.« Monica kicherte leise vor sich hin. »Dein erster Campingtrip ist aber doch nicht ganz so verlaufen, wie du es dir vorgestellt hattest, oder? Und jetzt willst du freiwillig schon wieder? Ethan muss dich hypnotisiert haben.«

»Ach, Mum! So schlimm war es ja gar nicht. Na ja, es war nicht gerade ideal, dass ich auf dem glitschigen Stein ausgerutscht und ins Wasser gefallen bin und auch die Mücken waren ziemlich aggressiv, aber eigentlich war es sehr romantisch«, gab Lily trotzig von sich.

»Na, wenn du meinst ...« Monica zwinkerte ihrer Tochter zu.

»Absolut.« Lily nickte bekräftigend.

Sie dachte daran, wie sie sich im Zelt an Ethan gekuschelt und er sie dann leidenschaftlich geküsst hatte. Es war eine kalte Nacht gewesen, aber Ethan hatte ihr ordentlich eingeheizt. Mmm, diese Lippen! Und es war so romantisch gewesen. Die sternenklare Nacht, das sanfte Rauschen der Wellen, die gegen das Seeufer schlugen ... Nur sie und Ethan. Ein Lächeln zeigte sich auf ihrem Gesicht und sie seufzte zufrieden.

»Lily, wenn du so weitermachst, schneidest du bald deinen Finger mit. Die Karotte ist jedenfalls hier zu Ende.«

Die Stimme ihrer Mutter riss sie abrupt aus ihren Tagträumen.

»Oh! Ups. Ich war nur grade in Gedanken.«

»Lass mich raten: Ethan?«

Lily nickt nur knapp.

»Verliebte Teenager!«, rief Monica theatralisch und rollte dabei die Augen.

»Pff« war alles, was sie darauf antwortete und wandte sich der nächsten Karotte zu.

✳ ✳ ✳

Gegen 22 Uhr lag Lily in ihrem Bett und las in einem Fantasyroman, als etwas gegen die Scheibe flog. *Klacklack.* Sie blickte auf, da ertönte es wieder. *Klacklack.*

Schnell trat sie ans Fenster und sah hinaus. Unten stand Ethan und warf kleine Steinchen gegen die Scheibe. Sie öffnete das Fenster und flüsterte: »Was machst du denn da? Warum schickst du mir nichts auf Whatsapp?«

»Ich wollte das immer schon mal machen, ist doch viel romantischer. Schläft deine Mutter schon?«, flüsterte Ethan von unten zurück.

»Ja, tut sie. Warte, ich lass dich rein. Aber sei leise!«

Lily schlich auf Zehenspitzen in den Flur und die Treppe hinunter. Vorsichtig entriegelte sie die Haustür und öffnete ihrem Freund. Ethan schlüpfte schnell hinein, zog seine Sneakers aus und schlich sich auf Socken mit Lily nach oben in ihr Zimmer. Kaum war die Tür geschlossen, zog er sie in seine Arme und küsste sie ausgiebig.

»Mmm, du schmeckst so gut. Ich könnte dich auffressen!«, murmelte er und küsste dann ihren Hals.

»Besser nicht, Kannibalismus ist verboten.«

»Vielleicht bin ich ja ein Vampir?«

Ethan biss zärtlich in die Stelle unter ihrem Ohrläppchen und Lilys Knie drohten nachzugeben. Doch Ethan fing sie auf und manövrierte sie zum Bett.

»Nicht aufhören!«, protestierte sie schwach, als er sie auf das Bett legte.

»Zu Befehl, Mylady!« Ethan knabberte an ihrem Ohrläppchen und Lily stöhnte auf.

»Leise, meine Schöne, sonst weckst du den schlafenden Drachen«, meinte Ethan leicht amüsiert.

»Sie ist kein Drache«, nuschelte Lily leicht abwesend.

Ethan knöpfte nun Lilys Schlafanzugoberteil auf und streichelte liebevoll über ihre Brüste. Seine Augen waren halb geschlossen. Dann beugte er sich zu ihr herunter und küsste sie voller Leidenschaft und Ungeduld. Lily fühlte am ganzen Körper ein heißes Kribbeln und wie ein Magnet zog es sie immer näher an ihn heran. Sie wollte mit ihm eins werden, in ihm aufgehen. Bis jetzt waren sie noch nicht weitergegangen, als wild zu knutschen. Doch sie war bereit, den nächsten Schritt zu tun. Wie es wohl mit ihm sein würde? Er hatte sie nie bedrängt, obwohl sie wusste, dass er sie wollte.

Da hörten sie plötzlich ein lautes *Klick*. Darauf folgten Schritte und Monicas Stimme rief verhalten: »Lily? Bist du das?«

Lily riss in Panik die Augen auf und schob Ethan geschwind von sich. Ihr Gesicht war nun so rot wie eine vollreife, verschämte Tomate.

»Schnell, unters Bett!«, zischte sie ihm zu und der verdatterte Ethan tauchte ab, gerade noch rechtzeitig, bevor die Tür einen Spalt geöffnet wurde.

Lily zog schnell die Bettdecke über sich. »Mum? Was ist?«

»Ach, ich hab nur ein komisches Geräusch gehört. Ich dachte, es geht dir nicht gut. Ist alles OK? «

»Ähm, ja, bestens. Ich hab mir nur ein Youtubevideo angesehen. Tut mir leid, wenn ich dich geweckt hab. Schlaf ruhig weiter.«

Monica stand einen Moment unschlüssig in der Tür, dann nickte sie und löschte das Licht.

»Für dich ist jetzt aber auch Schlafenszeit. Morgen ist Schule. Gute Nacht!«

»Gute Nacht!«

Monica schloss die Tür hinter sich und tappte zurück nach nebenan in ihr Zimmer. Mit angehaltenem Atem warteten Ethan und Lily. Keiner wagte, sich zu bewegen.

Nach einer gefühlten Ewigkeit flüsterte Ethan: »Das war knapp.«

»Allerdings. Ich glaube, du solltest jetzt gehen.«

»Ja, ich schätz auch.« Damit kroch er unter dem Bett hervor und beugte sich über Lily, um ihr einen Gutenachtkuss zu geben. Doch der Kuss intensivierte sich schnell und Lily musste ihn wegschubsen, um zu verhindern, dass die Sache von vorne begann.

»Beherrsche dich, du wildes Tier!«, kicherte sie.

Ethan knurrte leise zur Antwort. Dann gab er ihr einen Schmatz auf den Kopf und schlich sich hinaus.

Lily fiel in ihre Kissen. Ihr Körper vibrierte vor Aufregung. Zufrieden schloss sie die Augen und träumte einen romantischen Ethantraum.

❀ ❀ ❀

Am nächsten Tag wartete ihre beste Freundin Sarah wie immer pünktlich an der Ecke auf Lily und sie gingen gemeinsam zur Schule. Der Weg führte an einer Kirchenruine und einem alten Friedhof vorbei, dessen geisterhafte Bewohner Lily im letzten Jahr das Fürchten gelehrt hatten.

Doch nun schien das alles weit hinter ihr zu liegen und die wärmenden Sonnenstrahlen stellten alle düsteren Gedanken ins Abseits. Lily legte ihren Kopf kurz in den Nacken und reckte ihre Nase der Sonne entgegen. Noch immer schwebte sie auf Wolke Sieben.

»Endlich ein wenig Wärme! Wieso muss es hier nur so oft regnen?«, beschwerte sie sich.

»Es gibt kein schlechtes Wetter, nur schlechte Kleidung«, gab Sarah neckisch zurück.

»Du klingst wie deine eigene Großmutter«, grinste Lily.

»Diese Großmutter hat vor, sich morgen in Aberdeen ein ganz heißes Outfit zu kaufen, und ich brauche dich unbedingt, um mir dabei zu helfen. Stell dir vor, Jamies

Cousine Ethel heiratet nächsten Monat und ich bin sein offizielles Date. Yippie!«

»Wow, langsam wird es ja richtig ernst zwischen euch. Klar komme ich mit zum Shopping. Ich brauche auch dringend neue Jeans. Fährt Jamie uns hin?«

»Ja, ich hab ihm gesagt, wenn ich ihn schon zur Hochzeit begleite, ist es das Mindeste, dass er mich nach Aberdeen fährt, damit ich ein passendes Kleid kaufen kann. Er wird schon eine Beschäftigung finden, während wir shoppen. Klamottenläden machen ihn ganz kirre«, kicherte Sarah.

»Ja, Ethan würde sicher auch nie eine Damenabteilung betreten. Die paar Mal, die wir im Einkaufszentrum waren, hat er einen weiten Bogen drum gemacht und wenn ich was brauchte, wartete er immer in der Eisdiele auf mich.«

»Weißt du was, wir nehmen Ethan auch mit und wir gehen nach dem Shopping auf ein Doppeldate«, strahlte Sarah.

»Klingt gut. Ich frag ihn gleich mal.«

Lily zog ihr Smartphone aus der Tasche und tippte für Ethan schnell eine Nachricht ein. Wenige Minuten später kam piepsend die Antwort.

»Und, was sagt er?«, erkundigte sich Sarah neugierig.

»Yay! Er kommt mit.«

»Megacool! Ich freu mich schon so. Das ist doch echt ein Lichtblick an diesem Tag, vor allem wo wir heute in der ersten Stunde Mathe haben …«

»Sollten wir nicht auch Jo fragen, ob sie mitkommt?«

»Hab ich ja schon. Gestern Abend haben wir telefoniert. Aber sie will nicht. Sie vergräbt sich noch immer in ihrem Zimmer und trauert Angus nach. Es wird echt Zeit, dass sie ihn mal vergisst und sich was Besseres sucht.«

»Arme Jo! Wir müssen sie irgendwie aufmuntern. Es war wirklich eine riesige Schweinerei, was Angus ihr angetan hat. Kein Wunder, dass sie noch so drauf ist. Ich meine, wie konnte er denn nur mit dieser dummen Pute Millie rumknutschen? Und dann auch noch mitten auf einer Party, auf die er mit Jo gegangen ist? Dreckskerl!«

»Er ist eben ein Mistkerl. Deshalb soll sie ihn jetzt schnell vergessen. Immerhin ist es jetzt schon drei Wochen her.«

Mittlerweile waren sie an der Schule angekommen und traten durch die große Glastür in die Aula. Dort lief ihnen prompt Jo über den Weg. Mit gesenktem Kopf und schwarzen Augenringen wirkte sie eher wie ein geprügelter Hund als wie das freche, selbstbewusste Mädchen, das sie kannten.

»Wenn man vom Teufel spricht …«, grinste Sarah.

»Hey Jo! Guten Morgen. Wie geht es dir heute?«, rief Lily ihrer Freundin zu.

Jo blickte hoch und schien aus einem Traum zu erwachen. Ihre zuvor traurige Miene hellte sich beim Anblick ihrer Freundinnen auf und ein kleines Lächeln zeigte sich auf ihrem Gesicht.

»Oh, hi ihr zwei. Danke, es geht schon.«

»Wir dachten, du bräuchtest ein wenig Aufmunterung. Willst du wirklich morgen nicht mit nach Aberdeen? Es wird sicher lustig«, bohrte Lily noch einmal nach.

Jo schüttelte den Kopf. »Nein, danke. Ich hab echt keine Lust. Aber erzählt mir dann, wie es war. Und ich will unbedingt dein Kleid sehen«, wandte sie sich an Sarah.

»Klar! Jo, wir machen uns mittlerweile echt Sorgen um dich. Du musst wieder auf andere Gedanken kommen. Weißt du was, wir machen eine Pyjamaparty bei mir. Heute Abend – nur wir drei, jede Menge Schokolade, ein paar gute Filme …«

»Ach, ich weiß nicht.«

»Ja, das klingt lustig! Komm schon Jo, bitte! Wir haben schon ewig nichts mehr zusammen gemacht. Das bist du deinen Besties schuldig«, drängte Lily.

»Ach, ihr beiden Nervensägen! Also gut, wenn`s denn sein muss«, gab Jo nach.

Sofort fielen ihr die beiden anderen um den Hals und hüpften vergnügt auf und ab. Die Schulglocke erlöste Jo schließlich und alle drei liefen schnell zum Matheunterricht bei Mr. Carruthers.

apitel 2 – Hex-hex

»That old black magic has me in its spell,
That old black magic that you weave so well.«

Johnny Mercer

Gegen 17 Uhr standen Lily und Jo vor Sarahs Tür und klingelten. Beide waren bepackt mit Proviant und ihren Übernachtungssachen. Als die Tür aufging, stand eine grinsende Sarah vor ihnen, die aussah wie eine Katze vor einem Teller Sahne.

»Hi! Da seid ihr ja. Stellt euch vor, wir sind heute meinen kleinen Bruder los! Er bleibt das Wochenende bei meiner Oma. Wir haben die kleine Mistkröte also nicht am Hals«, jubelte Sarah.

»Das sind durchaus gute Neuigkeiten, aber so schlimm finde ich ihn gar nicht. Ich hab mir immer Geschwister gewünscht«, meinte Lily und trat in den Flur, dicht gefolgt von Jo.

»Sei vorsichtig, was du dir wünschst! Jamie ist auch manchmal eine richtige Qual! Besonders als wir klein waren, hat er mich ständig geärgert«, warf Jo ein.

»Das kann ich mir bei meinem Jamie gar nicht vorstellen«, lachte Sarah.

Jo verdreht nur die Augen. Sie zogen sich Schuhe und Jacken aus, die sie an die überquellende Garderobe hängten.

»Kommt erstmal ins Wohnzimmer. Ich hole uns noch Getränke, dann machen wir es uns oben gemütlich«, verkündete Sarah.

»Okay«, meinte Jo und schlurfte hinter ihr her.

Lily stellte ihre Sachen an der Treppe zum ersten Stock ab und folgte den beiden dann. Sarah verschwand kurz in der Küche, um verschiedene Flaschen und Gläser zu holen, dann tauchte sie wieder auf.

Hinter ihr war die Stimme von Mrs. Milligan zu hören:

»Das Essen ist fast fertig! Am besten, ihr bleibt gleich hier und setzt euch.«

»Ach Mum, sie sind doch gerade erst angekommen. Lass uns wenigstens die Sachen nach oben bringen«, rief Sarah Richtung Küchentür.

Als Antwort war nur ein kurzes Brummeln und etwas Undeutliches über verbranntes Gratin zu hören. Sarah zuckte nur mit den Schultern und deutete ihren Freundinnen mit einer Geste an, dass sie ihr folgen sollten. Die drei schleppten ihre Sachen in den ersten Stock. Oben angekommen, drückte Sarah die Türklinke zu ihrem Zimmer mit dem Ellenbogen nach unten, diverse Flaschen und Gläser balancierend, und gab der Tür mit dem Hintern einen Schubs, so dass sie krachend aufflog. Jo und Lily ließen ihre Taschen und Tüten neben das Bett fallen und machten es sich darauf gemütlich. Sarah stellte die Getränke auf ihren leer geräumten Schreibtisch, der als Bar dienen sollte.

»Es ist wirklich cool, dass du von deinen Eltern den Fernseher und DVD-Player zum Geburtstag bekommen hast«, gab Jo bewundernd von sich.

»Ja, das war echt nett. Aber ich vermute mal, es war nicht ohne Hintergedanken, weil wir uns ständig alle um das Fernsehprogramm gezankt haben. Jetzt haben sie Ruhe«, lachte Sarah.

»Was schaun wir uns denn an?«, wollte Lily wissen.

Sarah grinste diebisch. »Ich habe einen Horrorfilm von Jamie bekommen. Er meinte, der sei echt gut. Und danach etwas zur Entspannung: einen Film über ein Mädchen, das erfährt, dass sie eigentlich eine Prinzessin ist«, gab sie bekannt.

»Einen Horrorfilm!?«, riefen Lily und Jo im Chor.

»Bist du denn wahnsinnig? Nach allem, was wir letztes Jahr so erlebt haben, willst du dir jetzt freiwillig sowas angucken?«, ereiferte sich Jo.

Lily schüttelte nur den Kopf.

»Immer mit der Ruhe! Gebt ihm doch wenigstens mal eine Chance«, verteidigte sich Sarah.

»Na, schön. Aber wenn ich Albträume bekomme, kannst du was erleben«, maulte Lily.

»Kinder! Das Essen ist fertig. Kommt endlich runter!«, erscholl die Stimme von Mrs. Milligan.

»Ja, gleich, Mum«, brüllte Sarah zurück nach unten.

»Ich schätze, wir sollten mal Essen fassen, Mädels«, wandte sie sich an ihre Freundinnen, die sich schwerfällig von ihren Plätzen auf dem Bett erhoben.

Auf dem Weg nach unten fragte Jo: »Wie heißt denn dieser Horrorfilm?«

»Ouija.«

Lily und Jo stöhnten auf.

»Was?!«

Die beiden rollten mit den Augen.

Als sie das Wohnzimmer betraten, war der Esstisch bereits fertig gedeckt. Eine dampfende Auflaufform mit Kartoffelgratin verströmte einen verführerischen Duft nach Käse und Speck.

»Hallo Mrs. Milligan!«, rief Lily, als Sarahs Mutter den Kopf aus der Küche streckte.

»Oh, hallo Lily, hallo Jo! Wie geht es euch? Ich hoffe, ihr habt Hunger?«

»Aber immer!«, grinste Jo.

»Na, dann setzt euch mal.«

Mrs. Milligan begann, den Mädchen die Teller zu füllen.

»Wo ist Dad? Sollte er nicht bald zurück sein?«, fragte Sarah ihre Mutter.

»Ach, du weißt doch, wie Grandma ist. Sicher nötigt sie ihn wieder, zum Abendessen zu bleiben. Sie ist der festen Überzeugung, dass dein Vater bei mir verhungert. Esst nur, Kinder! Sonst wird es kalt.«

Nach dem Essen lagen die drei stöhnend in Sarahs Bett und hielten sich ihre Bäuche.

»Warum muss deine Mum uns denn immer so mästen?«, jammerte Lily.

»Keine Ahnung, vielleicht braucht sie neue Mitglieder für ihre Bauchtanzgruppe?«, kicherte Sarah.

»Will noch jemand Popcorn?«, erkundigte sich Jo.

»Wie kannst du jetzt schon wieder essen?!«, rief Lily entsetzt.

Jo zuckte nur mit der Schulter und wühlte in den mitgebrachten Tüten. Mit ihrer Beute legte sie sich kurz darauf wieder zu den anderen und begann zu mampfen.

»OK, ich bin bereit«, nuschelte sie mit vollem Mund. Sarah krabbelte ans Ende des Bettes und schaltete von dort den DVD-Player ein, der auf einem Kästchen unter dem Fernseher stand. Dann nahm sie die DVD aus der Hülle und legte sie ein.

»Jetzt kann es losgehen!«

Der Film startete und die drei Mädchen kuschelten sich eng zusammen.

❋ ❋ ❋

Sie waren im Laufe des Horrorfilms immer weiter unter die Bettdecke gerutscht und Sarahs Nägel durch nervöses Herumkauen kürzer und kürzer geworden. Nun, da der Abspann lief, trauten sie sich wieder hervor.

»Na, was sagt ihr? So schlecht war er doch gar nicht, oder?«

Lily warf ihr einen vernichtenden Blick zu und Jo entgegnete knapp: »Ziemlicher Müll.«

»Ach, kommt schon!«, maulte Sarah.

»Was hast du noch?«, wollte Jo wissen.

»Diesmal leichte Kost: eine romantische Komödie. Das wird euch sicher gefallen.«

Lily grunzte zustimmend und meinte: »Schon besser.«

Sarah wechselte die DVD und lief dann zu ihrer improvisierten Bar.

»Wollt ihr noch was zu trinken?«

»Ja, gerne«, meldete sich Lily.

»Für mich auch!«, rief Jo.

Mit einem Grinsen zog Sarah eine Flasche Rotwein hinter dem Schreibtisch hervor. »Den hab ich aus unserem Keller gemopst.«

»Spinnst du!? Wenn das deine Eltern mitkriegen! Oder meine Mum!!!!«, rief Lily entsetzt.

»Ach, reg dich ab, Lils. Schenk ein!«, meinte Jo vergnügt.

Sarah nickte, noch immer grinsend, und öffnete die Flasche mit dem Korkenzieher.

»Lily, komm schon, jetzt trink wenigstens einen kleinen Schluck mit! Den Wein wird keiner vermissen. Meine Eltern horten das Zeug tonnenweise, aber trinken es fast nie«, versuchte sie, Lilys Ängste zu zerstreuen.

»Und da wir ja hier übernachten, musst du dir um deine Mum auch keine Sorgen machen. Solange du Mrs. Milligan nicht ins Bad kotzt, ist alles gut«, witzelte Jo.

»Hm, na schön. Aber nur einen winzigen Schluck!«, ließ Lily sich breitschlagen.

Sarah füllte drei Becher großzügig mit Bordeaux und reichte sie ihren Freundinnen.

»Auf uns!«

»Auf uns!«, wiederholten Lily und Jo im Chor und stießen mit Sarah an.

Lily probierte zaghaft die dunkelrote Flüssigkeit, während die anderen beiden jeweils einen ordentlichen Schluck davon nahmen.

»Hicks! `Tschuldigung«, nuschelte Sarah. »OK, dann starte ich mal den Film. Alle zurück auf Startposition!«

Kichernd legten sich alle drei wieder auf das Bett und Sarah drückte die Fernbedienung. Nach kurzer Zeit erklang eine romantische Melodie und die Mädchen vergaßen sich in der Handlung des Films.

Als die DVD zur Hälfte und die Flasche Wein zu Dreivierteln durch war, war plötzlich ein lautes Schluchzen zu hören.

»Uhuhuuu! Er sieht genauso aus wie Anguhuhuuuus!«, jammerte Jo und schnäuzte sich lautstark.

Lily und Sarah sahen sich mit einer Mischung aus Unglauben und Panik an. Dann legte Lily ihren Arm um Jos Schultern.

»Ach Jo, du musst diesen Mistkerl endlich vergessen! Er ist es nicht wert. Keine einzige Träne verdient er!«

»Da hat sie recht. Du bist echt viel zu gut für so einen!«, bekräftigte Sarah und drückte mit der Fernbedienung auf Pause.

Noch einmal schnäuzte sich Jo geräuschvoll die Nase und sah ihre Freundinnen durch einen Tränenschleier an.

»Ich weiß es ja, aber es ist so schwer! Immer, wenn ich meine Augen schließe, sehe ich ihn vor mir. Wir hatten ja auch viele gute Zeiten. Ich verstehe nicht, warum das alles passiert ist«, schniefte sie.

Lily rieb ihr tröstend über den Rücken und reichte ihr ein frisches Taschentuch. Sarah hingegen erhob sich vom Bett und ging zu einem kleinen Versandkarton, der links auf ihrem Schreibtisch lag.

»Mädels, ich glaube, es ist Zeit für einen Befreiungsschlag!«, verkündete sie ihren erstaunten Freundinnen.

Sie zog eine kleine Schatulle aus dem Karton und hielt sie triumphierend in die Höhe.

»Was ist das?«, fragte Lily und beäugte den Gegenstand skeptisch.

»Ha! Das, meine liebe Lily, ist ein Voodoo-Set. Ich hatte mir gedacht, es würde Spaß machen, es mal an Angus zu testen …«

Lily lief es eiskalt den Rücken hinunter. »Das ist jetzt nicht dein Ernst, oder?«, meinte sie.

»Oh, doch. Das ist mein voller Ernst. Jetzt komm schon! Vermutlich wird es gar nicht funktionieren – und wenn doch, umso besser. Wir werden ihn schon nicht gleich umbringen. Ich dachte da eher an ein paar hässliche Warzen oder Akne.« Sarah grinste hämisch.

Jo war langsam nähergekrochen und hörte Sarah interessiert zu. »Sprich weiter! Was muss man tun?«

Sarah öffnete das kleine Holzkästchen und entnahm daraus einen Klumpen Wachs, einige lange Nadeln, Bänder und eine Anleitung. Sie vertiefte sich kurz darin und erzählte dann:

»Oh, man braucht einen persönlichen Gegenstand, besser noch Fingernägel oder Haare von ihm.« Sie blickte enttäuscht auf.

Doch Jos Miene erhellte sich. »Ich habe Haare von ihm«, erklärte sie triumphierend.

»Was?! Igitt!«, rief Lily angeekelt.

»Wenn er bei mir zu Besuch war, hat er seine Haare manchmal mit meiner Bürste frisiert. Er ist eben ein eitler Gockel. Aber aus sentimentalen Gründen habe ich die letzte Ladung Haare nicht mehr daraus entfernt.« Jo zuckte die Schultern. »Ich weiß, es ist albern.«

»Nein, ist schon OK. So eine Trennung kann einem arg zusetzen. Da macht man eben manchmal seltsame Sachen«, entgegnete Lily.

»Hast du diese Bürste dabei?«, fragte Sarah eifrig.

»Ja, das hab ich. Warte, sie ist in meinem Toilettzeug.«

Jo stand leicht schwankend auf und steuerte auf ihre Übernachtungssachen zu. Nach einer kurzen Wühlaktion in ihrem Rucksack, zog sie den Kulturbeutel mit einem lauten »Tadaaa!« hervor und schwenkte ihn vor den anderen hin und her.

Als sie sich aus der gebückten Haltung wieder erhob, stolperte sie und fiel aufs Bett.

»Ooopsie! Das Zimmer schwankt heut so«, kicherte sie.

»Kann es sein, dass du ein bisschen zu viel Wein erwischt hast?«, fragte Lily.

»Kann es sein, dass du ein bisschen zu viel Wein erwischt hast?«, äffte Jo sie nach und lachte gackernd.

Sarah und Lily wechselten einen bedeutungsvollen Blick. Jo machte den Reißverschluss des Toilettbeutels auf und zog die Haarbürste hervor, aus der sie einige dunkle Härchen zupfte.

»Pass bloß auf, dass du nicht deine Eigenen erwischst!«, warnte Sarah.

»Ach, keine Sorge. Meine sind doch kürzer und auch ein wenig heller als seine. Siehst du?«

Zum Beweis hielt sie ein kurzes, hellbraunes Haar und ein etwas längeres, dunkelbraunes Haar hoch.

»Ich hoffe, du weißt, was du da tust«, maulte Lily.

»Klar, ich habe die Anleitung genau durchgelesen. Dann kann es ja losgehen. Kommt her, wir setzen uns jetzt alle im Kreis auf den Boden. Wir zünden eine Kerze an – warte, da im Regal steht noch eine. Schon ein wenig staubig, aber macht nix. Danach muss Jo aus dem mitgelieferten Wachs eine Puppe kneten, die Angus darstellt. Am Schluss gibt sie die Haare darauf. Danach fassen wir uns alle an den Händen und sprechen einen Zauberspruch. Klasse, oder?!«

»Yepp, wir tun das jetzt! Das wird ihm eine Lehre sein!«, lallte Jo und nahm einen Schluck von ihrem Becher.

Sarah zog Lily mit auf den Boden und Jo setzte sich daneben.

»Moment!«, rief Lily und stand nochmal auf. Sie schnappte sich die Weinflasche vom Tisch und nahm einen kräftigen Schluck daraus. »Dafür bin ich einfach noch nicht betrunken genug. Cheers!«

Diesmal sahen Sarah und Jo sich verwundert an.

»Cheers!«, rief Sarah. »Bist du soweit? Setz dich endlich.«

Folgsam ließ Lily sich auf dem Boden nieder, die Flasche noch immer umklammernd.

»OK, also wir müssen uns jetzt einen Zauberspruch ausdenken und du, Jo, knetest aus dem Wachs ein Männchen. Was soll mit Angus passieren?« Sarah sah Jo fragend an.

»Wir zaubern ihm ne fette Warze mitten ins Gesicht!«, kicherte Jo.

»Wie du meinst. Dann müssen wir uns jetzt also den Zauberspruch überlegen, die Kerze anzünden und uns an den Händen fassen. Wir sprechen gleichzeitig unseren Spruch über die Voodoopuppe und voilà«, zwinkerte Sarah ihnen zu. »Jo, du überlegst dir den Spruch!«

»Was, ich?!!!!«, rief Jo und verschluckte sich fast an ihrem Wein.

»Ja, klar. Wer denn sonst?«, antwortete Sarah augenrollend.

Jo dachte angestrengt nach und fing dann an, zu reimen:

»Krötenfurz und Schlangenbrut, in mir kocht ne Stinkewut. Bist ein richt`ges mieses Schwein, Warz auf deiner Wang erschein!« Jo grinste voller Stolz. »Gut, oder?«

»Ähm, jaaa. Super. Sollte reichen«, entgegnete Sarah.

»Vergiss nicht, das Haar auf das Püppchen zu kleben!«

Lily nahm einen weiteren kräftigen Schluck Wein und stöhnte: »Oh Mann!«

Sarah nahm die Streichhölzer und zündete die dunkelrote Kerze an. »Seid ihr also soweit?«

Die anderen nickten.

»Sehr gut! Gebt mir eure Hände und sprecht mir nach: Krötenfurz und Schlangenbrut, in mir kocht ne Stinkewut. Bist ein richt`ges mieses Schwein, Warz auf deiner Wang erschein!«

Lily fing laut an zu kichern und Sarah warf ihr einen strengen Blick zu.

»Schhhhulllligung«, nuschelte sie.

»OK, also nochmal von vorne: Krötenfurz und Schlangenbrut, in mir kocht ne Stinkewut. Bist ein richt`ges mieses Schwein, Warz auf deiner Wang erschein!«

Die Mädchen stimmten folgsam in den Kanon ein und wiederholten den Spruch noch zwei weitere Male. Beim dritten Mal merkte Lily, wie ihr plötzlich furchtbar heiß wurde und kleine Funken aus ihren Händen schossen. Erschrocken zogen Jo und Sarah ihre Hände zurück.

»Autsch! Du stehst unter Strom«, maulte Jo und schüttelte ihre schmerzende Hand.

»Weiß auch nicht was das war, sorry. Und was jetzt?«, fragte Lily.

»Ähm, warte mal … Ich lese nochmal in der Anleitung nach«, verkündete Sarah.

Kurze Zeit später antwortet sie Lily: »Also, das Männchen muss man auf einem kleinen Altar aufbewahren. Wenn man es lange nicht mehr benutzt hat, verfliegt die magische Wirkung. Ich schätze, dann kannst du das Ding gefahrlos wegwerfen, Jo.«

»Altar? Du meinst, so wie in der Kirche?«, rief Jo ungläubig.

»Weiß nicht genau. Das steht da nicht«, zuckte sie die Schultern.

Lily gähnte ausgiebig. »Ich denke, wir sollten jetzt schlafen gehen. Der Wein macht mich soooo müde.«

Auch Jo gähnte nun und reckte sich. »Ich glaube, meine Beine sind eingeschlafen.«

»Na schön, gehen wir in die Heia«, gab Sarah nach.

Sie nahm die Angus-Puppe und schob sie zusammen mit der nun leeren Weinflasche in die Schreibtischschublade. »Gute Nacht, Angus! Süße Träume«, gluckste sie vergnügt, als sie die Schublade zuknallte.

»Ich geh mal schnell ins Bad«, verkündete Jo und wankte nach draußen.

Lily warf sich aufs Bett und zog sich die Decke bis übers Kinn. »Nacht!«

»Schlaf schön!«, sagte Sarah und begann dann, die Spuren ihrer kleinen Party aufzuräumen. In der Zwischenzeit kam auch Jo wieder und rollte sich auf dem Bett ein. Nachdem Sarah das Gröbste beseitigt hatte, zog sie ihren rosa Lieblings-Pyjama mit kleinen Schäfchen an und legte sich neben ihre schlafenden Freundinnen.

In Gedanken war sie bei Angus. Sie wollte doch zu gerne wissen, ob ihr kleiner Voodoozauber funktioniert hatte. Grinsend schloss sie die Augen.

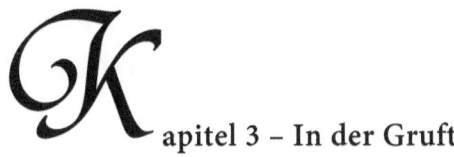

Kapitel 3 – In der Gruft

»Unsre stolz auftürmenden Paläste, unsrer Städte majestät'sche Pracht ruhen all' auf modernden Gebeinen«

Friedrich Schiller

Am Samstagvormittag erwachten die drei Mädchen mit dröhnenden Kopfschmerzen und Mrs. Milligan servierte ihnen Paracetamol zum starken Kaffee – äußerte sich aber zum Glück nicht weiter zu ihrem Zustand. Das üppige schottische Frühstück mit Rührei, Speck, Würstchen, Champignons und gebratener Tomate brachte keine von ihnen hinunter.

Bald schon verabschiedeten sich Lily und Jo und marschierten heimwärts, wo sie sich beide wieder stöhnend ins Bett fallen ließen. Lily schlief bis Mittag ungestört, da ihre Mutter bereits wieder im Schlosshotel war, wo sie als Managerin arbeitete. Doch heute war es Lily nur recht, allein zu sein. Noch immer brummte ihr Schädel und sie nahm eine weitere Schmerztablette.

Am Nachmittag fühlte sie sich endlich ein wenig besser und als Ethan um 14 Uhr klingelte, war sie frisch geduscht und startklar.

»Hallo, süßes Londongirl! Bist du bereit für unseren kleinen Ausflug? Wir beide, zusammengekuschelt auf Jamies Rückbank?« Er zwinkerte ihr vergnügt zu und Lily grinste.

»Deshalb bist du also mitgekommen? Ich bin entsetzt!«, rief sie mit gespielter Empörung.

»Aber du weißt doch, dass ich ein bad boy bin«, lachte er.

»Oh ja, das weiß ich allerdings!«

Lily schlüpfte in ihre Riemchensandalen, schnappte sich dann ihren Rucksack und ihre Jeansjacke von der Garderobe und folgte Ethan nach draußen, wo schon Jamie und Sarah im Auto warteten.

»Hey, Lils! Wie fühlst du dich?«, fragte Sarah, als sie hinten in den alten roten Toyota stieg.

»Geht schon. Ich hab noch ein wenig geschlafen, als ich zurückgekommen bin.«

Sarah, die sich zu ihr umgedreht hatte, nickte verständnisvoll. »Ich hab mich auch noch ein wenig hingelegt. Dieser elende Wein hat uns ganz schön übel mitgespielt.«

Ethan hob fragend eine Augenbraue. »Wein? Hab ich was verpasst? Etwa eine wilde römische Orgie?«, feixte er.

»Aber klar, das machen wir doch jedes Wochenende, nicht wahr, Lils?«, zwinkerte Sarah ihr zu.

»Hey, nächstes Mal will ich aber auch eingeladen werden – mit oder ohne Toga«, beschwerte sich Jamie.

»Für mich bitte ohne Toga!«, wandte Sarah sich mit aufreizendem Blick an ihren Freund.

»Stopp! Ich glaube nicht, dass wir das jetzt hören wollen«, beschwerte sich Lily.

»Seid ihr alle angeschnallt?«, fragte Jamie und startete den Wagen.

»Ja, Daddy!«, antwortet Ethan im Tonfall eines Fünfjährigen.

»Na, dann mal los!«, rief Jamie und fädelte sich in den Verkehr ein.

❋ ❋ ❋

Etwa eineinhalb Stunden später fuhren sie in die Union Street in Aberdeen. Als Jamie nach links abbog, erklärte Sarah den anderen:

»Wir müssen noch meine Cousine Sandy abholen. Die will auch mitgehen. Sie ist am Robert Gordon's College.«

Ethan pfiff durch die Zähne. »Wow, da hat aber jemand Kohle …«

»Ja, mein Onkel ist Manager in einer großen internationalen Firma und verdient echt genug. Mama sagt immer, Tante Maureen hat mit ihm `nen guten Fang gemacht«, lachte Sarah. »Jedenfalls können sie sich die teure Schule locker leisten.«

Kurze Zeit später parkten sie in der Harriet Street und Sarah schickte Sandy eine Nachricht. Daraufhin kann mit einem *Bing* sogleich die Antwort. »Sie meint, wir sollen sie unbedingt vor der Schule treffen. Sie will uns was zeigen«, informierte Sarah die anderen.

»OK, und was soll das sein?«, wollte Ethan wissen.

»Keinen Schimmer. Wollen wir?«

»Klar, machen wir. Ist ja nicht weit, oder?«, erkundigte sich Lily.

»Nö, gar nicht. Praktisch um die Ecke.«

Sie stiegen aus und liefen das kurze Stück zur Schule, wo sie am Eingang schon von Sandy erwartet wurden.

Man konnte die Familienähnlichkeit gut erkennen, denn sowohl Sarah als auch Sandy hatten rotes Haar und Sommersprossen, die sich deutlich auf der blassen Haut abzeichneten. Sandy, die ihre Cousine um eine halbe Kopflänge überragte, winkte ihnen aufgeregt zu.

»Hi Sarah! Ich freu mich, dich zu sehen. Ist ja schon wieder ne halbe Ewigkeit …«, begrüßte Sandy sie und sah neugierig zu den anderen.

»Hi Sandy! Ja, ist wirklich schon ne Weile her, seit wir was zusammen gemacht haben. Schön, dass du Zeit hast. Ich brauche dringend ein paar Shoppingberater. Ah ja, das sind übrigens Lily, ihr Freund Ethan - und Jamie kennst du ja schon. Was wolltest du uns denn so unbedingt zeigen?«

»Sagt mal, habt ihr denn die Absperrungen dort drüben nicht bemerkt?«, fragte Sandy und deutete auf eine Baustelle ein paar Meter weiter.

»Schon, na und?« Sarah zuckte die Schultern.

»Aha, dann hat also noch keiner von euch von dem tollen Fund gehört, der hier gemacht wurde?«

»Fund? Nö«, antwortete Sarah. Auch die anderen guckten ratlos drein.

»Aber jaaa! Ständig tauchen Reporter hier auf. Es ist doch schon in allen Zeitungen! Sie haben hier ein Massengrab mit sicher dreißig Skeletten gefunden. Und das ist nicht das einzige Grab. Überall auf dem Gelände tauchen bei Bauarbeiten Knochen auf«, informierte sie die staunenden anderen. »Die ganze Schule steht auf einem Friedhof[1]«, flüsterte sie.

»Mann, das ist ja echt mega-gruselig!«, rief Sarah entsetzt.

»Voll cool!«, johlte Ethan und schlug bei Jamie ein, der ihm die Hand für ein Highfive entgegenstreckte. Die Mädchen schüttelten nur verständnislos die Köpfe.

»Was ist daran cool? Das ist voll unheimlich«, mischte Sarah sich ein.

»Ja, aber irgendwie finde ich es auch interessant. Was sind denn das für Skelette? Weiß man darüber schon was?«, wollte Lily wissen.

»Angeblich soll das hier das Gräberfeld sein, das zur früheren Blackfriars Abbey gehörte, die bis 1560 hierstand, bevor sie zerstört wurde. Die Dominikaner wurden früher Blackfriars genannt, weil sie schwarze Kutten

---

[1] Zeitungsbericht über den Fund: http://www.scotsman.com/lifestyle/mass-medieval-grave-found-at-aberdeen-school-1-3841849

trugen. Die gefundenen Skelette stammen wahrscheinlich aus dem 13. Jahrhundert, also aus einer Zeit, in der
die Abbey hier noch sehr bedeutend war. Das haben wir
alles in Geschichte durchgenommen«, erläuterte Sandy.

»Kommt, ich zeig es euch. Es ist dort drüben, an der
Grenze zum alten Univerwaltungsgebäude. Dort wollten
sie nur einen neuen Boiler einbauen und zack – schon
grinste sie ein Schädel an. Die Grabungsfirma Buchanan
Archaeology hat sich jetzt der Sache angenommen. Aber
sie sind für heute schon weg. Ich weiß zufällig, wie man
da reinkommt …«, sie zog die Augenbrauen wissend
nach oben und winkte ihnen, ihr zu folgen.

»Ist das nicht illegal?«, fragte Sarah ängstlich.

»Ach was, ich wollte sowieso mal Archäologie studie-
ren. Bin also praktisch ne Kollegin von denen. Wir wollen uns doch nur ein wenig bilden«, grinste Sandy.

»Also, ich bin dabei!«, rief Jamie begeistert.

»Absolut! Ich auch!«, stimmt Ethan zu.

»Ich hoffe nur, wir kriegen keinen Ärger.« Lily war etwas unwohl bei der ganzen Sache, folgte den anderen
aber doch.

Sie trabten über den Innenhof und dann seitlich an einem der Gebäude ein paar Stufen nach unten und durch
eine unscheinbare Tür. Sandy sah sich immer wieder arg-
wöhnisch um, ob sie jemand beobachtete.

»Hier entlang«, flüsterte sie und bog links in einen
langen, dunklen Flur ab. »Wir sind jetzt im Keller des
Verwaltungsgebäudes. Der Hausmeister nimmt es meist

nicht so genau und trinkt lieber sein Bierchen, statt die Türen zu kontrollieren.«

Sie bogen noch einmal nach rechts ab, vorbei an zahlreichen Kellertüren, die wohl zu Lagerräumen führten. Es war duster und roch muffig. Nur wenige kleine Fenster ließen in großen Abständen etwas Licht herein. Da blieb Sandy abrupt stehen.

»Wartet! Ich glaube, ich hab was gehört.« Sandy lauschte angestrengt. Dann hörten es die anderen auch: eine Frauenstimme summte einen aktuellen Popsong. Die Stimme wurde immer lauter. Jemand kam genau auf sie zu!

»Schnell, versteckt euch! Hier rein!«, flüsterte Sandy den anderen aufgeregt zu und öffnete eine der Türen auf der rechten Seite. Gerade noch rechtzeitig, als das Licht im Flur anging, schlüpften sie in den stockfinsteren Raum, der mit alten Stühlen aus den Sechzigerjahren vollgestopft war. Mit klopfendem Herzen klammerte Lily sich an Ethan.

»Hey, Londongirl, keine Panik! Alles wird gut.« Er streichelte ihr beruhigend über den Rücken.

»Scheiße, Mann! Das war knapp!«, rief Jamie.

Sarah und Sandy kicherten hysterisch.

Sie hörten, wie sich die Schritte und das Summen entfernten, warteten dann noch eine Minute und öffneten die Tür. Sandy lugte zuerst in den Flur und gab den anderen ein Zeichen, dass die Luft rein war.

Sie schlichen weiter den Gang hinunter und nach ein paar Metern bogen sie erneut nach rechts ab.

»Da ist es!«, verkündete Sandy. Sie standen vor einer offenen Tür, die in einen Heizungsraum führte. In einem großen, langrechteckigen Bereich war der Fußboden weggebrochen, alte Fliesen stapelten sich am Boden an der Wand entlang und es waren Plastikplanen ausgelegt, die mit nasser Erde beschmiert waren. Es roch feucht und nach Schimmel.

»Sollen wir nicht lieber umkehren?« Lilys Stimme war kaum zu hören.

Die anderen betraten das Zimmer und sahen sich neugierig um. Lily zögerte und starrte in den dunklen Flur, als ob sie dort jeden Moment ein Monster erwartete.

»Wow, guck mal! Die Geräte! Wie bei Indie Jones«, begeisterte sich Jamie.

»Hey, kommt mal hier rüber! Da liegt ein Skelett!«, rief Ethan aufgeregt. Die anderen gesellten sich zu ihm und blickten in den Bereich der Ausgrabung. Lily, die nicht so weit hinter den anderen zurückbleiben wollte, betrat zögerlich den Raum und musste prompt vom aufgewirbelten Staub niesen.

»Gesundheit!«, wünschte ihr Sandy, die ihr am Nächsten stand.

»Ich mach mal ein Foto«, verkündete Ethan und zog sein Smartphone aus der Hosentasche. Bald erhellten kurze Lichtblitze den Heizungsraum.

Lily, die dadurch einen Augenblick geblendet war, als sie sich näher an die Gruppe herantastete, stolperte über ein Kabel. Mit einem schrillen Aufschrei fiel sie hinter die Absperrung der Ausgrabungsstätte, wo sie sich gerade noch mit einer Hand auf einem alten Mauerrest abfangen konnte. Sie sah, wie die anderen besorgt zu ihr liefen, doch dann war es plötzlich komplett finster. Lily schien erneut zu fallen, nur diesmal viel tiefer. Sie verlor vollkommen die Orientierung, Schwindel erfasste sie und ließ eine starke Übelkeit in ihr aufsteigen. Noch immer fiel Lily in ein Loch, das unendlich tief zu sein schien. Es war wie in Alice im Wunderland!

Nach einer gefühlten Ewigkeit, spuckte das Loch sie aus und sie landete unsanft auf dem kalten Steinboden. Noch immer roch es nach Keller und nasser Erde, doch irgendwie war da noch etwas Anderes. Und es war jetzt viel dunkler als zuvor! Es war ein eklig-süßlicher Geruch. Lily kämpfte gegen den Würgereiz an. In der Finsternis konnte sie nichts erkennen. Alles, was sie hören konnte, waren Wassertropfen, die mit einem *Platsch* irgendwo neben ihr landeten. Lily fröstelte und rieb sich die Arme. Sie musste schleunigst hier rauskommen – wo immer sie auch war. Ihre Gedanken wurden plötzlich unterbrochen von einem entfernten Geräusch. Sie spitzte die Ohren. Dann hörte sie schlurfende Schritte von mehreren Personen, die scheinbar gemächlich näherkamen. Und auf einmal wurde eine Art Singsang angestimmt, der durch die Dunkelheit hallte. Sie schien sich, der Akustik nach, in einem alten Gewölbe zu befinden.

Der Gesang wurde immer lauter und die Schritte näherten sich. Nun sah sie auch den schwachen Schein von Fackeln, der über die feuchten, bröckeligen Steinwände huschte.

»Pater noster, qui es in caelis, sanctificetur nomen tuum. Adveniat regnum tuum. Fiat voluntas tua, sicut in caelo, et in terra …«

Lily erkannte darin das Vaterunser in lateinischer Sprache, das sie damals in ihrer früheren katholischen Schule in London hatte auswendig lernen müssen. Die Angst, die stetig in ihr hochgekrochen war, umklammerte nun fest ihr Herz, das in ihrer Brust heftig pochte.

Schnell duckte sie sich hinter einen nahen Mauervorsprung und beobachtete, wie neun Männer in schwarzen Kutten und mit hochgezogenen Kapuzen um die Ecke bogen. Die ersten beiden Mönche hielten Fackeln, der Nächste trug ein Kreuz, das er wie ein Schild vor sich hochhielt. Die anderen, so erkannte sie mit Entsetzen, trugen einen schlichten Holzsarg!

Als die Männer das *Amen* sprachen, waren sie an einem Steinpodest angelangt, auf dem sie den Sarg abstellten. Ein Wassertropfen traf sie im Genick und Lily zuckte zusammen. Ihr Fuß rutschte zur Seite und verursachte ein scharrendes Geräusch auf dem schmutzig-feuchten Boden. Einer der Mönche schnappte sich nun eine Fackel und drehte sich blitzschnell zu ihr um. Sie konnte sich nicht schnell genug ducken und ihre Augen trafen sich.

Der Mönch riss die Augen auf, irrsinnige Wut glitzerte in ihnen und er schrie: »Malefica!«

Nun hatten sich auch alle anderen umgedreht und starrten sie erschrocken an. Schnell bekreuzigten sie sich und der Erste, der sie gesehen hatte, nahm nun das Kruzifix an sich und hielt es ihr entgegen, als wolle er sie damit aufspießen.

Lily schluckte und sah sich verzweifelt nach einem Fluchtweg um. Das konnte nichts Gutes bedeuten, sie musste weg!

Mit einem wilden Aufschrei und ausgestrecktem Kreuz stürzte sich der Mönch auf sie. Lily konnte sich gerade noch zur Seite werfen, um nicht durchbohrt zu werden. Doch anstatt neben seinen in Sandalen steckenden Füßen auf dem Boden zu landen, fiel sie erneut in das Alice-Loch, das sie in einer schier unendlichen Spirale emporzog. Plötzlich landete sie erneut unsanft auf dem harten Boden.

»Autsch!« Lily rieb sich den schmerzenden Arm und setzte sich vorsichtig auf. Sofort griffen starke Arme nach ihr und zogen sie hoch.

»Himmel, Lily! Geht es dir gut?«

Einen Augenblick später lag ihr Gesicht an Ethans Brust.

Lily nuschelte ein »Danke, geht schon.«

Sie zitterte noch am ganzen Körper und Ethan zog sie fester an sich. Was war nur passiert? Hatte sie sich etwa bei ihrem Sturz den Kopf angeschlagen? Als sie aufblickte, sah sie die besorgten Mienen ihrer Freunde.

»Wir sollten jetzt wirklich gehen!«, rief Sarah aufgeregt.

Die anderen nickten zustimmend und machten sich auf den Weg nach draußen, allen voran Sandy. Ethan stützte Lily, die ein wenig hinkte. Scheinbar hatte sie sich beim Sturz auch den Knöchel verstaucht.

»Geht es?«, fragte er besorgt.

Lily nickte schweigend und humpelte tapfer voran.

Unterwegs erzählte Sandy unentwegt vom Blackfriars Kloster: »… und wisst ihr, dass die Dominikaner eine große Rolle bei der Hexenverfolgung gespielt haben? Der berühmte Hexenhammer wurde zum Beispiel von einem Dominikaner verfasst. Weil sie im Aufspüren von Ketzern so erfolgreich waren, wurden sie auch die Hunde des Herrn – auf Latein domini canes genannt.«

Lily zuckte erschrocken zusammen.

»Was hast du?« Ethan blieb abrupt stehen und sah sie forschend an.

»Ich … ich glaube, ich hatte wieder so eine Art Vision – nur diesmal viel lebendiger als sonst.«

Sie blieben ein Stück weit hinter den anderen zurück und Lily erklärte flüsternd: »Da waren Mönche in schwarzen Kutten und ein Sarg. Einer von ihnen schrie Malefica, als er mich sah und plötzlich gingen sie auf mich los. Dann war alles schwarz und als Nächstes war ich wieder bei euch.«

Ethan runzelte die Stirn. »Malefica? Das heißt Hexe auf Latein. Was hat das zu bedeuten?«

Lily zuckte nur ratlos mit den Schultern. »Wir sollten weitergehen, sonst verlieren wir die anderen.«

Sie setzten sich wieder in Bewegung und bald schon standen sie wieder draußen an der frischen Luft, die Lily gierig in ihre Lungen sog. Noch immer hatte sie ein wenig Herzklopfen. Ethan musterte sie besorgt von der Seite. Nach den Vorfällen im vergangenen Jahr war aus dem ehemals sehr distanzierten Jungen ein fröhlicher und aufgeschlossener junger Mann geworden. Eine große Last war ihm seit der Auflösung des Fluches von den Schultern gefallen, doch nun umwölkten wieder Sorgenfalten seine Stirn. Was wohl mit Lily vor sich ging? Sarah, Sandy und Jamie waren noch ganz aufgekratzt von ihrem kleinen Abenteuer und begannen nun laut zu lachen.

»Wahnsinn! Das war wirklich toll! Danke, dass du uns die Gräber gezeigt hast«, wandte sich Jamie an Sandy, als sie sich wieder ein wenig beruhigt hatten.

Sarah nickte zustimmend und schmiegte sich an ihren Freund.

»Kein Thema! War mir ein Vergnügen«, grinste Sandy.

»Ich glaube, Lily braucht jetzt ne kleine Stärkung auf den Schreck hin«, mischte Ethan sich ein. »Können wir gehen?«

Lily lächelte ihn dankbar an. Die anderen stimmten zu und sie brachen zum Einkaufszentrum auf, wo sie zuerst in der Eisdiele Halt machten und Lily sich nach einem großen Schokobecher wieder halbwegs menschlich fühlte. Der restliche Tag verging wie im Flug. Sarah, Lily und Sandy verausgabten sich beim Shopping auf der Suche nach dem perfekten Outfit für die Hochzeit, während die Jungs sich im Elektronikmarkt, einem Fachgeschäft für Gamer und einem Café gut amüsierten.

Nach einem sehr lustigen Abendessen und einem spannenden Kinofilm, begaben sie sich schließlich wieder auf den Heimweg. Auf dem Rücksitz kuschelte Lily sich an Ethan. Ihre Augen waren schwer und sie fühlte sich angenehm schläfrig.

Ethan strich ihr liebevoll eine blonde Strähne aus der Stirn und flüsterte: »Lily, ich habe Neuigkeiten. Du erinnerst dich doch an meinen Onkel Ewan, der in der Distillery auf Islay arbeitet?«

Lily gab ein zustimmendes *Hm* von sich.

»Weißt du, er hat mir einen Ferienjob angeboten, der echt gut bezahlt wird … Ich werde ihn wohl annehmen.«

Mit einem Schlag war Lily wieder hellwach. Hatte er da Ferienjob gesagt? Auf Islay?!!! Das waren sicher sieben Stunden Fahrt von hier.

Sie schreckte hoch und sah ihn entgeistert an. »Aber ... Aber wir wollten doch gemeinsam was machen. Wir wollten doch zusammen sein«, stammelte sie.

Ethan fühlte sich nun sichtlich unwohl.

»Ich weiß, aber ich brauche das Geld, wenn ich dann bald auf die Uni gehe. Und mein Auto ist auch dauernd in Reparatur. Die alte Klapperkiste kostet mich Etliches. Es tut mir leid«, antwortete er zerknirscht.

Lilys Puls beschleunigte sich und ihr Herz krampfte sich zusammen. Wie konnte er ihr das nur antun? Gab es denn hier in der Nähe keine Jobs? Sie unterdrückte die Tränen, die sich in ihren Augen bildeten und schluckte heftig.

»Was wird aus mir? Und aus unserem Campingtrip? Kannst du denn keinen Job hier in Witford oder Aberdewy finden?«

Lily wusste, dass es egoistisch war, ihn unter Druck zu setzen, aber sie konnte nicht anders. Sie wollte sich auf keinen Fall vorstellen, wie schrecklich eine so lange Trennung von Ethan wäre.

»Der Job ist wirklich sehr gut bezahlt. Sowas finde ich hier nie. Aber hör zu, ich hatte mir gedacht, dass du vielleicht mitkommen könntest. Mein Onkel sucht dringend Schüler und Studenten, um die großen Besuchermassen im Sommer durch die Distillery zu führen. Ich bin sicher, er würde dir auch einen Job geben. Wir können während der Zeit bei ihm wohnen«, erklärte er enthusiastisch.

Lily blinzelte die Feuchtigkeit aus ihren Augen und sah ihn hoffnungsvoll an. »Meinst du wirklich? Aber ob Mum das erlaubt?« Lily biss sich auf die Unterlippe.

Ethan schwieg nachdenklich und Lily kuschelte sich für den Rest der Fahrt wieder an ihn. Wie sollte sie das nur ihrer Mutter beibringen?

apitel 4: Hoffnung

»*Die Hoffnung ist der Regenbogen über dem herabstürzenden Bach des Lebens.*«

Friedrich Nietzsche

Als Lily am nächsten Morgen die Augen aufschlug und sich in ihrem Bett räkelte, hörte sie von unten bereits Geschirrklappern und ein leckerer Duft zog durch die Türritze ins Zimmer.

»Mhmm.« Sie schnupperte. Croissants? Und frisch gebrühter Kaffee! Zeit zum Aufstehen …

Mit einem Lächeln schwang sie sich aus dem Bett. Doch dann fiel es ihr wieder ein: sie musste ihre Mutter heute fragen! Wie sollte sie es nur anstellen, Mum davon zu überzeugen, sie mit Ethan nach Islay zu lassen? Lilys Stirn legte sich in Falten und sie seufzte tief.

Mit deutlich weniger Elan als zuvor, schlurfte sie ins Bad und machte sich fertig, um dann zu ihrer Mutter in die Küche zu gehen.

»Hi, Spätzchen! Wie hast du geschlafen? Ich hab uns ein leckeres Sonntagsfrühstück gemacht«, strahlte Monica ihre Tochter an.

Lily lächelte zurück. »Wow, Mum! Du hast dir echt Mühe gegeben. Feiern wir was?«

»Brauchen wir denn einen Grund zum Feiern, wenn wir frische Buttercroissants essen wollen?«

Lilys Blick fiel auf das gefüllte Sektglas, in dem sich winzige Perlen ihren Weg an die schaumige Oberfläche bahnten.

Monica folgte ihrem Blick. » ... oder ich mir mal ein Gläschen Sekt gönnen will?«

Lily hob fragend eine Augenbraue. »Mum?«

»Oh, na schön! Ich habe ein Date!« Monica quietschte vergnügt.

»Was? Mit wem?« Verdutzt vergaß Lily, das abgerissene Stückchen Croissant in den Mund zu stecken und starrte ihre Mutter an.

»Er heißt Mortimer Gibson ...«

»Der Ärmste!«, prustete Lily los und erntete dafür einen vernichtenden Blick von ihrer Mutter.

»`Tschuldigung.«

»Lily, ich weiß ja, dass es schwer für dich sein muss, wenn wieder ein neuer Mann in mein Leben tritt, aber du musst auch mich verstehen. Seit ich von deinem Vater getrennt bin, habe ich mich nicht mehr mit anderen ge-

troffen und jetzt … Jetzt habe ich eben Morti kennengelernt und er ist wirklich charmant und witzig. Bestimmt
wirst du ihn auch mögen.«

»Hmpf. Sicher«, presste Lily hervor. Sie wollte sich ja
für ihre Mutter freuen, aber irgendwie hatte die Sache einen bitteren Beigeschmack.

»Wie hast du ihn eigentlich kennengelernt?«

»Oh, ich als alter Workaholic musste schon während
der Arbeit über ihn stolpern«, lachte Monica. »Es war
während einer Firmenkonferenz und er musste einen
Vortrag halten. Dummerweise hat er sich direkt davor
ein Glas Rotwein über sein Hemd geschüttet. Da hat er
sich hilfesuchend an mich gewandt. Du weißt ja, ich bin
Mädchen für alles. Und ich hab ihm dann ein passendes
Hemd von unserem Barkeeper besorgen können, der für
solche Fälle immer gut gerüstet ist. Zum Glück haben sie
in etwa die gleiche Größe.«

»Ja, zum Glück.«

»Er hat sich danach dann überschwänglich bei mir be-
dankt und mir am nächsten Tag sogar einen großen Blumenstrauß ins Büro geschickt – fünfzig rote Rosen! Und
an dem Strauß hing eine Karte, auf der er mich fragte, ob
ich nicht mal mit ihm ausgehen wolle. Na ja, da hab ich
eben zugesagt«, strahlte sie.

»Das ist wirklich toll Mum. Wo geht ihr hin?«

»Er holt mich heute um 18 Uhr ab und wir gehen in
ein ganz chices Restaurant in Aberdeen. Ich muss mich

also ordentlich aufbrezeln. Hilfst du mir, ein Kleid aus-
zusuchen?«

Lily nickte nachdenklich. Ob nun ein guter Zeitpunkt
war, sie wegen dem Ferienjob zu fragen? Immerhin hatte
sie gute Laune …

»Ähm, Mum?«

»Ja, Liebling?«

»Ich muss dich da auch noch was fragen. Es geht um
die Ferien. Ethan wird einen Job bei seinem Onkel in einer Whiskydestillerie auf der Insel Islay annehmen. Und,
na ja, da haben wir uns gedacht, ich könnte dort vielleicht
auch einen Job als Tourguide bekommen.« Lily
schluckte, als sie mit klopfendem Herzen Monicas Antwort abwartete.

Diese drehte sich verblüfft zu ihrer Tochter und sagte
erst einmal nichts. Nach einer gefühlten Ewigkeit antwortete ihre Mutter: »Auf Islay? Weißt du denn, wie weit
das von hier weg ist?«

»So etwa sieben oder acht Stunden Fahrt?« Lily zupfte
nervös an ihrem Ärmel.

»Ganz genau! Und mein Fräulein, du bist noch lange
nicht volljährig. Ich halte es wirklich nicht für eine gute
Idee, dass du quasi mutterseelenallein auf eine abgele-
gene Insel fährst. Was habt ihr euch dabei nur wieder gedacht?!«

»Wir haben uns das wirklich gut überlegt!«, verteidigte Lily ihren Plan. »Wir können beide bei Ethans On-

kel Ewan wohnen. Ich würde mein eigenes Geld verdienen und lernen, Verantwortung zu übernehmen. Es wäre eine wirklich wichtige Erfahrung für mich, vor allem als Vorbereitung für die Uni. Da werde ich doch auch nicht mehr bei dir wohnen können und muss selbständig sein. Das wäre echt die perfekte Vorbereitung, Mum! Ethans Onkel wird gut auf uns aufpassen, versprochen.«

Monica sah ihre Tochter skeptisch an. »Ich denke, ich sollte mal mit Ethans Vater sprechen, was er von der ganzen Sache hält. Und ob dieser Ewan zuverlässig ist.«

Lily brach in Jubel aus.

»Moment, junge Dame, ich habe noch nicht ja gesagt.«

Lily nickte einsichtig, doch ein kleines, hoffnungsvolles Lächeln stahl sich auf ihr Gesicht und ein warmes Gefühl breitete sich in ihr aus.

Den Rest des Vormittages testeten Lily und Monica eifrig verschiedene Outfits. Nachdem sie einen Berg an Klamotten auf Monicas Bett verstreut hatten, schienen sie endlich das Richtige gefunden zu haben. Freudig drehte Lilys Mutter sich vor dem Spiegelschrank hin und her.

»Das kleine Schwarze ist eben nie verkehrt«, verkündete sie.

»Du siehst klasse aus, Mum!«, rief Lily und setzte kaum hörbar hinzu: »Ich hoffe, er ist es auch wert.«

Nach dem Mittagessen rief Monica Ethans Vater Alan an und befragte ihn wegen der ganzen Geschichte mit Islay.

Er schien bereits mit ihrem Anruf gerechnet zu haben und versicherte ihr, dass sein Ex-Schwager Ewan ein verantwortungsbewusster Erwachsener war, der sich gut um ihre Kinder kümmern würde.

»Ich denke, es ist für die beiden ein wichtiger Schritt in Richtung Erwachsenwerden. Ethan ist ein sehr vernünftiger Junge, vielleicht sogar ein wenig zu ernst. Ich finde, die Freundschaft mit Lily tut ihm richtig gut. Er ist in den letzten Monaten regelrecht aufgeblüht. Wir sollten ihnen diese Chance geben, auch wenn ich verstehe, dass es Ihnen sicher nicht leichtfällt, Ihre Tochter alleine gehen zu lassen. Sie ist aber dort in guten Händen, Mrs. James.«

»Oh, nennen Sie mich bitte Monica.«

»Nur, wenn Sie mich Alan nennen.«

Monica lächelte. »In Ordnung, Alan. Sehr gerne. Nun, wenn Sie wirklich meinen, dass das eine gute Idee ist? Ich muss zugeben, Lily war bisher eigentlich auch immer sehr vernünftig. Vielleicht sollte ich ihr diese Chance wirklich geben. Ich würde aber sehr gerne noch mit Ewan … Wie heißt Ihr Schwager eigentlich mit Nachnamen? Also, ich würde auch gerne noch mit ihm persönlich sprechen, bevor ich meine Zustimmung gebe. Könnten Sie mir eventuell seine Nummer geben?«

»Ex-Schwager. Ich bin geschieden. Natürlich, sein Name ist Ewan Birdie.«

Alan diktierte Monica die Nummer und sie verabschiedeten sich.

Hinter ihr schlich Lily aufgeregt hin und her. Als Monica den Hörer auflegte, sah sie sie fragend an.

»Nein, ich habe mich noch immer nicht entschieden. Ich rufe jetzt mal Ethans Onkel an«, bestimmte sie.

Und schon tippte sie die Nummer ein, die Alan ihr gegeben hatte.

Lily seufzte tief, ging ins Wohnzimmer und ließ sich geräuschvoll auf die Couch plumpsen.

Ewan ging beim ersten Versuch nicht ans Telefon, doch Monica gab nicht auf. Nach dem zweiten Versuch bekam sie ihn endlich an sein Handy und sie führten ein längeres Gespräch, von dem Lily nur die Hälfte mitbekam, da Monica sich in die Küche setzte. Nur hin und wieder hörte sie ihre Mutter laut auflachen. Schien ja ein lustiger Typ zu sein …

Nach einer gefühlten Ewigkeit hörte Lily ihre Mutter im Flur. Mit einem *Bliep* stellte sie das Telefon wieder in die Ladestation und setzte sich dann neben Lily auf die Wohnzimmercouch.

Sie strich ihrer Tochter liebevoll übers Haar und setzte dabei ein Pokerface auf.

Lily wurde unruhig. »Mum? Was ist? Darf ich?«

Monica zögerte kurz und ließ ihre einzige Tochter ein wenig zappeln.

»Mum!«, flehte Lily ungeduldig.

»OK.«

»OK? So wie in *OK, du darfst fahren*?«

»Ja, ich denke, ich kann diesem Ewan vertrauen. Er scheint ein anständiger Kerl zu sein und Alan hat das ja auch bestätigt. Ich lasse euch fahren.«

Lily setzte zu einem Jubelschrei an, der jäh von Monica unterbrochen wurde:

»Aber unter folgenden Bedingungen: du machst, was Ewan dir sagt, keine eigenen Eskapaden und rufst mich jeden Tag an. Verstanden?«

»Verstanden.« Lily grinste wie ein Honigkuchenpferd und fiel ihrer Mutter um den Hals. Diese lächelte und erwiderte die Umarmung.

»Mein kleines Mädchen wird langsam erwachsen.«

✳ ✳ ✳

Punkt 18 Uhr klingelte es und Monica rief ihrer Tochter von oben zu, sie solle doch bitte aufmachen. Widerwillig schlich sie zur Tür und öffnete sie. Davor stand ein grinsender Mann in einem Trenchcoat und überkämmten, graumelierten Haaren. Ein Schwall Aftershave wehte ihr entgegen.

»Hallo! Du musst Lily sein. Ich bin Mortimer, aber du kannst ruhig Morti sagen. Das tun alle. Ich habe eine Verabredung mit deiner Mutter.«

»Ja, bitte kommen Sie herein. Sie ist gleich fertig.« Lily trat zur Seite und ließ den Mann eintreten, der in einer

Hand einen eingewickelten Blumenstrauß umklammerte. Unbehagliches Schweigen breitete sich zwischen ihnen aus, von dem sie erst nach einigen Minuten durch das Erscheinen Monicas erlöst wurden.

»Du siehst umwerfend aus, Monica«, rief Morti sichtlich hoch erfreut durch diesen Anblick.

Lily verdrehte heimlich die Augen.

»Danke, Morti. Du siehst aber auch sehr gut aus. Wollen wir?«

Erst jetzt fiel ihm der Blumenstrauß wieder ein und er zog ihn schnell hervor und reichte ihn Monica.

»Oh, Morti! Wie wundervoll! Lily, mein Schatz, stellst du die bitte in die Vase?«

Lily nahm den Strauß an sich und rief den beiden noch »Viel Spaß« zu, bevor sie damit in der Küche verschwand.

»Danke, Liebling. Bis später! Warte nicht auf mich«, kam die Antwort und kurz darauf war das Klicken der Haustür zu hören.

Lily stopfte die Blumen missmutig in die Vase und knallte sie auf den Tisch. Dann schlurfte sie ins Wohnzimmer und machte den Fernseher an. Es lief gerader ein Werbespot für den Kinofilm Cinderella, in dem die Schauspielerin Lily James die Hauptrolle hatte. Das war lustigerweise auch ihr Name und sie sah ihrer berühmten Namensvetterin sogar recht ähnlich, wenn sie selbst auch erst fünfzehn war – na ja – immerhin fast sechzehn. An ihrem ersten Schultag in Witford war sie wegen dieser

Ähnlichkeit sogar ausgelacht worden. Aber den dummen Hühnern der In-Clique würde sie es schon noch zeigen. Mit einem zufriedenen Grinsen dachte sie daran, dass sie nun mit einem der beliebtesten Jungs der ganzen Schule ging, um den sie sicher so einige beneideten. Das Leben war gar nicht mal so schlecht. Sie zog ihr Smartphone hervor, um Ethan eine kurze Nachricht zu schicken und sofort kam die Antwort zurück. War er nicht perfekt?! Schon fühlte sie sich deutlich besser. Was jetzt noch fehlte, war Schokolade. Sie ging zum Gefrierfach und holte sich eine große Packung Schokoeis. Nein, das Leben war wirklich nicht so schlecht.

Am nächsten Morgen standen Jo, Lily und Sarah in einer Ecke der großen Eingangshalle ihrer Schule und steckten aufgeregt die Köpfe zusammen.

»… aber hast du ihn denn nicht gesehen! Er hat nen richtig dicken Oschi auf seiner Wange!«, rief Sarah und deutete eine übertriebene Größe mit beiden Händen an.

»Na ja, vielleicht ist es nur Zufall. Ich meine, jeder kann mal nen Pickel kriegen, oder?«, wandte Lily ein. Doch insgeheim war ihr doch mulmig beim Anblick des großen Furunkels auf Angus' Wange geworden.

»Zauber oder Zufall! Ganz egal, Hauptsache er leidet drunter.« Jos Augen blitzten vor Genugtuung.

»Ich sage Euch, wir haben gezaubert. Wir sind echte Hexen!« Sarah war voll Enthusiasmus.

Lily und Jo verdrehten nur die Augen.

»Ich werde mal ausprobieren, ob ich mein Zeugnis mit ein bisschen Magie verbessern kann. Ich sage euch, wenn das eine geklappt hat, dann ist alles möglich. Besonders meine Mathenote lässt zu wünschen übrig.«

»Mach dir da nicht zu große Hoffnungen«, meinte Lily.

»Ja, vermutlich war es wirklich nur Zufall. Aber ein echt cooler!«, rief Jo grinsend und klatschte leise in die Hände.

»Pff, von wegen Zufall! Ich werde es euch schon noch beweisen. Und wenn es in Witford schon Geister gibt, wieso dann nicht auch Hexerei? Aber genug davon, was hat denn deine Mum zu deinen Ferienplänen gesagt?«, lenkte Sarah das Thema in eine andere Richtung.

»Ha! Sie hat es erlaubt, stellt euch vor! Ich werde mit Ethan nach Islay fahren«, verkündete Lily stolz.

»Wow, das ist ja super! Ich freu mich für dich« Jo fiel ihr um den Hals.

»Da werde ich ja glatt neidisch! Ich wünschte, Jamie würde mit mir auch in den Urlaub fahren.«

»Es ist aber nicht wirklich Urlaub, wir müssen dort arbeiten. Es ist ein ganz normaler Ferienjob«, erklärte Lily.

»Ja, aber trotzdem … Ihr werdet doch sicherlich auch genügend Freizeit haben, um was zu unternehmen. Schlaft ihr dort denn in einem Zimmer?« Sarah zog anzüglich die Augenbrauen hoch.

»Ich glaube, wenn es nach meinem Vater ginge, müssten wir in verschiedenen Häusern schlafen«, grinste Lily.

»Aber was er nicht weiß … «

»Autsch! Ist er so prüde?«, fragte Jo.

»Ja, er ist streng katholisch. Wenn der davon erfährt, dass ich mit Ethan allein unterwegs bin, kommt er sicher extra aus London und schleift mich nach Hause«, kicherte Lily. »Meine Mum ist da nicht ganz so streng.«

»Aber dein Dad hat deine Mum betrogen?«, mischte Sarah sich ein.

Lily nickte betreten.

»Immer diese Doppelmoral!«, schnaubte Sarah. »Da hab ich ja Glück mit meinen Eltern. Die sind da echt cool drauf, was Jamie und mich betrifft. In der Mittagspause wird jedenfalls gefeiert: Lilys Ferienjob und unser neuer Hexenzirkel. Darauf müssen wir mit einem Erdbeershake anstoßen«, verkündete sie breit grinsend.

apitel 5: Geistreich

»Geister sind transparent.«
J. K. Rowling

»Hast du denn deine grüne Sporttasche schon einge-
packt? Und dein Kissen? Bist du sicher, dass du nicht
noch eine Extradecke mitnehmen willst?« Monica lief
nervös vor Ethans Auto auf und ab.

»Ja, ja und ja. Keine Sorge, Mum, die haben auch auf
Islay Decken«, versuchte Lily ihre Mutter zu beruhigen.

Ethan war derweil damit beschäftigt, die diversen Gepäckstücke in den Kofferraum seines Mitsubishi Lancers
zu stopfen.

»Ja, aber auf diesen schrecklichen Hebrideninseln ist
es doch immer so fürchterlich kalt und zugig! Ich will
nicht, dass du dich erkältest, mein Spätzchen. Oh, da fällt
mir ein, ich habe dir noch eine Tasche mit Medikamen-
ten gepackt, nur für den Notfall. Bin gleich wieder da.«
Mit diesen Worten verschwand Monica im Haus.

Lily schob ihre Hände in die Hosentaschen und schlenderte zu Ethan. Dieser drehte sich zu ihr um und grinste. »Ich schätze, wenn deine Mum so weitermacht, muss ich mir einen Lastwagen besorgen.«

»Sie meint es nur gut.« Lily zuckte entschuldigend mit den Schultern.

»Ich weiß, komm her.« Ethan legte einen Arm um ihre Taille, zog sie näher zu sich und küsste sie.

Hinter ihnen räusperte sich Monica und sie fuhren auseinander.

»Hier, Liebling. Da sind Sachen gegen sämtliche Weh-wehchen drin, von Kopfweh bis zu Magenkrämpfen, Rei-seübelkeit, Verbandszeug … «

»Danke, Mum! Ich hoffe, ich werde es nicht brau-chen.«

»Ja, das hoffe ich auch! Den Proviant für die Fahrt hast du vorne?«

»Ja, alles da.«

»Und dein Handy samt Ladegerät?«

»Jahaaaa!«

»Wir sind startklar, Mrs. James«, meldete sich Ethan zu Wort.

»Na, dann. Nun ist es wohl Zeit für einen Abschied.« Monica kämpfte mit den Tränen.

Lily umarmte ihre Mutter und diese drückte ihre Tochter fest an sich.

»Komm heil wieder, hörst du? Und mach keine Dummheiten. Sobald ihr angekommen seid, rufst du mich an, ja?«

»Mach ich, Mum. Bis in drei Wochen! Du hast ja jetzt Morti, der dir Gesellschaft leistet.«

Mortimer war nach dem ersten Date noch viele weitere Male mit Monica ausgegangen und Lily befürchtete etwas Ernstes dahinter. Noch immer war sie nicht so recht mit ihm warm geworden.

»Das ist nicht dasselbe«, schniefte Monica.

Lily lächelte ihr aufmunternd zu, dann stieg sie ins Auto zu Ethan, der Monica winkte und den Motor startete.

Noch lange, nachdem sie außer Sichtweite waren, stand Monica am Straßenrand und blickte ihnen nach.

❊ ❊ ❊

»Na, bereust du es schon, mit mir gefahren zu sein? Du bist so still«, wandte Ethan sich an seine Reisegefährtin.

Sie fuhren gerade durch eine atemberaubende Landschaft in den Highlands. Eine schmale, kurvige Straße zwängte sich zwischen hochaufragenden, saftiggrünen Bergen hindurch. Dunkle Wolkenfetzen hingen in den felsig-schroffen Gipfeln hoch über ihnen und versprachen Regen.

Lily wurde durch die Frage aus ihren Gedanken gerissen und wandte sich ihm zu.

»Nein, sicher nicht. Ich habe nur grade an Sarah und Jo gedacht. Sarah meinte tatsächlich, sie könne mit Zauberei ihr Zeugnis verbessern. Das ist leider gründlich in die Hose gegangen. Sie hat dann auch mit ihren Eltern richtigen Ärger bekommen, weil sie in Mathe so schlecht war. Und ich mache mir echt Sorgen um Jo. Es hat sie zwar etwas aufgemuntert, dass Angus seit zwei Wochen mit einem riesigen Furunkel auf der Wange herumläuft, was seine weiblichen Anhänger ziemlich abgeschreckt hat, aber insgesamt ist sie doch immer noch recht niedergeschlagen. Sarah will mit ihr nächstes Wochenende auf das T -in -the -park -Festival gehen, um sie auf andere Gedanken zu bringen. Aber es ist noch nicht sicher, ob ihre Eltern das erlauben.«

»Kopf hoch, die beiden kommen sicher auch mal ein paar Wochen ohne dich zurecht. Und es gibt ja auch noch Telefon und Whatsapp … Wir sind ja nicht aus der Welt. Sag mal, dachte Sarah wirklich, sie könne zaubern?« Ethan lachte auf. Doch es drängte sich plötzlich wieder eine Erinnerung in ihm hoch. Er sah Lily vor sich, wie sie letztes Jahr im Schloss eine Art Lichtblitz erzeugt und nach dem Geist des bösen Schlossbesitzers geschleudert hatte, um ihm das Leben zu retten. Unweigerlich musste er schlucken und das Lachen blieb ihm in der Kehle stecken.

»Ja, da hat sie sich wohl ein wenig überschätzt. Aber nach all dem, was ich letztes Jahr erlebt habe, schließe ich nichts mehr so schnell aus …«

»Du hast Recht. Es gibt mehr Dinge zwischen Himmel und Erde …«

»Ohoo, ein Shakespearezitat, Mr. Black?«, lachte Lily.

»Hey, na klar! Hälst du mich etwa für einen ungebildeten Klotz? Immerhin ist meine Mutter Englischprofessorin in Oxford.«, empörte er sich gespielt.

»Und der Apfel fällt nicht weit vom Stamm, meinst du wohl? Na, gut, dann glaub ich dir das eben«, scherzte Lily.

Ihre Aufmerksamkeit galt bald wieder der eindrucksvollen Landschaft, die vor ihrem Fenster vorbeizog.

Sie fuhren das letzte Stück durch den Loch Lomond und Trossachs Nationalpark auf der A83. Bald würden sie Inveraray erreichen. Die Wolken verfinsterten den Himmel immer mehr und tauchten die Berge in ein mystisches, unwirkliches Licht. Die Hänge wirkten nun wie traurige Riesen, auf denen Schattenbilder düstere Gemälde entstehen ließen.

Lily gähnte ausgiebig und lehnte ihren Kopf zur Seite. Nach und nach fielen ihr die Augen zu, die wildromantische Landschaft verwandelte sich in einen grünen Schleier und langsam sank sie in einen unruhigen Schlaf.

✳ ✳ ✳

Geweckt wurde sie vom lauten Gebrause des Windes, der an ihrem Auto zerrte und ächzte. Verwirrt blickte sie um sich und brauchte eine Sekunde, um sich zu erinnern, wo sie sich befand. Sie rieb sich ihren schmerzenden Nacken und blickte zu Ethan.

»Na, Schlafmütze, auch wieder wach?«

»Wo sind wir?«

»Fast schon am Fährterminal, aber ich befürchte, dass sie bei diesem Sturm die Überfahrt gestrichen haben.«

Erschrocken setzte Lily sich kerzengerade in ihren Sitz und riss die Augen weit auf.

»Meinst du wirklich? Aber was sollen wir dann tun?«

»Ganz einfach, wir suchen uns eine Unterkunft und nehmen morgen Früh gleich die erste Fähre rüber.«

Etwas beruhigter, lehnte Lily sich wieder in ihren Sitz zurück und beobachtete die Bäume am Straßenrand, die bedenklich hin und her schwankten. Der Himmel war mittlerweile so dunkel, als würde die Sonne gerade untergehen. Ein Blick auf die Uhr verriet ihr, dass es gerade mal Viertel nach fünf war.

Kurze Zeit später fuhren sie auf das Areal des Fährterminals. Das Meer war in Aufruhr. Die Gischt spritzte in hohem Bogen auf den Parkplatz und durchnässte jeden, der sich aus dem Auto wagte. Bis auf zwei weitere Wägen, war niemand weit und breit zu sehen. Ethan fuhr so nah wie möglich an das Terminalgebäude heran und öffnete seine Tür.

»Bleib du sitzen, ich frage sicherheitshalber nochmal nach. Außerdem wissen sie vielleicht auch ne Unterkunft in der Nähe«, rief er ihr über das Tosen des Windes zu. Da wurde die Tür von einer heftigen Böe aufgedrückt und ein Schwall Regen und Gischt hereingeweht. Lily kniff die Augen zusammen, während Ethan sich mit aller Kraft gegen die Tür stemmte, um sie zu schließen. Dann lief er zum Terminal hinüber.

Zehn Minuten später tauchte er wieder auf und zwängte sich durch einen schmalen Türspalt ins Auto.

»Puh, was für ein Mistwetter! Ich bin ganz durchweicht von den paar Schritten.« Er fuhr sich mit der Hand durch seine zerzausten, triefenden Strähnen, die noch schwärzer wirkten als sonst. Ein einzelner Regentropfen bahnte sich einen Weg über seine Stirn.

»Und? Was haben sie gesagt?«, fragte Lily, die sich die Antwort schon denken konnte. Niemand würde bei diesem Sturm aufs offene Meer hinausfahren.

»Alle Fährdienste an der gesamten Küste wurden für heute eingestellt. Die nächste Fähre geht morgen um 9.45 Uhr. Ich hab nach einer Unterkunft gefragt, und der Typ hat netterweise mit der örtlichen Tourist-Info telefoniert. Aber scheinbar ist aufgrund des Sturmes alles voll, außer einem letzten Zimmer im Woodfield-Castle-Hotel. Wir werden es wohl nehmen müssen, nutzt ja nichts …«

»Wow, ein echtes Schloss? Können wir uns das denn überhaupt leisten?«, fragte Lily besorgt.

»Günstig wird es sicher nicht sein, aber das werden wir ja gleich sehen. Es ist nur zehn Minuten von hier. Ich würde sagen, wir fahren mal hin. Ich muss aus den nassen Sachen raus.«

Lily nickte und begann nervös an den Fingernägeln zu kauen. Ethan wendete und sie kehrten dem tosenden Meer wieder den Rücken zu.

✳ ✳ ✳

Wenig später fuhren sie vor dem beeindruckenden Gebäude vor und suchten sich einen Parkplatz. Das grau-beige Schlösschen mit seinen zahlreichen Türmchen und Erkern wirkte im Sturm wie eine bedrohliche Trutzburg und wenig einladend.

»Jetzt heißt es laufen!«, rief Ethan und öffnete seine Tür. Lily folgte ihm auf dem Fuß und beide rannten Hand in Hand durch den strömenden Regen und die Eingangstreppe hoch.

Das Wasser lief beiden aus den Haaren, als sie durch das Portal und die Zwischentür in die kleine Lobby schritten. Fröstelnd rieb Lily sich die Arme und blieb einen Schritt zurück, als Ethan sich der Rezeption zuwandte.

Der Mann am Empfang musterte die beiden mit Misstrauen, doch Ethan ignorierte diesen Blick und kam gleich zur Sache: »Wir brauchen ein Zimmer, für eine Nacht. Mir wurde von der Tourist-Info in Tarbert zugesichert, dass hier noch was frei sei.«

»Tut mir leid, mein Herr, aber wir sind ausgebucht. Da wurden Sie wohl falsch informiert.«

Ethans Blick fiel auf das Schlüsselbrett hinter ihm, an dem noch ein Schlüsselbund hing. Da kam ihm eine Idee, wenn auch eine Gewagte:

»Wenn das so ist, möchte ich gerne mit dem Hotelmanager sprechen. Offenbar wissen Sie nicht, wen Sie da gerade vor sich haben. Das ist die Hollywoodschauspielerin Lily James persönlich und ich bin ihr Verlobter.« Ethans Blick durchbohrte den Mann und seine Stimme klang frostig. Der Mann schluckte heftig und schien fieberhaft seine Chancen abzuwägen. »Dürfte ich bitte einen Nachweis über Ihre Identität haben, Sir?«

»Unfassbar! Glauben Sie uns etwa nicht?!«

»Selbstverständlich, Sir. Darf ich bitte?«

»Was?«

»Den Ausweis von Mrs. James ...«

Ethan drehte sich zu Lily um, die nervös hinter ihm auf und ab tigerte. Sie fingerte ihren Ausweis aus ihrem Portemonnaie und reichte ihn Ethan, der seinen Finger auf das Geburtsdatum legte und ihm den Mann vor die Nase hielt?

»Na, bitte. Zufrieden?«, fragte er gereizt.

»Bitte verzeihen Sie mir den Fehler. Ich hatte Sie nicht gleich erkannt,« stotterte der Portier.

»Kein Problem, das passiert mir ständig. Muss an all dem vielen Make-Up liegen, das ich im Film trage«, versicherte Lily dem mittlerweile rot angelaufenen Mann.

»Natürlich. Und wenn ich das so sagen darf: Sie sehen so viel jünger aus, als im Fernsehen. Wir hätten da noch ein Zimmer, aber es entspricht leider nicht unseren üblichen Standards. Es ist etwas kleiner und ohne Minibar. Wenn Sie mir bitte folgen würden?«

Der hagere, hochgewachsene Mann, dessen braune Haare sich schon stark lichteten, nahm den letzten Schlüsselbund vom Brett und verließ den Empfangstresen. Lily und Ethan folgten ihm durch einen prachtvollen Raum, der mit Gemälden, Teppichen und Polstermöbeln vollgestopft war, in ein Gewirr aus schmalen dunklen Gängen. Des Öfteren bogen sie in andere dunkle Passagen ab und Lily kam es vor, als würde sie durch ein Labyrinth laufen. Nach einer gefühlten Ewigkeit blieb der Mann endlich vor einer Tür auf der linken Seite stehen und schloss ihnen auf.

»Bitte sehr der Herr, die Dame«, sagte er mit starrer Miene und machte dabei eine leichte Verbeugung.

Ethan schritt zügig in das Zimmer, blickte sich kurz um und sah dann Lily fragend an.

»Was meinst du, Schatz? Ist das gut genug für uns?«
Er zwinkerte ihr heimlich zu.

Lily lächelte. »Hm, ich weiß nicht, Schnuffilein. Es kommt mir doch reichlich beengt und abgelebt vor.« Sie verlieh ihrer Stimme eine Prise Hochmut, gepaart mit äußerster Verwöhntheit.

Der Mann vom Empfang runzelte die Stirn.

»Und Sie sagen, das ist wirklich Ihr einziges verfügbares Zimmer?«

»Ja, junger Herr, bedauerlicherweise.«

»In der Tat, sehr bedauerlich. Nun, dann müssen wir es wohl oder übel nehmen, nicht wahr?«

»Sehr wohl, Sir. Wenn Sie mir bitte folgen würden? Die Anmeldung müsste noch ausgefüllt werden.«

Ethan folgte dem Mann wieder durch das Gewirr an Gängen, während Lily im Zimmer zurückblieb und durch das Fenster hinaus aufs Meer blickte. Riesige graue Wellen türmten sich auf und weiße Gischt spritzte an den Felsen hoch.

Erschöpft ließ sie sich aufs Bett fallen und streifte die Schuhe ab.

Kurze Zeit später betrat Ethan das Zimmer und schloss leise die Tür hinter sich. Auf seinem Gesicht zeigte sich ein breites Grinsen.

»Wir haben das Zimmer um die Hälfte günstiger bekommen, nachdem ich all seine Mängel aufgelistet hatte. Mit seinem laschen Gegenargument des fantastischen Meerblicks konnte er heute auch nicht wirklich punkten. Und er holt für uns das Gepäck aus dem Auto. Na, wie hab ich das gemacht?« Er breitete seine Arme aus und Lily erhob sich und lief in seine Umarmung.

»Höchst zufriedenstellend, junger Herr!«, kicherte sie.

※ ※ ※

Etwa zehn Minuten später klopfte es an der Tür und der Portier stand, bepackt mit etlichen Taschen und

Rucksäcken, vor der Tür – triefend vor Nässe. Nachdem er alles abgestellt hatte, wandte er sich an Lily:

»Auf Empfehlung des Managements darf ich Sie beide heute hoffentlich als unsere Gäste im Restaurant und unserer Bar begrüßen? Es tut uns wirklich schrecklich leid, dass wir für Sie kein besseres Zimmer mehr hatten. Ich soll Ihnen ausrichten, dass unser Manager, Mr. Jones, ein großer Fan von Ihnen ist, Mrs. James.«

Ethan steckte ihm einen Schein zu und der Mann verbeugte sich, bevor er geschwind den Raum verließ.

Als die Tür ins Schloss gefallen war, plumpsten die beiden lachend aufs Doppelbett.

»Ein Glück, dass du deiner Namensvetterin so ähnlichsiehst. Ich möchte wetten, er wird dich noch um ein Autogramm bitten.«

»Ja, das glaub ich auch.«

»So, Zeit für eine heiße Dusche. Du willst mir nicht zufällig dabei Gesellschaft leisten?«

Ethan warf ihr einen intensiven Blick zu, der ihr eine angenehme Gänsehaut über den Rücken jagte.

Doch sie blockte ab: »Das hättest du wohl gern? Vergiss es.«

Mit einem Schmollmund verzog Ethan sich ins Bad und bald war das Rauschen des Wassers zu hören.

Lily seufzte und ließ sich wieder auf das Bett fallen.

Dreißig Minuten später betraten die beiden in ihren besten Sachen das vornehme Restaurant. Ethan trug ein schwarzes Cord-Sakko, das seine grünen Augen zum Leuchten brachte und Lily entschied sich für ein knielanges, rotes Kleid, das sich eng an ihre Figur schmiegte. Sie hatte sich besondere Mühe mit ihren Haaren gegeben und sogar Make-Up aufgelegt, um der Schauspielerin möglichst ähnlichzusehen. Ein eifriger Kellner führte sie zu einem runden Tisch an der breiten Fensterfront, von der aus sie das Meer im Blick hatten, das nach wie vor wild brodelte. Nachdem sie ausgiebig die Menükarten studiert hatten, bestellten sie sich die teuersten Gerichte auf der Karte plus Nachtisch – immerhin waren sie ja heute eingeladen.

»Also, an das Promidasein könnte ich mich doch glatt gewöhnen«, feixte Ethan.

Nachdem sie sich ordentlich sattgegessen hatten, lehnte sich Ethan zufrieden in seinem Stuhl zurück und blickte aufs Meer.

»So kann man es aushalten.«

»Es ist wirklich schön hier! Wir hatten Glück im Unglück. Ohne das Unwetter wären wir nie hier gelandet.«

Neben ihnen tauchte plötzlich der Kellner wieder auf und räusperte sich. »Haben die Herrschaften noch einen Wunsch?«

»Nein, vielen Dank. Es war ausgezeichnet«, antwortete Lily mit einem Lächeln.

»Der Manager möchte sie nun gerne zu einem Drink an die Bar einladen. Wir haben unter anderem eine hervorragende Auswahl an Whiskys.«

»Oh, ich weiß nicht so recht ...«, begann Lily, doch Ethan unterbrach sie mit einem »Natürlich, sehr gerne.«

»Wenn Sie mir dann bitte folgen würden? Mr. Jones erwartet sie.«

Ethan erhob sich und der Kellner rückte Lily den Stuhl zurecht.

Er führte sie in ein holzvertäfeltes Nebenzimmer mit vielen bequemen Polstersesseln und einer großen Bar, die die Stirnseite des Raumes einnahm. Nur wenige Leute saßen herum, viele davon jenseits der fünfzig und vertieft in ihre Tageszeitungen. An der Bar lehnte ein Mann mittleren Alters, der sich schnell aufrichtete, als sie eintraten. Er eilte mit ausgestreckter Hand auf sie zu und grinste von einem Ohr zum anderen.

»Mrs. James! Welch eine Ehre, dass Sie uns hier besuchen. Bitte setzen Sie sich doch.« Er zeigte auf einen Tisch in einem Erker und sie folgten seiner Einladung.

»Mein Name ist Jones, ich bin hier der Manager. Was darf ich Ihnen denn anbieten?«

Lily starrte leicht verunsichert auf das große Alkoholangebot an der Bar. Sie trank eigentlich so gut wie nie, abgesehen davon war sie noch nicht volljährig. Sie wollte sich gerade eine Cola bestellen, als Ethan ihr zuvorkam.

»Sehr erfreut! Für meine Verlobte bitte einen Chardonnay und ich hätte gerne einen Islay-Whisky. Was hätten Sie denn zur Wahl?«

»Ich kann Ihnen nur zu Ihrem hervorragenden Geschmack gratulieren, Sir. Wir haben jeden der Islay-Malts vorrätig.«

»Na, wenn das so ist, hätte ich gerne einen Cnocnamòine Distillers's Edition.«

Lily zog verwundert die Augenbrauen hoch und Ethan zuckte entschuldigend mit den Schultern.

»Sehr gute Wahl, Sir. Einen kleinen Augenblick bitte.«

Der Manager erhob sich und ging zur Bar, um die Getränke zu bestellen. In der Zwischenzeit stupste Lily Ethan in die Seite und raunte ihm zu: »Was war das denn grade?!«

»Was? Ich werde ja sowieso bald achtzehn und ich wollte schon immer die Distiller's Edition probieren. Wenn ich demnächst für die Firma arbeite, sollte ich doch wenigstens ihr Produkt kennen.«

»Und warum hast du mir Wein bestellt?«

»Wir wollen schließlich nicht auffliegen, oder? Ich glaube kaum, dass die Schauspielerin Lily James hier Cola trinken würde. Das wolltest du doch bestellen, oder?«

»Hmpf. Trink deinen Wein selber.«

»Jetzt sei lieb, es war ja nicht böse gemeint.« Ethan nahm ihre Hand und strich mit seinem Daumen sanft darüber, während er ihr tief in die Augen blickte. Sie konnte ihm nie lange böse sein.

Der Manager brachte ihnen die gewünschten Getränke und begann, in hohen Tönen über Lilys schauspielerisches Talent und ihre Filme und Serien zu schwärmen. Lily versuchte, möglichst interessiert und geschmeichelt zu wirken, während Ethan über seinem Whisky immer mehr abdriftete.

»Gibt es denn in ihrem Schloss auch Geister?«, meldete er sich nach einer halben Ewigkeit leicht lallend wieder zu Wort. Ethan war nun, da es Abend wurde, doch ein wenig mulmig zumute. Besonders das letzte Jahr hatte ihn gelehrt, dass es Spukschlösser nicht nur in Horrorfilmen gab.

Der Manager wandte sich ihm zu und lachte auf.

»Ja, in der Tat, wir haben ein Schlossgespenst.« Und mit einer dramatisch-unheilvollen Stimme fuhr er fort: »Es passierte in den ersten Jahren des zwanzigsten Jahrhunderts. Die Tochter des Barons, Miss Susan Helmsbury, die hier im Schloss aufgewachsen war, verliebte sich einst in einen der Gärtner. Natürlich war ihre Familie strikt gegen diese Verbindung und verbot ihnen, sich je wiederzusehen. Sie entließen den Gärtner und Miss Susan war am Boden zerstört. Der junge Mann jedoch gab nicht so schnell auf. Er ließ ihr, versteckt in einer Magnolienblüte, eine Notiz zukommen. Darin stand, er werde sich vorübergehend als Fischer verdingen, nur um in ihrer Nähe bleiben zu können und er werde in jeder Nacht nahe ihres Fensters vom Boot aus ein Signallicht anzünden, das bedeuten solle, die Hoffnung noch nicht aufzugeben, denn er liebe sie noch immer.

Jede Nacht ging Susan also zum Fenster und sah das Lichtsignal. Das wärmte ihr Herz und gab ihr wirklich Zuversicht.

Eines Tages kam eine Sturmflut und es herrschte helle Aufregung unter den Dienstboten im Schloss. Viele unter ihnen hatten Familienmitglieder unter den Fischern im Dorf und es hieß, dass zahlreiche Boote nicht wieder in den Hafen gekommen seien. Als Lady Susan das hörte, gefror ihr vor Schreck das Blut in den Adern. Sie eilte zu ihrem Fenster und wartete dort bis zum Morgengrauen, doch kein Licht tauchte auf. Auch nicht in der Nacht darauf. Sie wartete viele Tage und Nächte auf ein Lebenszeichen, aber es kam nie. Zwei Wochen später wurde dann ihres Liebsten lebloser Körper gefunden. Er war auf einer kleinen Insel nordwestlich von hier angeschwemmt worden. Als sie die Neuigkeiten hörte, da erfasste sie der Wahnsinn. Sie stürzte sich verzweifelt aus dem Fenster, hinab in die tosenden Wellen. Man sagt, dass sie in besonders stürmischen Nächten noch immer im Schloss umgehen solle und von jedem Fenster, das aufs Meer hinausgeht, nach ihrem Liebsten Ausschau halte.«

Lily fröstelte und sie rieb sich unwillkürlich die nackten Arme. Ethan kippte schnell den Rest seines Whiskys hinunter, dann erhob er sich. Sein Gesicht war so weiß wie die Wand.

»Vielen Dank, Mr. Jones. Das war höchst interessant. Leider ist es bereits spät und wir haben morgen eine längere Reise vor uns. Wenn Sie uns bitte entschuldigen würden?«

Lily erhob sich ebenfalls. Die Geschichte war auch ihr sehr nahegegangen. Zitternd klammerte sie sich an Ethans Arm und verabschiedete sich vom Hotelmanager.

»Oh, noch eine Kleinigkeit: dürfte ich bitte ein Foto von uns beiden machen?«

Lily wurde nervös, obwohl sie schon so etwas befürchtet hatte.

»Natürlich, gerne.«

Lily und Ethan war nun jegliche Freude aus dem Gemüt gewichen und sie fühlten sich sichtlich unwohl.

Der Manager zog sein Smartphone aus der Hosentasche und bat den Barkeeper, ein Foto von ihm und Lily zu machen.

Sie lächelte widerwillig in die Handycam. Als Mr. Jones ihr schließlich das Handyfoto zeigte, erschrak sie. Auf dem Bild waren sie beide zu sehen, wie sie vor dem Erkerfenster posierten. Doch hinter ihr erblickte sie eine schemenhafte Frauengestalt, die sehr traurig und verloren wirkte.

Lily taumelte ein paar Schritte rückwärts, stieß gegen einen Stuhl und setzte sich. Ethan eilte besorgt zu ihr und Mr. Jones orderte ein Glas Wasser für sie.

»Lily, um Himmels willen! Was hast du? Du siehst aus, als hättest du einen Geist gesehen.«

Lily sah ihn nur schweigend an und nickte dann fast unmerklich. Nun musste auch Ethan sich setzen. Er fühlte sich schlagartig wieder nüchtern. Mr. Jones reichte Lily das Glas mit kaltem Wasser, von dem sie kurz nippte.

Da sprang Ethan wieder auf, wie von der Tarantel gestochen. »Wir müssen uns nun wirklich verabschieden. Meiner Verlobten geht es leider nicht so gut. Sie muss sich ein wenig ausruhen.«

Und damit zog er Lily auf die Füße, am verdutzten Manager vorbei und auf schnellstem Wege in ihr Zimmer.

❊ ❊ ❊

Als sie sich wenig später im Bett zusammenkuschelten, beruhigte sich Lily langsam. Sie hatte Ethan von der schemenhaften Figur auf dem Foto erzählt und fragte sich, ob sie dem Manager wohl auch aufgefallen war. Vielleicht war es ja nur eine dieser Ghost-Apps und der Typ fand das witzig?

Ethans herber Duft nach Erde, Moos und Seife stieg ihr in die Nase. Bald schon entspannte sie sich. Seine Hand streichelte sie sanft und nach kurzer Zeit wurden ihre Lider schwer. Sie sanken bald beide in einen unruhigen Schlaf, voller seltsamer Träume.

❊ ❊ ❊

Sie konnte nicht sagen, wie spät es war oder was sie geweckt hatte. Ethan atmete ruhig und gleichmäßig, sein schwarzer Schopf zeichnete sich neben ihr auf dem flauschigen weißen Kissen ab, das im Mondlicht bläulich wirkte. Nun fiel ihr die gespenstische Stille auf. Der Sturm hatte sich verzogen, kein Brausen des Windes, kein Prasseln des Regens mehr. Stille. Sie fragte sich, ob sie wieder einschlafen oder zur Toilette gehen sollte, als sie ein Rascheln am Fenster vernahm. Ihre Nackenhaare stellten sich auf und sie spürte ein elektrisierendes Prickeln, das über ihren Körper lief.

Sie riskierte einen Blick. Durch einen Spalt in den Vorhängen sickerte Mondlicht, das alles schemenhaft beleuchtete. Jetzt sah sie es! Dort am Fenster schimmerte es grünlich. Eine Art grüner Nebel schwebte in der Luft. Er waberte leicht und schien dabei immer dichter zu werden. Lily begann zu zittern. Ob sie das alles träumte?

Der Nebel begann sich aufzutürmen und es bildete sich daraus allmählich eine menschliche Gestalt. Eine transparente Dame erschien vor ihr. Man konnte ihr hochgestecktes Haar erkennen und auch das lange, hochgeschlossene Kleid. Die Frau hatte ihr den Rücken zugewandt. Lily war starr vor Schreck und ihre Augen weiteten sich. Dann begann sie, nach Ethan zu tasten, um ihn aufzuwecken. Aber der gab nur ein Murren von sich und drehte sich zur Seite.

Alarmiert von diesem Laut, fuhr die Gestalt herum. Lily und die geisterhaft-glühende Dame starrten sich an.

Da bewegte diese die Lippen. Und wie durch Wasser hörte Lily ihre Stimme. Erst sehr leise, dann immer lauter.

»Hexe, wisse, dir droht Gefahr! Jahrtausend alt, sie im Schlafe ruht, als das Himmelslicht schenkt Lebenskraft. Vergiftet Herz euch Unrecht tut, doch Tapferkeit Erlösung schafft.«

Als das letzte Wort verklungen und Lily, am ganzen Körper zitternd, immer weiter zur Wand nach hinten gerutscht war, löste die grünleuchtende Dame sich wieder langsam in Nebel und schließlich in Nichts auf. Lily zog sich die Decke über den Kopf und schmiegte sich eng an Ethan, der im Halbschlaf den Arm um sie legte. Doch Schlaf konnte sie in dieser Nacht nicht wieder finden.

apitel 6: Königin der Hebriden

»Meldet uns, dass alles Tote nun zum Leben auferwacht.«
August Heinrich Hoffmann von Fallersleben

Die See hatte sich noch nicht vollständig beruhigt. Weiße Schaumkronen tanzten auf den Wellenkämmen um die Wette und die Fähre wiegte sich im Takt dazu. Rauf und runter, ein beständiges Rollen und Schlingern. Lily war fürchterlich übel und sie sog die frische Meeresluft gierig in ihre Lungen.

Nach einigen tiefen Atemzügen wurde es leichter und sie hielt ihren Blick auf den Horizont gerichtet. Hinter sich hörte sie die Metalltür zufallen und bald schon tauchte Ethan neben ihr auf.

»Wie geht es dir? Ist es schon ein wenig besser?«

In seiner Stimme schwang Besorgnis mit. Den ersten Schrecken hatte sie ihm heute Morgen einjagen müssen, als sie ihm von ihrem nächtlichen Besuch erzählte. Und nun war sie auch noch seekrank.

Der starke Wind zerzauste ihr Haar und sie musste gegen das Tosen anbrüllen, um ihm eine Antwort zu geben.

»Ja, danke! Es geht schon wieder. Lass uns reingehen.« Kleine Gischttröpfchen glitzerten in ihren Haaren.

Sie hakte sich bei Ethan unter und steuerte in Richtung Tür zum Oberdeck.

Um zwölf Uhr Mittag kamen sie endlich in Port Ellen an und verließen die Fähre. Als sie sich dem Hafen näherten, hatten sie bereits einige der bekannten Whiskydestillerien vorbeiziehen gesehen. Und auch ein wunderschöner Leuchtturm hatte sie begrüßt. Port Ellen selbst war ein hübscher kleiner Ort, in dem Reihen von weißgetünchten Häusern mit schwarzen Schieferdächern die wenigen Straßen säumten. Am heutigen Sonntag war alles wie ausgestorben. Sobald sich der Ansturm der Neuankömmlinge von der Fähre verlaufen hatte, war kaum noch jemand zu sehen.

※ ※ ※

Sie machten sich auf den Weg in Richtung Cnocnamóine, das östlich von Port Ellen lag. Nach ein paar Kilometern kamen sie an eine einladende Bucht mit einem wunderschönen Sandstrand, den Lily unbedingt erkunden wollte. Ethan parkte das Auto auf einem Besucherparkplatz und sie machten sich auf den Weg.

Hand in Hand liefen sie über den weichen Sand. Endlich ließ sich auch die Sonne blicken und es versprach ein schöner Tag zu werden. Das Meer glitzerte wie ein Juwel.

Obwohl es noch recht aufgewühlt war, sahen sie einige besonders abgehärtete Badegäste, die sich in die Wellen stürzten.

»Brr, wenn ich da nur hinsehe, friert mich schon!«, rief Lily.

»Die sind irre. Das Wasser ist echt eiskalt«, kommentierte Ethan, nachdem er die Hand kurz hineingehalten hatte.

Nach einer Weile kamen sie zu einem kleinen, alten Friedhof, der am Rande der Bucht in den Dünen thronte.

Er war umgeben von einer Natursteinmauer und in seiner Mitte befand sich die Ruine einer Kapelle. In der Ferne sah man einen weißgetünchten, eckigen Leuchtturm.

Neugierig schlenderten sie zum Eingang des Gräberfeldes.

»Schon seltsam, ein Friedhof direkt am Strand!«, rief Lily.

Ethan schob das quietschende, rostige Tor auf und sie traten ein.

»Von hier oben hat man einen fantastischen Blick!«, schwärmte Ethan. »Ich würde gerne öfter hierherkommen und es zeichnen.«

Er hatte Lily erst vor Kurzem seine Zeichnungen gezeigt und sie war von seinem Talent schwer beeindruckt gewesen.

»Gute Idee. Das ist ein wunderschönes Motiv, mit dem Leuchtturm und den Booten. Und ich finde es hier richtig romantisch.«

Lily war zu ihm getreten und gemeinsam blickten sie über die niedrige Steinmauer, hinaus aufs Meer. Nach einer Weile wandte sie sich den Grabsteinen zu. Früher hatte sie alte Friedhöfe interessant gefunden, doch seit ihren Erlebnissen im letzten Jahr, beschlich sie immer ein leicht mulmiges Gefühl. Immerhin war Ethan an ihrer Seite, was sie beruhigte. Sie las ein paar Namen von den Steinen, die teils horizontal, teils vertikal aufgestellt waren. Einige waren zerbrochen und viele waren stark verwittert und unlesbar. Flechten wuchsen über den grauen Steinen und die Gräber selbst waren bedeckt mit Gras und stellenweise auch Sand.

Plötzlich entdeckte sie bei einem Grab ein größeres Loch. Neugierig beugte sie sich vor und sah darin ein paar Knochen liegen. Erschrocken zuckte sie zurück.

»Ethan, schau mal! Ich glaube, da war ein Grabräuber.«

Neugierig kam Ethan zu ihr herüber.

»Das ist ja seltsam. Und schau, dort drüben liegen ein paar Gebeine neben dem Grab. Da sind auch Löcher.«

Ethan sah sich nun verschiedene gestörte Gräber näher an.

»Hier liegen überall Kaninchenkötel herum. Und da unten in der Senke, schau nur! Die haben eine ganze Kolonie.«

»Oh, wie süß! Da guckt eins aus dem Bau!«

»Ich schätze mal, einige haben sich wohl hier in den Gräbern eingenistet. Das waren gar keine Grabräuber.«

»Igitt! Das ist irgendwie eklig und voll gruselig! Flauschige Kaninchen zwischen Menschenknochen! Komm, wir sollten besser gehen. Dein Onkel wird sich sonst noch Sorgen machen.«

»Du hast Recht, lass uns zurückgehen. Aber ich will unbedingt wiederkommen. Es liegt ja direkt in unserer Nachbarschaft. Ewan hat sein Haus da drüben, ist nur etwa dreihundert Meter Luftlinie von hier.« Er zeigte mit dem Finger auf eine Landzunge, die ins Meer hinausragte.

»Ah, dann sind wir ja fast schon da. Wir werden bestimmt bald Gelegenheit dazu bekommen, zurückzukommen, aber es gibt sicher noch viele andere schöne Plätze hier auf der Insel.«

Lily hatte jedenfalls für heute genug vom Friedhof.

❋ ❋ ❋

Die kurze Fahrt zu Ewans Cottage führte sie an den Gebäuden der Distillery am Ortsrand von Cnocnamóine vorbei.

»Das ist unser neuer Arbeitsplatz, guck mal!«, rief Ethan und deutete auf die grauen Häuser, die sich auf der rechten Seite aneinanderreihten. Neugierig reckte Lily den Kopf, um einen besseren Blick zu erhaschen.

»Das ist ja echt riesig!«, staunte sie.

Ethan nickte. »Ja, es ist die größte Distillery hier auf der Insel. Aber bei Weitem nicht die Einzige. Das hier ist die Whisky-Insel. Islay ist gar nicht so groß, nur ca. 600 km², aber mit Cnocnamòine hat sie ganze neun aktive Whiskybrennereien.«

»Irre! Das Zeug scheint ja dann echt populär zu sein.«

Ethan lachte. »Ja, das schätze ich auch. Ist ja auch unser Nationalgetränk hier in Schottland. Aber das Meiste wird exportiert.«

Sie erreichten nun den beschaulichen, kleinen Küstenort Cnocnamóine und es bot sich ihnen ein atemberaubender Blick über das glitzernde Meer, gesäumt von üppigen Büscheln von Margeriten. In der Ferne ragte der majestätische Leuchtturm auf, den sie bereits am Strand bewundert hatten.

Das Dorf bestand nur aus wenigen Häusern und war erst vor etwa hundertfünfzig Jahren um die Distillery herum entstanden. Ethan fuhr durch den kleinen Ort mit den weißgetünchten Gebäuden und bog rechts auf eine holprige Nebenstraße ab, die auf die Landzunge führte.

»So, da wären wir also«, verkündete er nach wenigen hundert Metern und zwinkerte ihr zu. »Sicher erwartet uns Onkel Ewan schon.« Er parkte den Wagen vor einem malerischen Cottage am Meer. Die weißgetünchten Mauern reflektierten die Sonnenstrahlen und ein kleiner, ummauerter Garten begrüßte sie in seiner ganzen sommerlichen Farbenpracht.

Wie auf Kommando öffnete sich über ihnen ein Fenster und ein graubraun melierter Haarschopf erschien. Ewan war etwa fünfzig Jahre alt und hatte ein eckig-markantes Gesicht, das vom Inselwetter gegerbt war.

»Na, wenn das nicht mein Lieblingsneffe ist!«, rief Ewan mit einer tiefen, melodischen Stimme.

»Ich bin dein einziger Neffe! Hallo, Onkel Ewan! Darf ich dir Lily vorstellen?«

»Hallo, schöne Frau! Freut mich sehr. Herzlich willkommen auf der Königin der Hebriden!«

»Danke, Mr. Birdie!«

»Na, kommt schon rein, oder wollt ihr da Wurzeln schlagen?«

Ethan öffnete den Kofferraum und sie nahmen einige Gepäckstücke heraus. Ewan öffnete ihnen bereits die Haustür und sie traten in einen düsteren, tristen Korridor, der modrig roch und mit einem abgewetzten Teppich ausgelegt war.

»Willkommen in meiner bescheidenen Hütte!«

Ewan ging voraus und führte sie zu einer Treppe, die mit einem ähnlich abgelebten Teppich bedeckt war und in den ersten Stock führte.

»Im Erdgeschoss sind nur eine Toilette, die Waschküche und ein Lagerraum. Der eigentliche Wohnbereich ist hier oben. Links ist die kleine Küche, daneben ist das Wohnzimmer und auf der anderen Seite sind die beiden Schlafzimmer. Geradeaus ist das Bad. Fühlt Euch wie zuhause, Kinder.«

Ewan öffnete eine der beiden Schlafzimmertüren rechts der Treppe und knipste das Licht an.

»So, das ist euer Reich. Das Bett ist frisch bezogen und ich hab euch Handtücher dort auf den Tisch gelegt. Ich würde sagen, Ethan und ich holen dann mal das restliche Zeug aus dem Auto und danach können wir 'nen Happen essen. Ihr seid sicher hungrig, nicht wahr?«

Ethan nickte. »Ja, ich könnte 'ne Kleinigkeit vertragen. Lily sicher auch.«

Lily stimmte zu und ihr Magen knurrte wie zur Bestätigung.

»In Port Ellen scheint ja nicht grad viel los zu sein, oder? War wie ausgestorben vorhin«, meinte Ethan.

»Ja, es ist schon ein bisschen anders, als auf dem Festland, was? So, dann komm mal!«

Die Männer stiegen die steile Treppe wieder nach unten und Lily sah sich derweil ein wenig um. Das Zimmer war recht klein, aber gemütlich. An einer Seite hatte es eine Dachschräge. Es gab einen alten, klapprigen Kleiderschrank, einen Stuhl und Tisch, auf dem ein Stapel frischer Handtücher bereitlag und ein großes Doppelbett, das mit einer altmodischen Blümchenbettwäsche bezogen war.

Lily trat zum Fenster und schob die grauen Gardinen zur Seite. Das Zimmer hatte Meerblick! Man konnte die Ruinen einer alten Burg sehen, die auf den nahen Felsen thronte und den Gezeiten trotzte. Einige Möwen kreisten darüber und ein einzelner Spaziergänger führte seinen

Hund Gassi. Es war ein wunderschöner und friedvoller Anblick, von dem sie sich kaum losreißen konnte.

Doch schon kamen Ethan und Ewan wieder nach oben und stellten das Gepäck neben das Bett.

»Schöne Aussicht, was? Ist schon was Anderes, als euer langweiliges Dorf.«

»Na ja, eigentlich wohnen wir in zwei verschiedenen Dörfern. Lily ist aus Witford«, korrigierte Ethan seinen Onkel.

»Papperlapapp, das ist doch alles das Gleiche! Eure Gegend ist echt deprimierend gegen das hier. Islay ist eine Perle!«

Ethan und Lily warfen sich einen vielsagenden Blick zu, während Ewan aus dem Zimmer und in Richtung Küche marschierte.

»Packt eure Sachen mal aus und ich mach uns was zu futtern«, rief er ihnen über die Schulter zu.

❋ ❋ ❋

Eine halbe Stunde und ein ausgiebiges Telefonat mit Monica später, saßen sie bei Spaghetti Bolognese in der kleinen Küche beisammen und Ewan zählte ihnen die Sehenswürdigkeiten der Insel auf.

»… und da wäre auch noch Kildalton mit einem uralten keltischen Kreuz und einer Kapelle. Ihr habt viel vor, wenn ihr all das sehen wollt. Aber ihr arbeitet ja nur halbtags bei uns in der Distillery.«

»Apropos, wann geht es denn morgen los?«, meldete sich sein Neffe zu Wort.

»Pünktlich um acht Uhr. Nix für Langschläfer.« Ewan gab ein bellendes Lachen von sich.

»Na, da bin ich ja mal gespannt, was uns erwartet.«

»Du wirst unser Mädchen für alles und arbeitest vor allem im Büro, Lily wird sich um die Führungen kümmern. Morgen werdet ihr erstmal eingearbeitet. Das wird schon«, zwinkerte Ewan ihnen zu.

Lily wurde ein wenig nervös beim Gedanken daran, ganz alleine Touristen durch die Distillery zu führen. Doch für einen Rückzieher war es nun zu spät. Nach dem Essen liefen sie draußen noch ein wenig über den menschenleeren Strand und genossen die tolle Aussicht auf den Leuchtturm und das beleuchtete kleine Dorf.

Als sie sich nachts im Bett in Ethans Arme kuschelte, brauchte sie lange, um einzuschlafen, aber irgendwann siegte die Erschöpfung.

apitel 7: Abschied

»Dass diese Schandtat auf Erden stinke
Von Menschenaas, das um Bestattung stöhnt.«
William Shakespeare

Die Sonne ging gerade am Horizont auf und die fahlen Strahlen des ersten Lichtes bahnten sich durch den dichten Nebel, der das Dorf umhüllte. Eiskristalle glitzerten auf den gelben, starren Halmen der nahegelegenen Wiese und eine aufgeschreckte Krähe protestierte mit lautem *Krah-krah* gegen die unwillkommene Ruhestörung. Der Bote preschte in schnellem Galopp voran, Stückchen gefrorener Erde unter den Hufen davonspritzend. Als er den Dorfrand erreicht hatte, zügelte er das Pferd, brachte es zum Stehen und stieg ab.

Er wischte sich den Schweiß von der Stirn und führte sein Pferd am Zügel weiter. Da er nicht wusste, welches das richtige Haus war, stellte er sich in die Mitte der kleinen Ansammlung von Hütten und rief laut ihren Namen:

»Morna! Morna McTaggart! Morna McTaggart, auf Befehl von Thane Somerled Mac Gillebride, fordere ich dich auf, dein Haus zu verlassen und mir zu folgen.«

Einige Fensterläden öffneten sich und neugierige Köpfe reckten sich, um die Quelle des frühmorgendlichen Lärms zu entdecken.

※ ※ ※

Morna fuhr aus dem Schlaf hoch und rieb sich die Augen. Irgendwas hatte sie geweckt.

»Morna McTaggart, im Namen unseres Thanes, zeig dich!«

Sie erschrak und ihre Hand schnellte zur Brust, in der ihr Herz wild klopfte. Geschwind weckte sie ihren Mann, der laut schnarchend, auf dem Strohsack neben ihr lag.

»Darach, wach auf! Wach auf!«, rief sie in heller Panik, während draußen der Bote weiterhin nach ihr verlangte.

Darach grunzte, rollte sich auf den Rücken und öffnete ein Auge. »Was ist?! Was willst du, Weib? Was ist in dich gefahren?«

»Hörst du es denn nicht?! Da draußen ruft jemand nach mir.«

Er öffnete nun auch das zweite Auge und setzte sich widerwillig auf.

»Irgendjemand verlangt, mich zu sehen, im Namen des Thanes persönlich. Was soll ich tun?«, fragte Morna ängstlich.

Mit einem Schlag war Darach vollständig wach und sprang aus dem Bett, sein Hemd schlackerte um seine dünnen, nackten Beine.

»Auf was wartest du dann noch, Frau? Schnell, zieh dich an und geh hinaus!«

Sie schlüpfte zittrig in ihre Wolltunika, Strümpfe, die groben Lederschuhe und band sich den Gürtel.

Inzwischen waren auch ihre sechs Kinder wach geworden und kauerten sich, teils neugierig, teils ängstlich, in eine Ecke der Hütte. Die Jüngste von ihnen war zwei Jahre alt und weinte laut, da sie zu früh aus dem Schlaf gerissen wurde.

Darach ging zur Tür und schob den Holzriegel zurück. Er öffnete und trat als Erster hinaus auf den Platz, auf dem noch immer der Bote stand, der in eine Militäruniform gekleidet war, was darauf schließen ließ, dass er Teil von Somerleds Heer war.

»Was wollt Ihr von meiner Frau?«, sprach Darach ihn an und beäugte ihn misstrauisch.

»Es ist ein geheimer Auftrag. Ich bin nicht dazu befugt, das zu sagen. Ich werde einzig und allein mit Morna McTaggart darüber reden. Wo ist sie? Ich habe die Anweisung, sie sofort zum Thane zu bringen.«

»Sie ist mein Weib. Habe ich nicht das Recht, zu erfahren, warum ihr sie so dringend mitnehmen wollt?«

Der Bote schwieg. Nun steckte auch Morna vorsichtig ihren Kopf zur Tür hinaus und wickelte sich einen Wollschal fest um die Schultern. Der Frost stach ihr in die Haut wie tausend winzige Nadeln.

Sie war eine schöne Frau mit dunkelblonden, welligen Haaren, die ihr momentan lose über die Schultern fielen. Ihre Statur war schmal und ihr Gesicht zeigte, trotz ihrer dreiundzwanzig Jahre, schon feine Linien – Spuren des harten Lebens auf der kargen Insel. Dennoch schien sie von innen heraus zu strahlen und ihre blauen Augen wirkten wie zwei leuchtende Topase hinter dichten schwarzen Wimpern.

Der Bote trat vor, ignorierte Darach und packte Morna am Handgelenk.

»Sie begleitet mich auf der Stelle. Ich dulde keinen Widerstand!«

»He, wie gehst du mit meiner Frau um?!« Darach versuchte sich wütend dazwischen zustellen, doch der Bote zog einen langen Dolch aus der Scheide und hielt ihn Darach an die Kehle.

Morna zuckte vor Angst zusammen.

»Packt ein, was Ihr für Eure Hexenzunft benötigt, und verabschiedet Euch! Wir reiten sofort los.«

Erst als Morna, mittlerweile leichenblass, nickte, entfernte er den Dolch und steckte ihn zurück in die Scheide.

Sie drehte sich um und rannte ins Haus, wo sie ihre Kinder umarmte und unter Tränen küsste. Noch immer weinten ihre Tochter Éua und nun auch ihr jüngster Sohn Domnall herzzerreißend. Sie nahm zuerst ihn in den Arm und wiegte ihn sanft hin und her, dann die Kleine, bevor sie beiden je einen Kuss auf die Stirn gab und sie in ihre Bettchen zurücklegte.

»Passt gut auf euch auf, meine Mäuse! Eure Mutter muss leider jetzt weg«, brachte sie mit von Tränen erstickter Stimme hervor und schenkte ihnen ein tapferes Lächeln.

»Aber wo gehst du denn hin, Mama?«, meldete sich die siebenjährige Ealasaid.

Ihre Mutter strich ihr sanft über das zarte Gesicht und die braunen Locken.

»Der Thane hat mich gerufen. Ich muss seinem Ruf folgen und zu ihm gehen. Er benötigt meine Hilfe. Sicher werde ich bald wieder bei euch sein. Bis dahin möchte ich, dass ihr ganz brav seid und tut, was euer Vater von euch verlangt. Bestimmt wird auch Tante Eibhlin sich gut um euch kümmern. Ich hab euch lieb!«

Damit drehte sie sich um und packte schnell verschiedene Kräuter und Mixturen ein, von denen sie dachte, sie könnten nützlich sein. Außerdem packte sie ein Stück Brot und einen Wasserbeutel in ihr Bündel. Dann schnürte sie es, hängte sich ihren Wollmantel um und setzte sich ihre Haube auf.

»Bis bald!« Sie schenkte ihren Kindern ein letztes Lächeln und prägte sich ihre Gesichter ein, um sie im Herzen mit sich zu nehmen. Noch nie war sie von ihren Lieben getrennt gewesen.

Vor der Hütte wartete Darach auf sie, der den Boten nicht aus den Augen ließ. Er umarmte seine Frau und unterdrückte nur mit Mühe die Tränen.

»Gehab dich wohl, Frau! Auf ein baldiges Wiedersehen.«

Er küsste sie kurz und heftig auf die Lippen. Morna gab ein Schluchzen von sich, als sie sich von ihm löste.

»Bringt sie mir ja heil wieder zurück!«, rief Darach dem Boten zu.

»Wenn es in meiner Macht steht. Nun kommt! Es ist Zeit.«

Mit diesen Worten führte er sie zu seinem Pferd, hob sie hoch und schwang sich dann hinter ihr ebenfalls auf.

Im schnellen Galopp stoben sie davon, aus dem Dorf und auf den schmalen Lehmpfad, nach Nordwesten.

Noch lange pressten sich die Kindergesichter in das kleine Fenster und sahen ihrer Mutter nach, obwohl sie längst im Nebel verschwunden war.

✳ ✳ ✳

Der Ritt ging über holpriges Terrain, mal querfeldein, mal einem schmalen Pfad folgend. Morna dirigierte den Boten durch das teils unwegsame Gelände, damit sie auch sicher durch die Moorlandschaft kamen, die sie seit ihrer Kindheit in- und auswendig kannte. Sie fühlte sich sehr unwohl durch die aufgezwungene Nähe des Soldaten, doch sie biss die Zähne zusammen und hoffte auf ein baldiges Ende der Reise. Nach etwa einer Stunde hatte Morna die Orientierung verloren, denn so weit nördlich war sie bisher noch nie gewesen.

Nach weiteren zwei Stunden kam die Küste wieder in Sicht. Sie ritten direkt aufs Meer zu. Nach wenigen Minuten erblickte sie die Masten vieler Schiffe, die vor der Küstenlinie aufgereiht waren, als würden sie auf etwas lauern. Morna überkam ein kalter Schauer. Was hatte das zu bedeuten?

Zwanzig Minuten später erreichten sie ein gigantisches Militärlager, das sich in einer Senke unter ihnen erstreckte. Es gab Zelte, Wagen mit Proviant und Waffen, sowie tausende von Männern, soweit das Auge reichte. Vor dem nahen Ufer lagen sicher an die achtzig Schiffe vor Anker und am Horizont lauerten nach wie vor die Masten, die sie bereits von Weitem erblickt hatte.

Sie näherten sich dem Lager und Morna hörte das Tosen tausender, vermischter Männerstimmen und lautes Waffenklirren der Übungskämpfe, die die nahe Brandung des Wintermeeres komplett übertönten. Ein übler Geruch nach altem Schweiß, Rauch und Fäkalien wehte ihr in die Nase.

Sie stiegen am Rande des Lagers ab und der Bote führte sie durch die Menschenmassen, den Lärm und den Gestank bis zu einem großen, prächtigen Zelt in der

Mitte des Lagers. Dort übergab er sie einem anderen Bewaffneten, der sie am Arm in das Zelt führte, sich tief verbeugte und sie ankündigte: »Morna McTaggart, die Magierin, my Lord!«

Im Zelt war der Geruch weitaus angenehmer, das war das Erste, was ihr auffiel. Es roch nach Gebratenem und Rosenwasser. Außer ihnen waren noch sechs weitere Personen anwesend, darunter zwei Mägde, die gerade üppige Speisen an einer Tafel anrichteten, zudem vier Männer in Uniform, die sich von den gewöhnlichen Soldaten im Lager durch ihr prachtvolles und gepflegtes Aussehen abhoben. Der ältere Mann, vor dem sich der Soldat verbeugt hatte, saß am anderen Ende des Zeltes auf einem geschnitzten Stuhl und blickte sie mit stechend blauen Augen an. Er hatte einen blonden, leicht ergrauten Haarschopf, dichten Schnurrbart und war kräftig gebaut. Sie schätzte ihn auf etwa Mitte fünfzig.

Der Jüngling zu seiner Rechten sah ihm sehr ähnlich, doch konnte er kaum älter als siebzehn sein. Sein Blick war verwegen und stolz. Zur Linken des scheinbaren Anführers stand ein weiterer junger Mann, etwa Mitte Zwanzig, mit dunklen Locken und dichten schwarzen Wimpern. Er musterte sie aus den gleichen Eisaugen wie der Ältere.

Der Vierte war etwa im selben Alter wie der Mann auf dem Stuhl. Er hatte schulterlange weiß-blonde Haare

und einen langen Schnurrbart, der ihm ein wildes, un-
nachgiebiges Aussehen verlieh. Auch er betrachtete sie
mit kaltem Blick.

»Verbeug dich vor dem Thane und den Prinzen!«,
raunte ihr der Soldat zu und sie folgte ergeben.

Nun richtete der Thane das Wort an sie. Mit tiefer,
rauer Stimme, fragte er sie: »Du bist eine Hexe? Verstehst
dich auf Magie?«

»Ein wenig, my Lord. Bisher habe ich vor allem Heilungszauber angewendet, doch meist erfolgreich.«

»Nun, deinen Heilungszauber können wir sicher später noch gut gebrauchen, aber deshalb habe ich dich
nicht holen lassen. Es heißt, du seist die mächtigste Hexe
auf den ganzen südlichen Inseln. Stimmt das?«

»My Lord, das kann ich nicht beantworten, da ich zuvor niemals mein Dorf verlassen habe. Die Leute scheinen aber doch Respekt vor meinen Künsten zu haben«,
antwortete sie mit einem verhaltenen Lächeln. Sie musste
daran denken, wie sie Áengus MacAsgaill einen Ratten-
schwanz angezaubert hatte, als er ihren kleinen Sohn
Fearghus zu Unrecht verprügelt hatte. Drei Tage ließ sie
ihn so durchs Dorf laufen und gab ihn dem Spott der Bewohner preis. Seitdem wagte es keiner mehr, eines ihrer
Kinder anzurühren.

»Nun denn, Frau, dann muss ich wohl den Gerüchten
Glauben schenken. Höre mein Anliegen: die Schiffe meines Feindes Godfrey des Schwarzen liegen vor unserer

Küste. Sie sind den unseren in der Überzahl. Meine Krieger sind kampferprobt und furchtlos, aber es steht viel auf dem Spiel. Deshalb möchte ich, dass du uns hilfst, der Schlacht einen guten Ausgang zu geben. Ich möchte, dass du mit deinem Zauber das Meer aufpeitschst und die Schiffe des Gegners in den Fluten versenkst, sobald sie angreifen. Heute Nacht ist der Mond voll. Ich vermute, dann wird der Zeitpunkt gekommen sein. Wenn du mir zu Diensten bist, so werden du und die Deinen reich belohnt werden. Wenn du dich weigerst, so wirst du es mit dem Leben bezahlen und ich werde mich an deiner Familie rächen. Nun geh und halte dich bereit.«

Morna war blass geworden, doch sie nickte und verbeugte sich erneut.

Sie wurde nach draußen und in ein anderes Zelt gebracht, wo sie alleine blieb, zwei Wachen vor dem Eingang.

Nervös schritt sie auf und ab und knetete ihre Hände. Sie hoffte, sie könne den Wunsch des Thanes erfüllen, sonst würde er sie töten lassen, vielleicht sogar ihre ganze Familie. Andererseits wäre sie für den Tod von tausenden von Männern verantwortlich, wenn es funktionieren würde. Sie wusste, es würde ihr die Reinheit ihrer Seele nehmen und sie auf die Seite der Dunkelheit ziehen. Bisher hatte sie nur weiße Magie praktiziert und nie wirklich jemandem geschadet. Doch wenn sie ein Leben auslöschte, so hatte das Konsequenzen. Jeder Zauber gab dreifach das zurück, was man aussandte.

Sie rührte das Essen, das ihr gebracht wurde, kaum an. Kalter Schweiß lief ihren Nacken hinab. Sie wusste wohl einen Zauber, der den gewünschten Effekt hatte. Durch Zufall hatte sie einst entdeckt, wie man das Wasser in Bewegung brachte und Wellen erzeugte. Aber ihr Gewissen ließ ihr keine Ruhe. Es waren Feinde, doch waren es auch Menschen mit Familien, die vergeblich auf ihre Väter, Männer und Brüder warten würden. Allerdings musste sie auch an ihre eigene Familie denken. Sie sah die Gesichter ihrer Kinder vor sich, als sie sie verließ. Sie vertrauten ihr.

Die Abenddämmerung brach herein und sie hatte noch keine Entscheidung getroffen. Schluchzend sank sie zusammen und verbarg ihr Gesicht in den Händen.

✻ ✻ ✻

Sie schreckte hoch, als sie die Hornbläser hörte. Tief und laut schallte das Signal von den Hügeln auf das Meer hinaus. Es war ein unheimliches Geräusch und Morna lief es eiskalt den Rücken hinab. Sie ahnte, was es bedeutete: die Späher hatten per Lichtsignal das Vorrücken der feindlichen Schiffe gemeldet. Der Thane hatte daraufhin den Befehl zum Angriff gegeben und die Bläser gaben nun das Signal, die Boote zu bemannen.

Eine große Unruhe erhob sich alsbald um sie herum. Die Soldaten schrien sich Kommandos zu und machten sich in Windeseile bereit, ihre Schiffe zu besteigen. Ein

Schauer fuhr durch ihren Körper. Schon hörte sie laute Schritte vor ihrem Zelt. Ihre Zeit war abgelaufen.

Als der Soldat sie holen kam, ließ sie sich resigniert nach draußen führen. Der Mann, dessen Gesicht sie im Fackelschein kaum erkennen konnte, führte sie auf eine nahe Klippe. Dort sollte sie also den Zauber durchführen.

Grob schleuderte er sie auf den Boden. Nur vage nahm sie den Schmerz wahr, der in ihre Knie fuhr, als diese auf dem felsigen Untergrund auftrafen.

In der Ferne sah sie einen schwarzen Wald aus Masten, die sich im Mondlicht tanzend auf und ab bewegten. Mit zittrigen Fingern öffnete sie ihren Beutel und zog eine kleine flache Zinnschale daraus hervor, stellte sie neben sich und füllte sie mit Wasser aus ihrem Wasserschlauch. Dann stand sie auf, nahm sie in beide Hände und hielt sie empor, so dass sich der Vollmond darin spiegelte. Sie begann, gälische Worte zu murmeln, so leise, dass der Soldat kaum etwas davon verstand. Schließlich richtete sie ihren Blick auf das ruhige Meer unter sich und tauchte ihren rechten Zeigefinger in die Schale. Sie begann, noch immer vor sich hinmurmelnd, mit dem Finger im Wasser zu rühren. Zuerst langsam, dann schneller und schneller.

Mit offenem Mund beobachtete der Soldat, wie sich im Meer plötzlich die Wellen erhoben und immer höher peitschten. Die Gischt spritzte in schäumender Wut und die Schiffe wurden wie Spielzeuge hin- und hergeworfen.

Wieder erschallten die Hörner und die Schiffe des Thanes blieben nah am Ufer.

Immerfort rührte Morna in der Schale. In der Mitte bildete sich nun ein Strudel, ebenso unten im Meer, direkt vor den feindlichen Schiffen. Es war ein ohrenbetäubendes Tosen zu hören, als die Wellen gegen das Ufer schlugen und der Strudel das erste Schiff zermalmte. Innerhalb weniger Augenblicke verschwand es in der Tiefe.

Die Schreckensschreie der Feinde drangen kaum bis zu ihnen herauf. Nur hin und wieder trug ihnen der Wind das lautgewordene Entsetzen eines dem Tode Geweihten zu.

Morna war mittlerweile vollkommen entrückt. In Trance rührte sie weiterhin in der Schale, ohne noch bewusst darauf zu achten. Immer schneller drehte sich der Strudel, immer schneller bewegte sich ihr Finger. Ihre Augen verfärbten sich komplett schwarz und ihre Stimme veränderte sich, nach wie vor die Beschwörungsformel vor sich hinmurmelnd. Plötzlich schien Morna zu explodieren und grelle Funken stoben aus ihrer Mitte. Sie gab einen kläglichen Schmerzensschrei von sich. Das Licht war so hell, dass es den Soldaten blendete. Dann erlosch es und Morna fiel leblos zu Boden. Die Schüssel schlug mit lautem Scheppern auf dem Felsen auf und das Wasser schwappte heraus. Die entstandene Pfütze mischte sich mit Mornas Blut, das aus einer Kopfwunde floss.

Das Meer beruhigte sich allmählich wieder und der Strudel verschwand so schnell, wie er gekommen war. Nun war es Zeit für die Schlacht. Der Thane gab das Zeichen zum Angriff, die Schiffe rückten vor und bildeten Kampfplattformen, indem immer fünf zusammengebunden wurden. Somerleds Schiffe näherten sich den Feindesgaleeren mit dem Bug voran, um besser manövrieren zu können. Bald schon sirrten die ersten Pfeile und Speere durch die Luft, abgelöst vom Klirren der Schwerter und dem Swusch der Äxte im Kampf Mann gegen Mann.

Der Soldat starrte noch immer wie gebannt auf die Szene in der Bucht, dann auf Morna, in deren Blutlache sich der volle Mond spiegelte, wie zuvor in der Schale. Als er endlich aus seiner Starre erwachte, lief er panisch nach unten und verkroch sich zitternd in den Dünen.

Kapitel 8: Der Zorn des Meeres

» Willst du mit den schwarzen Fischlein sprechen,
musst du die rote Rose brechen.«

Friedrich Wilhelm Güll

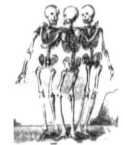

Maisie kletterte auf eine der von Strandhafer bedeckten Sanddünen, wobei sie immer wieder im losen Sand abrutschte. Der raue Wind blies ihr die braunen Locken ins Gesicht. Oben angekommen, blickte sie blinzelnd auf die gischt-schäumende, graue See. Da braute sich ein übler Sturm zusammen. Sie wusste, sie sollte langsam nach Hause laufen. Mutter würde sich Sorgen machen.

Zu ihrer Rechten erhob sich Dunnyvaig Castle bedrohlich über das brausende Meer, wie ein Koloss, der die Insel bewachte. Nur in wenigen Fenstern brannte Licht, obwohl es schon dämmerte. Maisie wusste nicht sehr viel über die hohen Herrschaften, denen es gehörte. Sie gaben sich nicht mit dem niederen Volk in ihrem kleinen Fischerdorf ab. Nur sehr selten bekam sie von Weitem einen von ihnen zu Gesicht. Der junge Thane of

Cawdor, der dort ab und zu verweilte, hatte eine riesige, lockige Perücke und seltsame Kleider. Ganz anders als die Männer im Dorf. Und seine hübsche Frau trug prachtvolle Gewänder aus Seide mit zarter Spitze. Solch prächtige Sachen wollte Maisie auch einmal haben, wenn sie groß war. Die Kinder des Thanes waren ebenfalls alle herausgeputzt und kein bisschen schmutzig. Gar nicht wie sie selbst und die anderen Kinder im Dorf, die stets schmutzverkrustet und zerlumpt herumliefen. Und seine kleine Tochter hatte eine richtige Puppe zum Spielen! Verträumt blickte sie zur Burg und seufzte tief. Vor ein paar Monaten hatte ihr das kleine, blondhaarige Mädchen, das etwa in ihrem Alter war, ihre Puppe aus dem Kutschenfenster entgegengehalten. Und als sie erfreut danach greifen wollte, hatte sie sie zurückgezogen und ihr die Zunge herausgestreckt. Maisie fasste in ihre Schürzentasche und zog einen länglichen, flachen Stein hervor, der mit einem Gesicht bemalt und mit einem Haarschopf aus roher brauner Schafwolle beklebt war. Das war ihre Puppe Anna, ihre beste Freundin, der sie all ihre Geheimnisse anvertraute.

Der Wind wurde nun immer heftiger und der Sand wehte ihr in die von dichten schwarzen Wimpern umrahmten grünen Augen.

»Komm, Anna! Wir sollten jetzt nach Hause gehen. Es wird langsam ungemütlich hier.«

Mit diesen Worten lief sie mit ihren nackten Füßchen die Düne hinab und dem nahen Dorf zu.

✳ ✳ ✳

Als sie die grobe Holztür zu ihrem Cottage öffnete, schlug ihr der beißende Rauch des Torffeuers entgegen. Durch den heftigen Wind wurde der Qualm zurück durch den Kamin gedrückt und hing nun dick und schwer im Raum. Maisie musste heftig husten.

Da drehte sich ihre Mutter Rhona zu ihr um, die sich über einen dampfenden Kessel beugte.

»Da bist du ja endlich, du Streunerin! Komm, setz dich. Die Suppe ist gerade fertig. Ruairi, Lauchlin! Kommt zum Essen!«

Die hagere Frau, die etwa Ende zwanzig sein mochte, schöpfte eine undefinierbare Brühe in grobe Holzteller und stellte sie auf den kleinen Tisch. Bald schon versammelten sich alle Familienmitglieder zum gemeinsamen Abendessen. Lauchlin, Maisies wettergegerbter Vater, dessen Gesicht von einem buschigen Vollbart halb verdeckt war, erzählte seiner Familie, der Thane of Cawdor werde bald wieder auf Dunnyvaig erwartet. Sir Hugh war bekannt dafür, große Festbankette zu geben und dafür wurden immer jede Menge Fisch und Meeresfrüchte benötigt. Lauchlin versprach sich davon ein gutes Geschäft.

»Mein Sohn, du hilfst mir morgen, die Netze zu flicken. Sobald sich die See ein wenig beruhigt hat, geht es wieder hinaus.«

»Ja, Vater«, antwortete ein drahtiger Junge um die zehn Jahre und widmete sich dann wieder seiner Brühe und dem Stück Brot.

Nach dem Essen setzten Maisie und Ruairi sich ans Feuer. Maisie spielte mit ihrer Puppe Anna, während ihr Bruder an einer Holzfigur schnitzte.

»Guck mal, Maisie! Ich schnitze dir eine richtige Puppe, dann hast du auch so eine wie diese verzogene Komtesse.« Ruairi streckte ihr stolz die halbfertige Puppe entgegen und Maisie lächelte erfreut.

»Ruairi! So redest du nie wieder über die hohen Herrschaften!«, rief seine Mutter, die gerade ein Hemd flickte.

Kleinlaut gab Ruairi ein »Ja, Mutter« von sich, grinste aber Maisie verschwörerisch zu.

Bald schon glomm nur noch eine schwache Glut in der Feuerstelle und die Familie ging zu Bett.

Maisie teilte sich ein Lager auf einem alten Strohsack mit ihrem Bruder. Sie konnte lange nicht einschlafen, da der Sturm laut ums Haus tobte und an der Tür und den Fensterläden rüttelte. Ängstlich rückte sie näher an Ruairi heran, doch der schubste sie verschlafen wieder von sich. Irgendwann, als der Wind schwächer zu werden begann, fielen ihr die Augen zu und die Welt um sie herum verschwand im Schleier ihrer Träume, in denen sie Seidenkleider trug und viele wunderschöne Puppen besaß.

❋ ❋ ❋

Es musste wohl in den frühen Morgenstunden gewesen sein, da die Morgendämmerung noch nicht begonnen hatte, doch die letzte Glut der Feuerstelle bereits erloschen war, als es heftig an der Tür zu klopfen begann.

Alle Bewohner des Hauses schraken aus ihrem unruhigen Schlaf. Maisie und Ruairi klammerten sich ängstlich aneinander. Rhona und Lauchlin tauschten erstaunte Blicke.

»Bleibt hier, ich gehe nachsehen.« Lauchlin sprang aus dem Bett und tastete sich zur Tür vor.

»Wer ist da? Und was willst du zu so später Stunde?«, rief er dem ungebetenen Gast durch die verriegelte Tür entgegen.

Zuerst war nur ein Röcheln zu vernehmen, dann fiel Lauchlin ein Mann in die Arme, dessen Kleidung komplett von Wasser durchtränkt und zerfetzt war.

»Es ist gesunken, alle sind tot. Bitte helft mir!«, war das Einzige, was der Fremde mit gebrochener Stimme von sich gab, bevor er in eine tiefe Ohnmacht sank.

»Schnell, Rhona! Wir müssen ihn aus den nassen Sachen holen und das Feuer anheizen! Ruairi, kümmere dich darum!«

Lauchlin holte derweil seinen selbstgebrannten Whisky aus der Truhe, dann beugte er sich über den Mann, gab ihm ein paar Ohrfeigen, bis dieser wieder halbwegs zu sich kam und flöste ihm ein paar Schluck der wärmenden Flüssigkeit ein. Er begann heftig zu husten, dann schlossen sich erneut seine Augen. Lauchlin und seine Frau kleideten ihn aus und wickelten ihn in eine grobe Decke.

Mittlerweile hatte Ruairi das Feuer wieder in Gang gebracht und eine knisternde Wärme erfüllte bald wieder den Raum. Sie betteten den Mann in die Nähe der Feuerstelle und Rhona wärmte etwas Brühe auf. Obwohl Lauchlin mehrmals versuchte, mit dem Mann zu sprechen, war dieser noch nicht dazu in der Lage. Vor Schwäche driftete er immer wieder in einen unruhigen Schlaf. Nach etwa einer Stunde verkündete Lauchlin, die anderen sollen wieder zu Bett gehen, er wolle aufpassen. So setzte er sich auf einen Stuhl neben den Fremden, während der Rest der Familie versuchte, noch etwas Schlaf zu finden.

Am nächsten Morgen war der Fremde noch immer nicht ansprechbar und sie machten sich große Sorgen um ihn. Die anderen im Dorf machten sich auf, um nach weiteren Überlebenden der Schiffskatastrophe zu suchen. Der Sturm hatte ein Handelsschiff vom Kurs abgebracht und es war gegen einen der spitz aus dem Meer aufragenden Felsen geschleudert worden. Kaum noch etwas war vom Wrack übrig. Nur noch ein paar Holzplanken, Fässer und ein wenig Hab und Gut der Besatzung trieben ans Ufer. Doch kein einziges Lebenszeichen. Auch Maisie, Ruairi und einige andere Kinder aus dem Dorf waren mit den Männern zum Strand gelaufen und beäugten neugierig, was vor sich ging. Einige der Kinder begaben

sich auf Schatzsuche und liefen den Strand ab. Auch Ruairi zog Maisie mit sich, um nach Münzen, Treibholz und
ähnlichen Schätzen zu suchen.

»Komm hier entlang! Wir suchen dort hinten, hinter
den großen Dünen. Die anderen sind alle dort vorne. Da
finden wir eh nichts mehr.«

Maisie ließ sich von ihrem großen Bruder mitziehen,
doch sie war nicht vom Schatzfieber gepackt, sondern
musste an die armen Männer denken, die gestern Nacht
hier ihr Leben verloren hatten. Ein Schauer lief ihr über
den Rücken, als sie auf das noch immer aufgewühlte
Meer hinaussah. Sie suchten über eine Stunde lang den
Strand ab. Ruairi war inzwischen beladen mit etlichen
Stücken Treibholz.

»Da kann ich dir noch ein paar Puppen schnitzen«,
meinte er vergnügt. Sie wollten gerade umkehren, als
Maisie etwas im Sand stecken sah. Neugierig ging sie näher und auch ihr Bruder hatte es nun bemerkt.

»Was kann das wohl sein? Warte, ich grabe es aus.
Hier, halt mal das Holz!«

»Sei bloß vorsichtig!«

»Warum? Glaubst du, es beißt?«, lachte Ruairi.

Maisie war irgendwie nicht ganz wohl bei der Sache
und sah ihrem Bruder schweigend dabei zu, wie er die
Kiste aus dem nassen Sand buddelte.

»Moment, hab's gleich.«

Und kurz darauf zog er eine kleine Holzkiste aus dem Sand. Sie war wunderschön verziert mit allerhand Symbolen, die keiner von ihnen je zuvor gesehen hatte. Ehrfürchtig strich Maisie über das Holz.

»Sollen wir sie öffnen?«, fragte Ruairi.

Doch da waren plötzlich die Stimmen der anderen zu hören, also packte Ruairi schnell die Kiste und bedeutete seiner Schwester, ihm zu folgen.

Schwer beladen liefen sie nach Hause, die anderen Kinder meidend, da sie wussten, dass dort das Recht des Stärkeren galt und die älteren Jungs ihnen ohne zu zögern ihre Schätze wegnehmen würden. Zu Hause angekommen, versteckten sie sich in einem kleinen Verschlag neben dem Cottage, in dem ihr Vater seine Netze und anderes Gerät aufbewahrte.

Die kleine Holzschatulle war fest verschlossen und es prangte ein rotes Siegel darauf. Ruairi benutzte eines der Werkzeuge seines Vaters, um sie aufzubrechen. Gespannt beobachtete Maisie seine Anstrengungen, doch die Schatulle ließ sich nicht öffnen. Nicht einmal das Siegel wollte zerbrechen.

»Ich geh schnell ins Haus und hole mein Schnitzmesser. Damit sollte es gehen. Du bleibst hier und passt auf!«

Als ihr Bruder nach nebenan gelaufen war, beugte sie sich neugierig über die Box und betastete das Siegel. In diesem Moment zerbrach es und das Schloss darunter schnappte auf. Erschrocken fuhr sie zurück. Als ihr Bruder gleich darauf zurückkam, blickte sie noch immer ganz entgeistert auf die Schatulle.

»Was ist denn passiert? Du siehst aus, als hättest du einen Geist gesehen?«

Maisie streckte einen Finger in Richtung der Box aus und Ruairi folgte ihrem Blick.

»Oh Mann, wie hast du das denn geschafft? Ich mühe mich die ganze Zeit ab und ne halbe Portion wie du kriegt das Ding sofort auf? Kaum zu glauben!«

»Ich hab doch gar nichts gemacht.«

»Schon gut, wir schaun was drin ist.«

Ruairi hob den Deckel an und lugte hinein. Sein Gesichtsausdruck spiegelte Enttäuschung wider.

»Was ist es?« Nun war auch Maisie wieder näher herangetreten und spähte hinein.

»Nur ein olles, stinkendes Buch, sonst nichts.« Ruairi warf den Deckel wieder zu und erhob sich.

»Darf ich es bitte haben?« Maisie hatte noch nie ein Buch besessen, aber sie hatte gehört, dass der Thane ein ganzes Zimmer voll damit hatte, also musste es etwas Tolles sein.

»Meinetwegen. Auf diesen alten Plunder geb ich nichts. Wenigstens hab ich viel gutes Holz gefunden.«

Zufrieden begutachtete er seinen Stapel Treibholz und räumte es in die hinterste Ecke des Schuppens.

✳ ✳ ✳

Abends schien es dem Fremden, den sie aufgenommen hatten, bereits ein wenig besserzugehen. Er konnte sich schon aufsetzen und einige Fragen beantworten.

»Wir haben uns noch nicht vorgestellt. Mein Name ist Lauchlin McIntyre, und mit wem habe ich die Ehre?«

»Frances Tennyson aus London.« Noch immer hatte der dunkelhaarige Mann um die Vierzig Probleme beim Sprechen.

»Ich weiß, es ist schwer, darüber zu reden, aber bitte Sir, erzählen Sie mir, wie Ihr Schiff hieß, wohin es unterwegs war und wie viele Leute an Bord waren. Morgen soll eine Messe für die armen Seelen gehalten werden, drüben in unserer kleinen Parish Church.« Lauchlin bot dem Mann einen Schluck Whisky an, den er dankbar annahm.

»Es war die St. Mary. Wir waren auf dem Weg in die Kolonien, nach New York. Es waren wohl an die zweihundert Mann an Bord. Soweit ich weiß, hat niemand sonst überlebt.«

»Ja, sieht so aus. Leider konnten wir keine Überlebenden finden. Das Meer wird in den nächsten Tagen und Wochen wohl ein paar der Leichen anschwemmen. Gott sei ihrer Seele gnädig.« Lauchlin bekreuzigte sich.

»Ich wäre sehr gern beim Gottesdienst dabei. Würden Sie mir bitte helfen, dort hinzukommen?«

»Selbstverständlich. Sie können sich auf mich stützen und ich bring Sie rüber.«

»Vielen Dank!« Erschöpft fielen dem Mann die Augen zu.

✳ ✳ ✳

Am folgenden Sonntagmorgen wachte Maisie bereits sehr früh auf und holte heimlich ihren Schatz aus dem Verschlag. Sie schürte das Feuer, setzte sich im Schneidersitz davor und schlug das Buch auf. Es war sehr dick und schwer, in weiches braunes Leder gebunden und mit seltsamen Zeichen verziert. Maisie und ihr Bruder hatten nie Lesen und Schreiben gelernt. Hier draußen gab es keine Schule, außerdem mussten sie ihren Eltern bei der Arbeit helfen. Auch ihre Eltern hatten nie eine Schule besucht. So war dieses Buch für sie etwas Außergewöhnliches. Es besaß eine beinah magische Anziehungskraft. Liebevoll strich sie über den Einband und schlug es dann auf. Das Papier knisterte verheißungsvoll. Im Buch waren nur wenige Zeichnungen und die sahen sehr seltsam aus, nicht wie irgendwas, das sie jemals zuvor gesehen hatte. Als sie so vertieft dasaß, beugte sich plötzlich der Schiffbrüchige über ihre Schulter und begutachtete ihren Schatz.

»Schönes Buch hast du da, junge Dame. Wo hast du das denn her?«

Vor Schreck ließ Maisie es beinahe fallen.

»Es tut mir leid, ich wollte dich nicht erschrecken. Ich bin Frances.« Versöhnlich streckte er ihr die Hand entgegen.

Zögerlich ergriff sie diese und antwortete: »Ich bin Maisie. Das Buch habe ich am Strand gefunden. Leider kann ich aber nicht lesen.«

»Na, dann ist es ja gut, dass ich hier bin. Ich kann lesen. Soll ich dir das Buch vorlesen?«

Maisie guckte ihn mit großen Augen an und nickte.

»Woher kannst du denn lesen?«

Frances lachte. »Mein Vater in London ist ein wohlhabender Kaufmann und er will, dass ich in seine Fußstapfen trete, so schickte er mich zur Schule. Ganz einfach. Also, gut. Dann wollen wir mal.« Er nahm ihr das Buch aus den Händen und blätterte zur ersten Seite zurück.

»Liber incantationum. Das ist ein Buch mit Zaubersprüchen!« Erstaunt sah er Maisie an, die ihn ihrerseits mit offenem Mund anstarrte.

Zögerlich las er weiter: »Dies Buch lehrt dich alles über weiße und dunkle Magie und allerlei Zauber. – Mir scheint, du hast da ein Hexenbuch gefunden. Sei nur vorsichtig, dass du uns damit nicht in Schwierigkeiten bringst! Da stehen Heilzauber und wie man verschwundene Dinge wieder herzaubert, wie man unnatürlich schnell von einem Ort zum andern gelangen oder Sachen verschwinden lassen kann, aber auch böse Dinge, die anderen schaden können. Besser, du versteckst das Ding wieder dort, wo du es gefunden hast.«

Er gab Maisie das Buch zurück und diese lief damit schnell aus dem Haus und versteckte es wieder im Verschlag. Hexenbuch hin oder her, sie wollte sich nicht von ihrem kostbaren Fund trennen.

❋ ❋ ❋

Eine Stunde später waren alle wach und machten sich bereit für die Kirche. Jeder trug sein Sonntagskleid und bestes Hemd. Maisies Mutter versuchte verzweifelt, die wilden Locken der Kleinen zu bändigen.

Frances stützte sich auf Lauchlin und so strebten sie alle der kleinen Dorfkirche zu, deren helle Glocke noch kilometerweit zu hören war.

Die kleine Kirche war gut besucht und sie ergatterten gerade noch einen Platz ganz hinten. Als die Dorfbewohner jedoch erkannten, wen sie dabei hatten, wurden sie nach vorne geschleust und Frances bekam einen Sitzplatz vor dem Altar. Ein Raunen und Flüstern ging durch die Reihen und die Leute verrenkten sich die Hälse nach ihm. Freilich war den Dorfbewohnern schon zu Ohren gekommen, dass Lauchlin einen Schiffbrüchigen aufgenommen hatte, jedoch hatte ihn kaum jemand zu Gesicht bekommen. Der Priester begann mit der Messe und betete für die armen Seelen, die auf der St. Mary ihr Ende gefunden hatten. Bei der Erwähnung der vielen toten Menschen wurde Maisie wieder ganz traurig und fragte sich, ob auch ihr Buch jemandem an Bord gehört hatte? Wie kam ein Hexenbuch auf so ein Schiff? War etwa eine

Hexe mitgereist? Hatte sie vielleicht sogar alle verflucht und den Sturm heraufbeschworen, das Schiff versenkt? Mit jedem dieser Gedanken bekam sie mehr und mehr Angst und rückte näher an ihren Bruder und ihre Eltern heran. Was, wenn die Hexe noch lebte und nach ihrem Buch suchte? Sicher würde sie sehr wütend sein, wenn sie erfuhr, dass sie es genommen hatte.

Als der Priester den abschließenden Segen über die Gemeinde sprach, hatte Maisie es plötzlich sehr eilig, nach Hause zu kommen und zog ihre Mutter voran. Ihr Vater kam langsam mit Frances hinterher. Zu Hause schnappte sie sich ihren Bruder und lief mit ihm in den Verschlag.

»Ruairi, Ruairi! Wir haben was Furchtbares getan! Das Buch, das wir gefunden haben, gehört einer bösen Hexe. Wir müssen es loswerden, bevor sie uns holt.«

»Was redest du denn da, dummes Huhn? Was für ne Hexe denn?«

»Na, Frances kann doch lesen und er hat mir heute Früh aus dem Buch vorgelesen. Er meinte, es sei ein Hexenbuch mit Zaubersprüchen. Wirklich, ganz ehrlich. Das hat er gesagt. Und ich solle es schnell wieder loswerden. Jetzt weiß ich auch, warum er so erschrocken gewesen ist. Bestimmt denkt er dasselbe wie ich: die Hexe, der das Buch gehört, war auf dem Schiff und sicher hat sie es zum Sinken gebracht. Frances sagte mir, da stehen auch böse Zauber drin. Zauber, mit denen man Menschen Schaden zufügen kann. Was, wenn sie all die Leute auf dem Gewissen hat? Und was, wenn sie wiederkommt und ihr Buch sucht? Sie wird uns sicher auch umbringen!«

Aufgeregt rang sie ihre Hände und sah ihren Bruder mit weit aufgerissenen Augen an.

»Also, ich glaube, da geht deine Fantasie mit dir durch. Und vielleicht wollte dieser Frances dich nur veräppeln. Du glaubst doch auch jeden Mist.« Ungläubig schüttelte Ruairi seinen Kopf.

»Aber es ist wahr! Sieh es dir halt selbst mal an. Da sind ganz seltsame Zeichen drin, richtig unheimlich.«

Maisie zog die Holzkassette aus dem Versteck, öffnete sie und zog das Buch heraus. Mit skeptischem Blick schlug Ruairi es auf und blätterte durch die Seiten. Tatsächlich waren dort seltsame Zeichnungen, die für ihn keinen Sinn ergaben. Aber Hexerei? Doch dann, gegen Ende des Buches, sah er eine Abbildung, die ihm bekannt vorkam. Es war ein Stern, mit fünf Zacken. Genauso ein Stern war auf einem der ältesten Gräber auf dem Friedhof – das Hexengrab! Man munkelte im Dorf, dass dort vor langer Zeit eine mächtige Magierin begraben worden war. Schnell schlug er das Buch zu und warf es zurück in die Kiste.

»Gott steh uns bei, was hast du da nur gefunden?! Es muss weg, so schnell wie möglich. Wir vergraben es heute Nacht auf dem Kirchhof. Das ist geweihter Boden. Dort kann es uns nichts anhaben.«

Nun hatte auch Ruairi Angst bekommen. Was, wenn Maisie Recht hatte und eine böse Hexe nach ihnen und dem Buch suchte? Keiner durfte erfahren, dass sie es hatten und sie mussten es so schnell wie möglich loswerden. Er schickte Maisie zu Frances, um ihm das Versprechen abzunehmen, ihr Geheimnis nicht zu verraten. Und tatsächlich versprach er es ihr.

Als alle im Haus eingeschlafen waren, schlichen die beiden Kinder sich heimlich hinaus, holten die Schatulle mit dem Buch und eine Schaufel und liefen Richtung Kirchhof. Aber als sie an der alten Umfassungsmauer angekommen waren, verließ sie der Mut.

»Ruairi, ich hab Angst!«, flüsterte Maisie.

Ihr Bruder schluckte schwer und zögerte lange, das Tor zum Friedhof zu öffnen. Oft schon hatte er im Dorf gruselige Geschichten von Wiedergängern gehört, von armen, ruhelosen Seelen, die hier umherwandelten. Doch er wusste, die Gefahr, das Buch zu behalten oder in ungeweihter Erde zu vergraben, war zu groß. Er fasste sich ein Herz und öffnete die kleine Pforte. Maisie klammerte sich in Panik an seinen Hemdszipfel. Vorsichtig traten sie zwischen die vom schwachen Mondlicht beleuchteten Gräberreihen. Ein Käuzchen schrie und die Kinder zuckten vor Schreck zusammen.

Ruairi gab ein nervöses Lachen von sich, dann suchte er sich eine Stelle an der Friedhofsmauer, die von dichtem Gestrüpp umgeben war, und begann zu graben. Maisie hielt die in altes Leinen gewickelte Kassette und sah ständig ängstlich über ihre Schulter, als erwarte sie, dass jeden Augenblick eine monströse Erscheinung aus einem der Gräber auftauche. Nach einigen Minuten war Ruairi fertig und gab Maisie ein Zeichen, ihm die Kassette zu reichen, was sie prompt tat. Unruhig trat sie von einem Fuß auf den anderen und biss sich die Lippe blutig. Ruairi schaufelte nun das Loch wieder zu und bedeckte die Stelle mit Gras, Moos, Steinen und kleinen Ästen. Zufrieden betrachtete er sein Werk.

»Das findet sicher nie einer. Und nun komm, wir verschwinden hier!«

Das ließ sich Maisie nicht zweimal sagen und schnell sausten sie durch die Gräberreihen dem Ausgang zu und zu ihrer Hütte. Niemand bemerkte sie, als sie kurz darauf schwer schnaufend ins Haus tapsten, und sich dann mit klopfenden Herzen in ihr Bett legten.

Kapitel 9: Das Pestdorf

»Bei den Toten unten im Schattenlande werden bald wir wohnen.«

Georg Heym

Lily wälzte sich unruhig hin und her. Kalte Hände griffen nach ihr. Es roch nach modriger, feuchter Erde und Fäulnis. Sie wollte schreien, doch es kam nur ein ersticktes Krächzen aus ihrer Kehle. Grässliche Gestalten mit Fetzen ledriger, vergilbter Haut, die sich über die Knochen spannte, lauerten auf sie. Die Gesichter waren verunstaltet und kaum mehr als grinsende Totenköpfe. Strähnige Haare mit Erdklumpen zierten ihre Häupter. Und sie gierten nach ihrem Fleisch. Sie rannte um ihr Leben, rannte, bis ihre Füße bluteten. Übelkeit stieg in ihr auf und sie begann zu würgen.

Lily fuhr hoch, noch immer würgend. Schnell angelte sie nach dem Papierkorb, der neben dem Bett stand und übergab sich darin. Da sie nichts mehr im Magen hatte, war es zum Glück nicht viel.

Nach einer Weile ließ sie sich erschöpft wieder in ihre Kissen fallen. Ethan schlief nach wie vor tief und fest neben ihr. Sie konnte sich nur mehr vage an ihren Traum erinnern, doch sie wusste, es war etwas mit Zombies gewesen. Und warum hatte sie sich übergeben? Sie hatte kein Fieber und ihr Magen war nun wieder völlig in Ordnung. Lag es etwa an Ewans Kochkünsten? Aber dann müsste auch Ethan Probleme haben. Sie tastete im Dunkeln nach einer Flasche Wasser, die neben ihrem Bett stand, und nahm einen großen Schluck.

Da sah sie in der Ecke neben der Tür etwas Weißes, etwa 1,20 m hoch, das hin und her waberte, manchmal kaum zu erkennen war und wieder deutlicher wurde. Lily verschluckte sich und hustete laut. Nun wachte auch Ethan auf, fuhr hoch und klopfte ihr auf den Rücken. Aber das kleine weiße Etwas war verschwunden. Lilys Herz klopfte ihr bis zum Hals und sie rutschte instinktiv näher an Ethan heran.

»Was ist denn los? Ist was passiert? Du siehst mitgenommen aus.« Vorsichtig legte er einen Arm um ihre Schulter und zog sie an seine Brust.

»Ich weiß auch nicht, vielleicht werde ich krank? Vorhin musste ich mich übergeben. Und ich hab gedacht, ich seh eine helle Gestalt neben der Tür. Doch dann hab ich mich verschluckt und plötzlich war sie weg. Sicher nur Einbildung.«

»Mein armes Londongirl! Ich geh in die Küche und koche dir Kamillentee.« Ethan musterte sie besorgt. »Bin gleich wieder bei dir.« Liebevoll küsste er ihre Stirn.

Doch Lily hielt ihn fest. »Ich komme mit! Momentan will ich lieber nicht allein bleiben.«

Lily zog sich ein Sweatshirt über ihren Pyjama und schlüpfte in ihre Pantoffeln. Sie warf einen nervösen Blick neben die Tür, dann folgte sie Ethan schnell aus dem Zimmer. Er hatte den Wasserkocher gerade befüllt und eingeschaltet und war nun dabei, in Ewans Schränken nach Tee und Tassen zu suchen. Lily, die noch immer ganz zittrig war, umarmte ihn und suchte seine Nähe. Ein breites Lächeln zeigte sich auf Ethans Gesicht.

»Setz dich doch, dein Tee ist gleich fertig.«

Lily ließ widerwillig von ihm ab, setzte sich und beobachtete, wie er nach einiger Suche die gewünschten Teeutensilien fand und zwei Becher mit dampfendem Wasser füllte. Er setzte sich zu ihr und gähnte erstmal kräftig. Lily musste lachen.

»Und so jemand hat sich also mal als Geisterjäger betätigt! Du kannst nachts ja kaum die Augen aufhalten.«

»Na, hör mal! Dein Hustanfall hat mich immerhin abrupt aus einem wunderschönen Traum gerissen, in dem wir beide die Hauptrolle spielten.« Er warf ihr einen vielsagenden Blick zu.

»Mein Traum war leider nicht so prickelnd. Ich habe von fiesen Zombies geträumt«, erzählte Lily.

»Zombies? Warte mal, da war doch schon mal was mit Zombies … Ah ja! Damals, kurz nachdem der Fluch aufgehoben wurde, hattest du eine Vision mit Zombies«, erinnerte sich Ethan.

»Ich hoffe mal stark, dass das nicht wirklich eine Vision war!« Lily wurde bleich.

Aber Ethan zuckte nur mit den Schultern.

»Vielleicht ist es ja nur eine Art Metapher? Dein Unterbewusstsein will dir etwas mitteilen?«

Lily nahm einen vorsichtigen Schluck von ihrem Tee.

»Hm, kann sein. Aber dann muss ich echt ein ziemlich krankes Unterbewusstsein haben.«

Ethan grinste breit und setzte zu einer Entgegnung an, als Ewans Schlafzimmertür aufging und er in die Küche geschlurft kam. Er gähnte ausgiebig und kratzte sich am Hintern, nahm sich ein Bier aus dem Kühlschrank und setzte sich zu ihnen.

»Könnt wohl nicht schlafen, was?«

»Lily hatte einen Albtraum und musste sich dann auch noch übergeben. Ich hab ihr Tee gekocht. Wir wollten dich nicht wecken, tut mir leid«, entschuldigte sich Ethan.

»Schon gut. Soso, einen Albtraum? Du hast sie doch nicht etwa auch bemerkt, oder?« Ewan musterte Lily prüfend.

»Auch bemerkt? Wen denn?«, bohrte Ethan nach.

Ewan senkte die Stimme: »Na, sie! Die Kleine.«

Ethan und Lily tauschten einen verunsicherten Blick.

»Welche Kleine?«, fragte Ethan.

»Oh, nicht so wichtig. Vergesst es.«

»Jetzt komm schon! Raus mit der Sprache! Lily hat da wirklich etwas gesehen. Erzähl es ihm, Lils!«

»Ich bin nicht sicher, aber ich glaube, da war eine kleine weiße Gestalt in der Ecke neben der Tür. Ziemlich durchsichtig.«

Ewan nickte wissend. »Oh ja, das ist sie. Dachte schon, ich werde verrückt. Ich sehe öfter Türen von alleine auf- und zugehen. Und höre trippelnde Kinderschritte auf der Treppe. Außerdem klaut ständig jemand meine alte Stoffpuppe, die ich noch aus Kindertagen habe. Normalerweise sitzt sie immer im Wohnzimmer auf der Couch, aber ich finde sie plötzlich an den merkwürdigsten Orten. Gesehen hab ich die Kleine aber noch nie.«

»Meinst du, hier ist ein Geist? Wer ist sie?« Ethan war leicht verdattert.

»Klar, ein Geist! Glaubst du, wir reden hier vom weißen Kaninchen? Ich kann natürlich nicht genau sagen, wer sie ist, aber es gibt da so eine Geschichte … Ziemlich gruselig. Wollt ihr sie hören?«

Beide nickten.

»Na ja, OK. Ich erzähl sie euch. Aber wenn ihr danach nicht mehr schlafen könnt, seid ihr selber schuld dran«, kicherte er und nahm einen Schluck aus der Flasche.

»Vor einigen hundert Jahren soll es genau hier, wo dieses Cottage jetzt steht, ein kleines Fischerdorf mit Namen Solomon gegeben haben. Recht ungewöhnlicher

Name für ein schottisches Fischerdorf. Angeblich stammt er von einer uralten Grabplatte auf dem hiesigen Friedhof, in die das Salomonische Siegel eingraviert wurde.«

Ethan horchte auf. »Das Salomonische Siegel? Ist das nicht irgendwas, mit dem man Dämonen beschwören und zaubern konnte?« Zu Lily gewandt fügte Ethan hinzu: »Grant hatte da immer etliche alte Wälzer zu diesen Themen herumliegen und ich fand das irgendwie interessant.«

»Kann schon sein, ich kenn mich da nicht aus, Junge«, lachte Ewan.

»Aber warum war ein magisches Symbol auf dem Grab? Ist richtig unheimlich!«, entgegnete Lily.

»Das weiß ich jetzt leider auch nicht. Ich kenne nur die Geschichte, wie das Dorf sein Ende fand. Das war nämlich so: vor etwa 350 Jahren lebten hier noch an die zweihundert Leute. Es waren vor allem arme Fischer, die hier ein kärgliches Auskommen hatten. Zum Dorf gehörte damals der alte Friedhof an der Kirchenruine dort hinten.«

»Ja, den haben wir uns schon angesehen.« Bei der Erinnerung an die ganzen Menschenknochen, die dort lose herumlagen, schüttelte es Lily.

»Das Dorf jedenfalls soll durch die Pest untergegangen sein. Man sagt, dass alle Dörfler nach und nach erkrankten und sich isolierten, um die Krankheit nicht über den Ort hinaus zu verbreiten. Die Leute aus dem

Nachbardorf brachten den noch Lebenden immer Essen bis zu einem bestimmten Stein, ein paar hundert Meter vor dem Dorf. Dort holten die Bewohner Solomons es jeden Tag ab, bis eines Tages niemand mehr übrig war, um das Essen zu holen. Da wussten die Leute aus dem nächsten Dorf, dass es vorbei war. Alle Einwohner waren gestorben. Also brannten sie Solomon mit allen Leichen nieder. Drüben bei der Kirchenruine gibt es einen Gedenkstein für die Opfer der Pest. Danach war hier lange Zeit nichts mehr und die Dorfkirche verfiel zunehmend. Erst am Beginn des neunzehnten Jahrhunderts zog hier wieder neues Leben ein, denn dann wurde die Distillery gebaut und es wurde dort drüben ein neues Dorf für die Arbeiter errichtet. Auch dieses Cottage gehört dazu.«

»Das ist wirklich eine sehr traurige Geschichte.« Lily kämpfte mit den Tränen. Sie musste an all die armen Menschen denken, Frauen, Männer, Kinder, Babys, die hier elendig zugrunde gegangen waren.

»Wollt ihr wissen, was ich denke?« Ewan leerte mit einem Zug sein Bier, dann fuhr er fort: »Ich denke, dass diese Erscheinung eines der Pestopfer ist und hier noch immer herumspukt.«

Lily schluckte hart und Ethan lief kalter Schweiß von der Stirn. Sollten sie denn wirklich nie Ruhe vor irgendwelchen Geistern haben?

»So, nun aber ab in die Falle! Morgen müssen wir früh raus. Gute Nacht, Kinder!«

Und damit erhob sich Ewan schwerfällig und schlurfte in sein Zimmer. Wie in Trance standen auch Lily und Ethan auf, den Tee vollkommen vergessen, und gingen ebenfalls wieder zu Bett. Als sie kurz darauf eng umschlungen unter der Daunendecke lagen, flüsterte Lily: »Meinst du wirklich, hier spukt noch jemand aus Solomon herum?«

Ethan, der Lily nicht noch mehr beunruhigen wollte, wiegelte ab: »Ach was, sicher wollte Onkel Ewan uns nur ein wenig Angst einjagen. Da ist sicher nichts dran.«

Lily vermied es den Rest der Nacht, in die Ecke neben der Tür zu sehen und drehte sich mit dem Rücken dazu. Fest an Ethan gekrallt, schlief sie ein. Und auch Ethan fand nach einiger Zeit in den Schlaf.

Fiep, fiep, fiep, fiep …

Ein unangenehmes Geräusch riss Lily aus ihren Träumen und verwirrt sah sie sich um. Sie brauchte einen Moment, um sich zu orientieren. Ethan saß bereits auf der Bettkante und zog seine Schuhe an.

»Was ist das nur für ein Lärm?«, nuschelte Lily durch ihre Bettdecke.

»Das ist Ewans altes Weckerradio. Ich hab es für uns gestellt, damit wir auch ja rechtzeitig aus den Federn kommen. Diese alten Dinger sind viel zuverlässiger als jedes Handy – und penetranter.« Ethan grinste schelmisch und gab ihr einen Kuss. Dann stellte er das Fiepen ab und machte Anstalten, das Zimmer zu verlassen.

»Bist du etwa schon fertig?«, wollte Lily wissen.

»Ja, ich bin sogar schon vor dem Wecker aufgewacht und war bereits duschen. Ich seh mal, ob ich Ewan mit dem Frühstück helfen kann. Beeil dich.« Er zwinkerte ihr zu und verschwand in den Flur.

Lily sank mit einem Stöhnen wieder zurück in ihr Kissen. Sie fühlte sich mächtig unausgeschlafen und absolut nicht bereit, heute ihren neuen Job anzutreten.

Mit einem Ächzen erhob sie sich und wankte in Richtung Badezimmer. Einige Minuten und eine heiße Dusche später, zog sie sich eine schwarze Stoffhose und eine weiße Bluse an, wie ihre Mum es ihr geraten hatte. Sie wollte an ihrem ersten Tag ja einen möglichst seriösen und erwachsenen Eindruck machen. Ihre langen, blonden Locken waren noch feucht und einige Strähnen klebten ihr im Gesicht. Sie überlegte kurz, ob sie sie föhnen sollte, entschied sich aber erstmal dazu, zu den anderen zu gehen, um zu frühstücken. Ihr Magen knurrte laut, als sie die Küche betrat und Ewan begrüßte sie mit einem lauten »Guten Morgen!«.

Die Männer ließen sich gerade Speck, Würstchen und Eier schmecken. Ethan sprang sofort auf und belud ihr ebenfalls einen Teller mit Gebratenem.

»Du musst ordentlich essen, damit du auch Kraft hast heute«, lachte Ewan und klopfte ihr freundschaftlich auf den Rücken.

Lily zwang sich ein Lächeln ab. Ihr war schon ganz mulmig beim Gedanken an ihre neue Aufgabe.

»Gibt es Kaffee?«, fragte sie hoffnungsvoll und ließ ihren Blick über die Küchenzeile schweifen.

»Kaffee? Nein, Kaffee hab ich leider nicht hier, aber einen ordentlichen Breakfast tea. Hier, ich schenk dir ein. Das wird dir guttun, Mädchen.« Und damit setzte er klappernd eine Teetasse vor ihre Nase und goss ihr die dampfende Flüssigkeit ein. Lily ließ die Schultern hängen.

»Wir besorgen uns heut nach der Arbeit welchen in Port Ellen«, flüsterte Ethan ihr zu und sie nickte dankbar.

Auch wenn sie da wohl eine Ausnahme auf dieser Insel darstellte: sie mochte morgens einfach lieber Kaffee als Tee. In ihrer alten Heimat London war das nicht so ungewöhnlich gewesen und selbst in Witford gehörte das braune Gebräu schon zum Alltag, doch hier schien Kaffee ein geradezu exotisches Getränk zu sein.

Der Tag fing ja schon gut an …

Pünktlich um acht Uhr betraten sie das Besucherzentrum der Whiskybrennerei und Ewan lud Lily bei seinen Kolleginnen ab, die sich um sie kümmern und sie einweisen sollten. Dann nahm er Ethan durch eine Schwingtür mit in den hinteren Bereich, wo sich die Büros befanden.

»Hi Lily, ich bin Susie. Ich werde dir hier alles zeigen. Und das ist meine Kollegin Megan. Sie ist schon das zweite Jahr bei uns und hilft immer in den Sommermonaten aus.«

Die hochgewachsene Rothaarige mit Pferdeschwanz und hübschem Gesicht deutete auf ein etwas kleineres, dunkelhaariges Mädchen, das sie angrinste. Beide trugen die gleichen schwarzen Distillery-Shirts mit dem Schriftzug *Cnocnamóine* und den charakteristischen Pagodendächern der Whiskybrennerei.

»Hi, wie geht's?«, grüßte Lily die beiden etwas schüchtern zurück.

»Jetzt kleiden wir dich erstmal richtig ein. Ich schätze mal, du hast Größe S, oder?«, fragte Susie.

Lily nickte und folgte ihr durch eine weißgestrichene Holztür in ein kleines Lager, in dem hunderte von in Folie geschweißten Shirts in allen Größen lagerten. Mit einem gezielten Griff zog sie eines von einem Stapel und reichte es ihr.

»Dort hinten sind die Toiletten, da kannst du dich umziehen.«

Wenig später trat sie in ihrer neuen Arbeitskleidung zu den Mädchen.

»Wunderbar, passt wie angegossen«, freute sich Susie.

»Wir brauchen dich vor allem, um bei den Führungen zu helfen, aber manchmal musst du auch im Shop mitarbeiten, wenn grade viel los ist. Später erklärt dir Megan die Kasse und unser Sortiment, aber jetzt geht es erstmal auf große Tour durch unsere Distillery. Hier hast du einige Unterlagen, die du bitte bis morgen auswendig lernst. Bei den ersten beiden Touren begleitest du entweder Megan oder mich. Danach darfst du deine erste Führung allein halten. So, dann wollen wir mal.«

Sie verließen das Besucherzentrum und gingen nach hinten zu den weißgetünchten Produktionsstätten, die sie nacheinander besichtigten. Die Luft roch nach Salz und die schwere Feuchtigkeit des nahen Meeres kroch in ihre Kleidung. Susie führte sie herum und erklärte ihr die einzelnen Schritte vom Mälzen der Gerste und Trocknen über Torfrauch bis hin zum Brennvorgang und der Lagerung. Am Ende kamen sie wieder zurück ins Besucherzentrum, das sich nun allmählich mit Touristen aus aller Welt füllte.

»Jetzt wäre es normalerweise Zeit für die Verkostung«, klärte Susie sie auf. »Jeder erwachsene Teilnehmer erhält eine wee dram, ein kleines Glas Whisky zum Probieren. Den schenkst du hier drüben am Tresen aus. Sie haben die Wahl zwischen drei verschiedenen Sorten. Zurzeit wären das unser klassischer Cnocnamóine 10 years, unser Sherryfinish Cnocnamóine ór und unser darag, der ein Finish in neuen Eichenfässern erhält. Aber das steht alles nochmal ganz genau in deinen Unterlagen. Hier, ich lasse dich mal ein klein wenig an unserem Klassiker nippen, damit du wenigstens unser Produkt kennst.«

Susie schenkte bodenverdeckt ein wenig goldbraune Flüssigkeit in ein Glas und reichte es Lily. Skeptisch beäugte sie es und roch daran, bevor sie ein wenig nippte. Angeekelt verzog sie das Gesicht und begann zu husten.

Susie lachte lauthals. »Na, du bist mir ja die perfekte Verkäuferin für unser Produkt! Verziehst das Gesicht, als hätte ich dir Rizinusöl gegeben. An deiner Reaktion musst du wohl noch üben.«

»Entschuldige, aber ich trinke eigentlich nie Alkohol und der ist sehr stark. Außerdem schmeckt er sehr medizinisch. Erinnert mich irgendwie an meinen letzten Zahnarztbesuch«, grinste Lily.

»Lass das nur nicht Ewan hören. Der würde dich gleich wieder nach Hause jagen.« Susie zwinkerte ihr verschwörerisch zu.

Den Rest des Vormittags verbrachte Lily mit dem Kennenlernen des Sortiments und den Funktionen der Kasse.

Um ein Uhr traf sie sich mit Ethan in der Cafeteria. Die Mitarbeiter bekamen Rabatt auf das Essen, weshalb ein Großteil der Belegschaft dort zu Mittag aß.

»Na, wie war dein Tag bisher?«, fragte Ethan sie zwischen zwei Gabeln voll Stew.

»Oh, eigentlich ganz OK. Ich hatte großen Bammel, aber bisher lief alles gut und alle sind echt nett. Und bei dir?«

»Bei mir läuft auch alles super. Ich mach nur leichte Büroarbeit und Botengänge. Zurzeit ist Ewans Sekretärin in Mutterschaftsurlaub und sie haben noch keinen Ersatz gefunden, deshalb kam ich ihm gerade recht«, grinste Ethan.

»Zeigst du mir nachher dein Büro? Ich bin neugierig.«

»Klar! Wenn ich dafür einen Kuss bekomme?«

»Hm, mal überlegen, ob es mir das wert ist«, neckte Lily.

Ethan zog einen Schmollmund und Lily musste lachen. Dann beugte sie sich über den Tisch und gab ihm einen Schmatz. Da sie beide nur halbtags arbeiten mussten, hatten sie danach frei und planten ihren ersten Ausflug, der sie nach Norden, nach Finlaggan, führen sollte. Dort wollten sie sich die bedeutende mittelalterliche Siedlung ansehen, in der einst die *Lords of the Isles* des McDonald Clans residierten und ihr Reich regierten.

Lily packte vorsorglich ihren zu lernenden Text und etwas Proviant für ein Picknick ein, dann ging es los. Das schwarze Band der Straße zog sich wie eine sich endlos windende, auf und ab kriechende Schlange durch das satte Grün, hin und wieder gesprenkelt von den weißen Flauschtupfen der grasenden Schafe. Die Sonne versuchte verzweifelt, durch die tristgraue Wolkendecke zu brechen, doch nur einige wenige Strahlen schafften es auf die Erde. Die Landschaft dort war in ein mystisches Licht getaucht, das märchenhaft wirkte. Zufrieden betrachtete Lily die vorbeiziehende Gegend und seufzte glücklich.

Kurze Zeit später fuhren sie an einem kleinen Flughafen vorbei, der direkt im Moor lag. Schafe und Hühner liefen direkt daneben herum und zogen Lilys Aufmerksamkeit auf sich.

»Schon eine seltsame Insel, oder?«

»Also, ich finde es einfach cool!«, grinste Ethan.

Sie fuhren weiter durch das kleine Städtchen Bowmore und den hübschen Ort Bridgend. Danach wurde die Besiedelung wieder dünn und Häuser waren nur äußerst sporadisch zu sehen.

Als sie noch etwa fünf Kilometer von ihrem Ausflugsziel entfernt waren, begann der Motor plötzlich zu stottern und fiel aus. Ethan lenkte das Auto an den Straßenrand und Lily sah ihn erschrocken an.

»Was ist passiert?«

»Keine Ahnung! Das Ding hat doch ständig etwas. Hab schon so viel Geld in diese Scheißkiste gesteckt, verdammt!« Ethan schlug wütend auf das Lenkrad.

»Es tut mir leid. Was sollen wir jetzt tun?«

»Ich werd mal Ewan anrufen. Der weiß sicher eine Werkstatt hier.«

Aber schon bald stellte Ethan fest, dass er keinen Empfang hatte – ebenso wenig Lily.

»Scheiße, Scheiße, Scheiße! Das darf nicht wahr sein! Diese Mistinsel! Nicht mal Handynetz gibt es hier.«

Lily sah Ethan betreten an und schwieg.

»Entschuldige. Ich wollte nicht ausrasten, aber ich brauche das Geld vom Ferienjob für mein Studium und nun das. Komm, wir müssen wohl bis zum nächsten Haus laufen und um Hilfe bitten. Vielleicht hält auch ein Auto an.«

Sie stiegen aus und machten sich auf den Weg entlang der schmalen Straße durch die Moorlandschaft. Doch bereits nach hundert Metern öffnete der Himmel seine Schleusen und das Inselwetter zeigte sich von seiner garstigsten Seite.

»Na, klar! Das musste jetzt so kommen.«

Mit grimmigem Blick stapfte Ethan voran und zog Lily hinter sich her.

Kapitel 10: Die Dunkelheit

» In jedem Ende liegt ein neuer Anfang.«
Miguel de Unamuno y Yugo

Als Morna leblos auf dem Fels zu Boden sank, durchfuhr sowohl den Thane als auch die Prinzen ein heftiger unerklärlicher Schmerz, der ihnen für einen Augenblick die Luft raubte.

Sie standen auf einem der Boote und blickten auf das beeindruckende Schauspiel, das sich ihnen auf dem Meer darbot. Doch als die unsägliche Pein sie wie ein Dolch durchbohrte, weiteten sich ihre Augen vor Schreck und sie gingen zu Boden.

»Heiliger Maelrubha, steh uns bei! Man hat uns vergiftet!«, rief der jüngste Prinz, Dougall, voll Furcht.

Aber der Thane Somerled fasste sich sogleich wieder, stand auf und sprach mit erstickter Stimme: »Nein, das ist kein Gift. Das ist die Last unserer Schuld, die uns erdrücken will. Doch wir werden dies nicht zulassen.«

Und sie alle sahen, wie das Meer sich wieder beruhigte. Die feindlichen Schiffe konnten nun ungehindert vorrücken.

Somerled gab seinen Männern das Zeichen zum Angriff und rief ihnen zu: »Kämpft! Kämpft bis zum letzten Tropfen Blut in euren Körpern!«

Seine Faust schnellte gen Himmel und die Hornbläser gaben sein Signal weiter.

Die Schlacht dauerte viele Stunden. Tausende Männer auf beiden Seiten wurden grausam niedergemetzelt. Pfeile ragten aus geschundenen Körpern, Äxte spalteten Schädel, Lanzen fuhren durch zuckende Leiber, Schwerter zerschlitzten und zerstachen lebendes Fleisch und das Blut durchtränkte die Kleidung der Überlebenden, überzog mit seiner metallischen Klebrigkeit Gesichter und Hände.

Der Tag brach an und noch immer tobte eine gnadenlose Schlacht, deren Lärm von den Felsen widerhallte. Die Männer waren am Ende ihrer Kräfte, doch es zeichnete sich kein Sieger ab. Da wurde auf einem der feindlichen Schiffe eine Flagge gehisst, die das Signal für einen Waffenstillstand gab.

Godred schickte einen Boten zu Somerled, um Verhandlungen zu führen und dieser willigte ein. So kam es, dass sich beide Anführer in Somerleds Zelt trafen und einen Vertrag schlossen.

Godred war ein Hüne von einem Mann, mit dichtem schwarzen Bart und Haar, so schwarz wie seine Seele. Auch er war kein junger Mann mehr und silberne Fäden schimmerten auf seinem Haupt. Somerled ließ Wein bringen und beide Männer tranken ihre Becher in tiefen, gierigen Schlucken leer. Die rote Flüssigkeit troff aus ihren langen Bärten wie das Blut ihrer Untergebenen auf dem maritimen Schlachtfeld. Die beiden taxierten sich mit Blicken, belauerten einander wie zwei Schlangen. Die Luft knisterte vor Spannung. Godred war ein Herrscher, dessen Stolz sich niemandem beugte, doch er war kein Narr. Er hatte mit eigenen Augen gesehen, wozu Somerled fähig war. Er hatte sich der Zauberei bedient, um sich einen Vorteil zu verschaffen und war deshalb ein unberechenbarer Gegner. Auch Somerleds Nyvaigs, kleine wendige Kriegsschiffe, waren seinen schwerfälligeren Galeeren überlegen.

So brach er als Erster das Schweigen: »Es wäre unklug, das Blutvergießen weiterzuführen. Ich will Eure Männer verschonen und schlage Euch einen Kompromiss vor.«

»Mein lieber Schwager, ich bin ganz Ohr. Wie lautet Euer Vorschlag?«

»Ich überlasse Euch Islay, Mull und Jura und Ihr haltet Euch zukünftig fern von Man, Skye und den restlichen südlichen Inseln.«

»Klingt nach einem akzeptablen Angebot, lieber Godred. Darauf sollten wir anstoßen! Mehr Wein!«

Auf diese Weise wurde an diesem Januartag das Blutvergießen beendet und Godred zog mit seinem verbliebenen Häufchen Männer ab, zurück zur Isle of Man.
Trotz Godreds überlegener Anzahl an Kriegern, war Somerled ein Patt gelungen. Und er wusste genau, wem er
das zu verdanken hatte: der mächtigsten Hexe der südlichen Insel

Kaum waren die Verhandlungen abgeschlossen, trat
er aus dem Zelt und richtete seinen Blick suchend auf die
Klippen. Doch vergeblich. Er schickte Späher aus, um
nach Morna zu suchen. Sie sollte ihm bei der Versorgung
seiner Verwundeten helfen.

Als die Späher wenig später zu ihm zurückkamen, legten sie einen schlaffen Frauenkörper vor seine Füße.

Ihre Augen waren geschlossen, so als schliefe sie, aber
die klaffende Kopfwunde belehrte ihn eines Besseren. In
Somerleds Zügen spiegelte sich das Bedauern, doch auch
großer Respekt vor der Tat dieser zierlichen Frau. Er
wusste, er hatte ihr Vieles zu verdanken.

Am folgenden Tag übergab Somerled das Kommando
an seinen Sohn Dougall. Er wollte persönlich diese au-
ßergewöhnliche Frau ehren und sie zur letzten Ruhe ge-
leiten. Und er wusste, er musste ihre Nachkommen im
Auge behalten, denn die Kräfte wurden vor allem über
die weibliche Blutlinie vererbt – Kräfte, die über das
Schicksal eines Königreiches entscheiden konnten.

Vor der Schlacht hatte er Morna versprochen, sie und ihre Familie für ihre Hilfe reich zu belohnen und er war ein Mann, der zu seinem Wort stand. Begleitet von seinem ältesten Sohn Gillecallum und einer Handvoll Männer brachen sie auf, um Mornas Leichnam zurück in ihr Dorf zu bringen. Als sie wenige Stunden später Kilmhor erreichten, war es bereits dunkel. Der Fackelzug gab einen unheimlichen Anblick und die wenigen Dorfbewohner, die noch unterwegs waren, flüchteten schnell in ihre Häuser. Einer von Somerleds Gefolgsmännern trat zu Mornas Cottage und klopfte an die Tür. Kurze Zeit später öffnete sich diese einen Spalt und Darach spähte heraus.

»Was wollt Ihr?«, fragte er misstrauisch.

»Der Thane möchte persönlich mit dir reden. Das ist eine große Ehre für einen wie dich. Sieh zu, dass du dein bestes Hemd anziehst und wasch dich!«

»Ach, hau doch ab! Erst mir mein Weib wegnehmen und mich dann auch noch beleidigen. Dein Thane kann mir gestohlen bleiben!«

Gerade als Darach die Tür vor dem verdutzten Mann zuschlagen wollte, trat Somerled persönlich zu ihm und gab dem Mann ein Zeichen, zu verschwinden.

»Bitte verzeiht die schlechten Manieren meines Ergebenen. Wir alle haben harte Zeiten hinter uns. Doch ist das keine Entschuldigung, Euch derart zu beleidigen. Darf ich eintreten?«

Darach stand mit offenem Mund da und starrte den edlen Herrn an, der vor ihm stand und Einlass in seine Hütte erbat. Schnell fing er sich, öffnete die Tür und ließ ihn eintreten, gefolgt von einem weiteren edlen Herrn, der viel jünger war. Darach bot den Herrschaften Plätze am Feuer an und holte seinen besten Met hervor, den er großzügig einschenkte und den beiden reichte.

»Mein guter Mann, ich bin gekommen, um ein Versprechen einzulösen, das ich Eurem Weibe gegeben habe. Sie hat uns geholfen, eine Schlacht zu unseren Gunsten zu wenden und dafür sollt Ihr nun reich belohnet werden. Leider hat unser Herr Euer Eheweib zu sich geholt. So kann ich Euch nur mehr ihren sterblichen Leib überbringen. Mein Beileid, guter Mann. Sie war eine tapfere Frau.«

Darach, der noch immer vollkommen verwirrt über die Anwesenheit des Thanes und seiner Begleitung war, begriff nur langsam die Worte, die in sein Bewusstsein sickerten. Doch als ein Schrei aus der Ecke erklang und seine älteste Tochter Ealasaid sich weinend an seine Brust warf, erkannte er, dass er seine Morna niemals wiedersehen würde und eine einzelne Träne lief über seine Wange. Darach versuchte, seine Tochter so gut es ging zu trösten, doch sie schrie und weinte ohne Unterlass. Nun begannen auch die Kleinen zu weinen, ohne noch recht zu begreifen, was geschehen war. Hastig standen Somerled und Gillecallum auf und verabschiedeten sich.

»Es tut mir leid, wir kommen morgen wieder und besprechen alles Weitere.«

Als sie gerade aus der Tür treten wollten, drang die Stimme der ältesten Tochter zu ihnen und jagte ihnen einen Schauer über den Rücken:

»Ihr seid gezeichnet. Ich sehe Euer Ende. Eure Tage sind gezählt.«

Gillecallum drehte sich wutentbrannt nach ihr um: »Du kleine Hexe! Du wagst es, so mit uns zu sprechen?! Wenn es wahr ist, was du sagst, so werden wir euch Hexenvolk ausmerzen. Wir werden euch jagen, bis keine mehr übrig ist!«

Erschrocken zuckte Ealasaid zurück und vergrub ihr Gesicht an der Brust ihres Vaters. Somerled legte beruhigend die Hand auf Gillecallums Schulter.

»Was regst du dich so über die Worte eines kleinen Mädchens auf?! Sie hat gerade ihre Mutter verloren. Komm, lass uns gehen.«

Gillecallum warf ihr einen letzten finsteren Blick zu und sie verließen die bescheidene Hütte, ihre Bewohner ihrem Elend überlassend.

Als sich am nächsten Morgen das Dorf neugierig um den Wagen mit Mornas Leichnam scharte und sie das Tuch zurückschlugen, wunderten sich viele darüber, wie frisch und rosig sie doch noch aussah.

»Eine schöne Leiche!«, kam es von einer alten, gebeugten Frau.

»Das ist doch wieder Hexerei!«, rief eine junge Frau aufgebracht und schon erklang aufgeregtes Gemurmel in der Menge.

Darach, der seine Kinder bei seiner Schwägerin Eibhlin, im Haus nebenan gelassen hatte, bahnte sich einen Weg durch die Menge, um seine Frau noch einmal zu sehen. Die Bestattung war für den kommenden Tag angesetzt und Lord Somerled wollte sich um alles kümmern.

Voll Verbitterung warf er der nahen Burg einen Blick zu. Dort saßen sie jetzt sicherlich bei einem feudalen Mahl und niemand verschwendete mehr einen Gedanken an Morna und ihre Familie. Am Wagen angekommen, betrachte er ihr Gesicht und strich liebevoll über ihre Wange. Sie hatten ihm das Liebste auf der ganzen Welt weggenommen. Diese selbstsüchtigen Bastarde hatten ihm seine Morna gestohlen und den Kindern die Mutter. Wie sollte es nun weitergehen?

Darach verbarg sein Gesicht in seinen Händen und begann zu schluchzen. Er wich Morna, trotz der Kälte, stundenlang nicht von der Seite und man musste ihn schließlich mit Gewalt von ihr wegziehen. Zuhause betrank er sich, noch immer schluchzend, und fiel schließlich bewusstlos zu Boden.

❊ ❊ ❊

Pater Ninian begrüßte die Gemeinde in der kleinen Dorfkirche und begann zügig mit der Trauerfeier. Es herrschte eine angespannte Atmosphäre, da Lord Somerled, sein Sohn und seine beiden Enkelsöhne anwesend waren.

Darach, der am Morgen von Eibhlin geweckt worden war, war nun vollkommen ruhig und wirkte abwesend. Nur die Kinder weinten herzzerreißend und Eibhlin, selbst geschwächt durch den Schock des Verlustes ihrer geliebten Schwester, konnte sie nicht beruhigen.

Sie hatte kurz nach der Hochzeit ihren Mann an das Meer verloren und niemals eigene Kinder gehabt. Doch ihre Nichten und Neffen waren ihr so ans Herz gewachsen, als hätte sie sie selbst zur Welt gebracht.

Als sie später zusahen, wie der grobe Holzsarg in die Erde gelassen wurde, waren alle Tränen versiegt und einer kalten Beklemmung gewichen, die sie zu erdrücken drohte. Der kalte Wind peitschte um die Trauergemeinde und Pater Ninian fasste sich möglichst kurz, um zurück an sein gemütliches Feuer zu kommen und sich aufzuwärmen.

Als die Totengräber die Erde auf den Sarg schaufelten, scheuchte Eibhlin die Kinder zurück zu ihrem Cottage. Sie wusste, Darach würde heute keine Gesellschaft wollen. Die Kinder sollten zunächst bei ihr bleiben.

Auch wenn der Lord großzügigerweise im Versammlungshaus ein Bankett für das ganze Dorf gab, die Familie würde sich heute dort nicht blicken lassen.

Darach hatte zuhause wieder eine Verabredung mit Met und Bier, die ihm wenigstens für kurze Zeit die Schärfe des Schmerzes nahmen.

✻ ✻ ✻

Am folgenden Tag wurde Darach durch das dumpfe Klopfen an seiner Tür aus seinem trunkenen Stupor geweckt.

»Eibhlin, geh weg! Lass mich allein. Ich kann die Kinder jetzt nicht sehen.«

Doch das beharrliche Klopfen ging weiter.

»Eibhlin, bitte!«

»Öffnet die Tür! Der Thane will Euch sprechen.«

»Was? Wer? Wieso will der mich sprechen? Der soll sich zum Teufel scheren!«

Die Tür flog mit Wucht aus den Angeln und krachte zu Boden. Zum Vorschein kam ein wütender Hüne mit gezogenem Schwert.

»Du wagst es!«

»Ailbeart! Lass ihn.«

Der Mann steckte das Schwert zurück in die Scheide und trat nach hinten, um den Weg freizugeben.

Darach kauerte erschrocken auf dem Boden und starrte in das Gesicht Somerleds, das nun im Türrahmen auftauchte.

»Es tut mir leid, meine Männer sind etwas hitzig. Ich bin gekommen, um mein Wort zu halten. Ich bringe Euch diesen Beutel mit Silber. Außerdem werde ich Eure

Ältesten zu mir nehmen, um sie zu anständigen Kriegern und guten Eheweibern erziehen zu lassen. Sie werden eine große Zukunft haben.«

»Ich will Euer Geld nicht! Und ich gebe Euch keines meiner Kinder. Ihr habt mir schon die Frau genommen. Nicht auch noch meine Kinder.«

»Ich verstehe Euren Schmerz! Doch bedenkt, welches Leben ich ihnen bieten kann. Sollen sie hier in dieser ärmlichen Hütte vegetieren? Ich nehme sie mit in meine Burg und lasse sie erziehen, als wären sie meine eigenen Kinder. Es soll ihnen an nichts mangeln.«

Darach schrie wütend auf und torkelte einige Schritte auf Somerled zu, aber dieser wich geschickt aus, packte ihn und schleuderte ihn zu Boden.

»Sie haben Besseres verdient, als hier mit einem Trunkenbold zu leben. Ailbeart! Hol die drei ältesten Kinder ab und bring sie in die Burg.«

»Sehr wohl, Mylord.«

»Neiiin! Nicht meine Kinder! Habt Erbarmen! Lasst mir meine Kinder!«, flehte Darach, doch Somerled blickte nur voll Abscheu auf ihn.

Er hatte nie Verständnis für die Zurschaustellung von Schwäche gehabt. In seiner Welt gab es keinen Platz für Emotionen. Ein Krieger konnte sich diesen Luxus nicht leisten.

»Sie werden es gut bei mir haben.«

Und mit diesen Worten warf er ihm einen Beutel Silber zu und schritt zügig davon.

Die Kinder weinten und schrien, als die Männer sie fortholten. Eibhlin wurde fast ohnmächtig vor Wut und Schmerz. Sie war den Schergen hilflos ausgesetzt und musste zusehen, wie sie die weinenden, verzweifelten Kinder aus ihren Armen rissen.

Ealasaid, Fearghas und Duncan zitterten vor Angst und klammerten sich aneinander. Sie hatten nichts mit sich, außer den Kleidern, die sie am Leib trugen. Die Männer trieben sie ungerührt vor sich her, zur nahe gelegenen Burg an den Klippen.

Dort wurden sie am Tor von einer freundlichen Amme mit roten Pausbacken in Empfang genommen:

»Oh, ihr armen kleinen Mäuse! Wie sind denn diese Rüpel nur mit euch umgegangen? Kommt nur mit hinein. Ich bin Annis und ich werde euch jetzt euer neues Heim zeigen.«

Sie führte sie zunächst in die wohlige Wärme der Küche und gab ihnen etwas zu essen, doch sie rührten die teuren Speisen kaum an. Danach wurden sie gebadet und in neue Gewänder gekleidet, bevor sie Lord Somerled vorgeführt wurden. Neugierig blickten seine Enkel von ihrem Würfelspiel auf, als die Kinder die große Halle betraten, deren steinerne Wände vom Schein des offenen Feuers und mehrerer Fackeln beleuchtet wurden.

»Ah, da seid ihr ja. Darf ich euch meine Enkelsöhne Klein-Somerled und Calum vorstellen?«, hallte ihnen die Stimme des Thanes entgegen.

Mit großen Augen betrachteten Mornas Kinder die beiden Jungen, die sich wie ein Ei dem anderen glichen. Somerled, der ihre erstaunten Blicke bemerkt hatte, lachte auf.

»Es sind Zwillinge, man kann sie kaum unterscheiden, nicht wahr? Die beiden sind sieben Sommer alt, so alt wie du, meine kleine Ealasaid. Somerled, Calum! Kommt her und nehmt euch eurer neuen Gefährten an.«

Erfreut über die Abwechslung, nahmen die beiden die Neuankömmlinge bei den Händen und führten sie in eine Ecke der großen Halle, um ihnen ihr Spielzeug zu zeigen.

apitel 11: Die Auferstehung

»Klopfte man an die Gräber und fragte die Toten, ob sie wieder aufstehen wollten; sie würden mit den Köpfen schütteln.«
Arthur Schopenhauer

Morna kauerte auf einem Felsen und blickte auf das schäumende Meer unter sich. Es war kalt, doch sie bemerkte es kaum, denn die wahre Kälte kam aus ihrem Innern. Eine nie gekannte Leere erfüllte ihre Seele. Voll Schaudern erinnerte sie sich daran, wie sie vor drei Tagen in ihrem kühlen Grab erwacht war. Sie wusste nicht, was passiert und wie sie dort hineingelangt war.

Das Erste, das in ihr Gedächtnis gedrungen war, war ein fürchterlicher Lärm gewesen, wie Donner. Als sie die Augen aufgeschlagen hatte, war alles um sie herum stockfinster. Nicht wie in einer mondlosen Nacht, nein, es war so wie das Nichts. Die gefräßige Finsternis hatte alles mit Leib und Seele verschlungen und nicht ein kleines Fünkchen übriggelassen. Sie war verwirrt und voller

Angst. Morna hatte begonnen, zitternd um sich zu tasten, doch alles, was sie fühlte, war klebrig-feuchte, kalte
Erde. Ein modriger Geruch erfüllte die Luft, die sie in
ihre schmerzenden Lungen sog und sie spürte Übelkeit
aufsteigen. Wo war sie? Wo war ihre Familie? Was war
ihr zugestoßen?

Sie tastete weiter, bis ihre Finger neben ihr auf Stein
stießen. Er fühlte sich rau und kalt an. Neben dem Moder, drangen nun noch weitere Gerüche zu ihr. Es roch
metallisch und irgendwie verbrannt.

Nach einer Weile zuckte ein schmaler, greller Licht-
strahl vor ihren Augen und sie hörte ein dumpfes Grol-
len. Ein Gewitter! Sie versuchte, sich aufzusetzen, doch
sie schlug mit dem Kopf gegen eine Steinplatte. Gott steh
ihr bei! Sie war in einem Grab gefangen! Ihr Herz begann
wie wild zu schlagen und Adrenalin peitschte durch ihren Körper. Ihr Atem ging nun schwer und keuchend. Sie
hatte Licht gesehen!. Es musste einen Ausweg geben. Mit
beiden Händen befühlte sie nun die Platte über sich. Ja,
da war eine Bruchstelle, eine Lücke! Erleichterung flutete
durch sie.

Sofort begann sie ihre Hände in den Spalt zu schieben.
Gleichzeitig rief sie laut um Hilfe. Doch das laute Donnergrollen übertönte ihre heisere Stimme. Ihre Kehle
war ausgetrocknet und schmerzte stark. Wie lange hatte
sie hier wohl gelegen?

Die schwere Grabplatte bewegte sich nur wenig, trotz ihrer Anstrengungen. Sie war vollkommen kraftlos. Wie nur sollte sie diesem Gefängnis entfliehen?

Da kam aus den Tiefen ihrer Erinnerung ein Bild zu ihr. Sie sah, wie sie am Rande einer Klippe stand und unter sich die Wellen des Meeres einen tödlichen Schlund formten. Sie hörte verzweifelte Schreie und das laute Bersten der Planken. Sie war es gewesen. Sie beherrschte Zauberei. Sie war eine Hexe!

Verzweifelt versuchte sie, sich an einen rettenden Zauber zu erinnern. Und mit einem Mal war alles glasklar.

Ihre Augen weiteten sich und mit monotoner Stimme sprach sie: »Othinel Pharel Clemosiel Pharel. Andromaniel Pharel.[2] Aus dem Grabe aufersteh, weit hinfort vom Tod ich geh!«

Sie spürte, wie ihr Körper elektrisiert zu kribbeln begann. Und dann schien sie sich aufzulösen - ganz zu verlieren im großen Nichts. Die Schwärze um sie herum, die kalte Feuchtigkeit der Erde, der Modergeruch – alles verschwand und für einen Augenblick existierte sie nicht mehr.

Doch dann wurde sie auf die Erde geschleudert, so heftig, dass ihr die Luft aus den Lungen gepresst wurde. Sie stöhnte vor Schmerz auf. Als sie sich umsah, erkannte

---

[2] Überlieferter, alter Zauberspruch, der eine Person durch Anrufung eines Dämons namens Pharel von einem Ort zum anderen bringen soll.

sie, dass sie an einem Strand lag. Sie spürte den weichen Sand unter sich. Noch immer krochen dünne Lichtstreifen wie Würmer über den Nachthimmel und neben sich hörte sie das wütende Brüllen des aufgewühlten Meeres, das sich mit dem nun fernen Donnergrollen mischte. Salzige Gischt benetzte ihr Gesicht. Sie rollte sich zur Seite und weiter auf den Bauch. Dann versuchte sie, sich aufzurichten und kam schwankend auf die Beine, die ihr kaum gehorchten. Vorsichtig tapste sie voran, einen Fuß vor den anderen setzend. Ihre nackten Zehen bohrten sich in den kühlen Sand. Es fühlte sich gut an. Sie war lebendig, sie war frei! Mit letzter Kraft erklomm sie auf allen vieren eine grasbewachsene Düne und legte sich in den Schutz eines großen Stückes Treibholz, dessen Konturen sie vage im Licht der fernen Blitze ausmachen konnte. Erschöpft schloss sie die Augen.

Bizarre Musik riss sie unsanft aus dem Schlaf. Etwas Derartiges hatte sie noch nie zuvor vernommen. Es war unmelodisch, laut und barbarisch-aggressiv. Furchtsam sprang sie auf und suchte nach der Quelle des Lärms. Doch was sie sah, erfüllte sie noch mehr mit Entsetzen. Einige Schritte von ihr entfernt, waren Menschen in seltsamer Kleidung, Männer und Frauen. Alle trugen Hosen aus einem ihr fremden Material und enge Leibchen in bunten Farben. Sie standen vor kleinen, bunten Zelten und versuchten, ein Feuer zu machen. Das Treibholz, neben dem sie geschlafen hatte, war auch kein Treibholz. Es war rot und weich und bewegte sich. Es war eine Rolle roten Stoffes, in die sich ein schlafender Mensch gewickelt hatte!

Schnell suchte sie das Weite und brachte sich hinter der nächsten Düne in Sicherheit. Dort legte sie sich auf die Lauer und beobachtete die Schar Fremder. Vielleicht war sie in der Hölle gelandet? Waren das Dämonen? Doch gefährlich wirkten sie nicht auf sie. Sie sahen sehr jung und schön aus, machten einen friedlichen Eindruck. Der Eingerollte kroch nun aus seiner Stoffwurst, gähnte und streckte sich, fuhr sich durch die zerzausten Haare, stand dann auf und kratzte sich am Hintern. Sowas kam ihr gänzlich undämonisch vor und erinnerte sie eher an ihren Mann Darach. Ein Stich ging durch ihr Herz. Darach! Sie vermisste ihn. Und sie vermisste ihre Kinder. Eine Träne kullerte ihre Wange herunter. Sie musste hier fort und sie suchen. Als sie aufstand und die harsche Meeresbrise über ihren Körper blies, bemerkte sie zum ersten Mal, dass sie fast nackt war. Es hingen nur einzelne, schmutzige Fetzen von ihrem Leib. Verwirrt tastete sie mit den Fingerspitzen über das zerstörte Gewand. Zunächst musste sie also etwas zum Anziehen finden. Sie konnte unmöglich nackt in ihr Dorf zurückkehren.

Sie legte sich wieder hinter der Sanddüne in Position und beobachtete weiterhin die seltsamen Menschen, die nach wie vor dem Lärm lauschten. Mittlerweile hatten sie ein Feuer in Gang bekommen und die meisten in der Gruppe setzten sich in Bewegung und verließen ihr Lager in Richtung eines großen Gebäudes, das an die hundert Schritte von ihr stand. Nur einer der Menschen, der Hinternkratzer, blieb zurück und lief hinunter zum Strand, wo er sich kurz darauf nackt in die Fluten stürzte, dabei erbärmlich schrie und auf und ab hüpfte. Es dauerte nicht lange, da kam er auch schon wieder an Land gelaufen und rieb sich zitternd die Arme. Doch er gab nicht auf, sondern ging erneut hinein.

Morna beschloss, die Gelegenheit zu nutzen. Sie schlich gebückt zu einem der Zelte und spähte vorsichtig hinein. Diese Zelte sahen so anders aus als die, die sie von den Kriegern kannte. Sie waren vor allem winzig klein und aus der Haut eines Tieres gemacht, das sie nicht kannte. Sie wühlte in einem Beutel, bis sie ein akzeptables Kleidungsstück entdeckt hatte. Es war ein langes Kleid mit schmalen Schnüren an den Schultern und kleinen, bunten Blümchen auf dem weichen Stoff.

Schnell riss sie die schmutzigen Lumpen von sich und schlüpfte in das Kleid, das sich automatisch an ihre Körperform anzupassen schien. Wenn man ein wenig daran zog, schnellte es sofort zurück in seine ursprüngliche Form. Es war erstaunlich! In einem anderen Zelt fand sie ein seltsam aussehendes Brot mit Käse und Fleisch. Die Brotscheiben waren sehr hell und extrem weich. Außerdem hatten sie die Form eines Dreiecks. Vorsichtig schnüffelte sie daran und nahm dann einen vorsichtigen Bissen. Genüsslich kaute sie es und nahm gierig einen weiteren Bissen. In der Ferne hörte sie nun lautes Lachen und Stimmen.

Schnell schnappte sie sich die restlichen Brote und kroch aus dem Zelt. Gerade rechtzeitig, bevor die jungen Leute wieder zurückkamen, warf sie sich wieder hinter die Düne und beendete ihre Mahlzeit. Doch das Brot hatte ihr Durst gemacht. Ob die Menschen auch Met oder Bier hatten? Sie leckte sich den letzten Rest der Soße ihres seltsamen Brotes von den Lippen und spähte sehnsüchtig zu den Zelten. Inzwischen war auch der Hinternkratzer wieder zurück und unterhielt sich mit den anderen. Sie würden sicher nicht so schnell wieder verschwinden. Morna überlegte und blickte zu dem großen Haus in der Ferne. Ob es da wohl wenigstens einen Brunnen gab? Bestimmt! Dann musste sie sich eben heute mit Wasser begnügen.

Geduckt lief sie hinter der Düne hervor und in Richtung Haus, wobei sie den Pfad mied, den die jungen Menschen genommen hatten. Das Haus schien ein Teil eines mächtigen Gehöftes zu sein. Sicher musste hier ein Edelmann leben, denn die Gebäude besaßen alle mehrere Stockwerke und Ziegeldächer. Überhaupt sahen sie fremdländisch und seltsam aus.

Morna bewunderte ein Gefäß, in dem schöne, edle Blumen gepflanzt waren, die sie noch nie zuvor gesehen hatte. Vorsichtig berührte sie die zarten Blütenblätter. Als sie weiterging, erspähte sie ein anderes Wunderding, das an einer der Hauswände abgestellt war. Es hatte zwei dünne Räder und schien aus Eisen gemacht zu sein. Neugierig betrachtete sie das Ding und drehte an einem der Räder. Das musste wohl eine neue Art von Spinnrad sein. Nur wie funktionierte es? Sie zog an einem Hebel an der Oberseite und es ertönte ein lautes Klirren.

Erschrocken zuckte Morna zusammen und stieß gegen das Wunderding, das mit einem Krachen und Scheppern zu Boden fiel. Morna schrie auf und starrte auf das am Boden liegende Metall.

»Oy! Was ist denn das für ein Lärm hier draußen?« Eine stämmige Frau mittleren Alters stapfte mit rotem Gesicht und zornverdunkeltem Blick aus einem der Häuser und auf Morna zu.

»Das heben Sie sofort wieder auf! Das darf doch wohl nicht wahr sein! Was sich diese Leute hier immer erlauben!«

Morna fühlte sich ertappt und sah sich verzweifelt nach einer Fluchtmöglichkeit um.

»Sie hören wohl schlecht, oder? Was wollten Sie überhaupt hier? Die Gemeinschaftsduschen sind da drüben.« Die wutschnaubende Frau deutete mit einem fleischigen Finger auf ein anderes Gebäude.

Duschen? Was mag das wohl sein? Gemeinschaftsduschen? Vielleicht war das der Name für dieses Metallding? Sie hatte wohl die persönliche Dusche der Hausherrin umgestoßen und nun war sie wütend. Scheinbar gab es für das gemeine Volk auch welche zur gemeinsamen Benutzung. Unsicher sah sie von der voluminösen Dame zum anderen Gebäude hinüber.

»Kostet drei Pfund. Dass Sie mir auch ja bezahlen! Und nun stellen Sie schon endlich das Rad auf.«

Bezahlen? Was sollte sie bezahlen und womit? Das war Morna nun zu viel. Sie machte auf dem Absatz kehrt und sauste wieder in Richtung Meer davon. Die verdutzte Dame blickte ihr nach, schüttelte dann den Kopf und verschwand wieder in ihrem Häuschen, wie Morna nach einem Blick über ihre Schulter erleichtert bemerkte. Doch sie kehrte nicht mehr zu den seltsamen Menschen zurück, sondern lief den Strand entlang, bis sie nach einer Weile an ein graues Band kam, das sich wie eine fette, gigantische Schlange über den Boden wand. Es war wohl eine Straße, die ein Stück weit vom Meer entfernt, an der Küste entlanglief. Doch war diese Straße anders als alle, die sie bisher gesehen hatte. Sie war so glatt und gerade. Das Graue war so hart wie Stein und dennoch schien es kein Stein zu sein. Es war sehr viel angenehmer, darauf zu laufen. Und so tapste sie barfuß auf der grauen Schlange entlang. Nach einer Weile hörte sie ein lautes Brausen. Vielleicht würde bald wieder ein Sturm aufziehen? Das Brausen wurde immer lauter und plötzlich gab es einen höllischen Krach, ein ohrenbetäubendes Geräusch und ein riesiger, roter Drache sauste an ihr vo-

rüber und verschwand mit dämonischer Geschwindigkeit hinter einer Biegung. Panisch warf sie sich in den
Graben, der neben dem seltsamen Weg entlanglief.

Wenn sie sich hier versteckte, würde der Drache sie
möglicherweise nicht mehr finden. Sie lag ganz still und
wartete, ob das Untier zurückkehren würde.

Erst nach langer Zeit, als sie sicher war, es hatte kein
Interesse an einer mageren Mahlzeit wie ihr, traute sie
sich wieder hervor.

Kaum hatte sie sich wieder erhoben, da brauste auch
schon der nächste Drache heran. Diesmal ein Silberner
und ein Mensch schien darauf zu reiten! Morna kreischte
auf und rannte um ihr Leben, doch so schnell sie auch
lief, der Drache war schneller. In kürzester Zeit hatte er
sie eingeholt und gab wieder dieses ohrenbetäubende
Brüllen von sich. Aber auch dieser schien sie nicht fressen zu wollen, sondern lief wie der Blitz an ihr vorbei und
verschwand. Atemlos sah sie ihm nach. Sie musste weg
von dieser unheilbringenden Straße!

Morna kletterte wieder über die Dünen und an den
Strand. Hier war sie wenigstens sicher. Ihren brennen-
den Durst stillte sie in einer Regenpfütze, die sich durch
das vergangene Unwetter in einer steinernen Vertiefung
gebildet hatte. Als die Sonne hoch am Zenit stand, hatte
sie Leodamas[3] fast erreicht. Sie erkannte den Verlauf der
Küstenlinie. Nun war es nicht mehr weit bis zu ihrem

---

[3] Léod's Hafen, nordischer Name einer Siedlung an der Stelle des
heutigen Port Ellen.

Dorf. Morna freute sich auf ein Wiedersehen mit ihren Lieben, besonders vermisste sie ihre jüngste Tochter, die kleine Éua. Sie war noch so klein und zerbrechlich, brauchte ihre Mutter. Wie hatte sie geweint, als sie das Haus verlassen hatte!

Morna stiegen Tränen in die Augen. Sie hätte niemals weggehen dürfen. Hoffentlich hatten die Drachen ihr Dorf verschont! Mit neuem Elan lief sie weiter. Jetzt mussten die Hütten des kleinen Ortes bald in Sicht kommen.

Doch der Anblick, der sich ihr hinter dem nächsten Hügel bot, war niederschmetternd. Statt der vertrauten Hütten standen dort hohe Häuser, eins am anderen, und der graue Weg wand sich zwischen ihnen durch. Viele Drachen tummelten sich darauf und machten einen Höllenlärm, den sie selbst von hier aus hören konnte. Ihr Herz sank. Sie waren hier! So nah an ihrem Dorf. Wer weiß, was ihren Lieben zugestoßen war?

So schnell sie ihre Füße trugen, lief sie weiter. Sie musste an den Drachen vorbei und nach Hause. Nun waren plötzlich viele Menschen unterwegs. Sie schienen keine Angst vor den Drachen zu haben und viele von ihnen ritten sie sogar! Das musste das Werk eines Zauberers sein, der viel mächtiger war als sie selbst. Alles schien sich verändert zu haben: die Kleidung der Menschen, ihr Benehmen, die Häuser und Straßen – sogar der Geruch. Plötzlich hörte sie auch auf dem Wasser ein seltsames

Brummen. Verwirrt und ängstlich blickte sie auf den Hafen. Das Drachengeräusch kam von einem Boot! Doch selbst die Boote waren nicht mehr wie vorher. Alles war verzaubert worden. Schluchzend brach sie zusammen. Was war nur geschehen? War das die Strafe für ihre schwarze Magie, ihre Hilfe bei der Schlacht?

Eine Weile lag sie im Sand und weinte, so lange bis sie keine Tränen mehr hatte. Dann drangen langsam die Geräusche und die Stimmen der Welt um sie herum wieder bis zu ihr vor. Sie hörte zu. Sie musste wissen, was geschehen war. Doch aus den Gesprächen der vorbeilaufenden Leute wurde sie nicht schlau.

»... und dann kauf ich mir das neue I-Phone. Ich meine, jeder in meiner Klasse hat eins. Das muss mein Vater ja wohl einsehen. Wir haben schließlich das Jahr 2015 und sind nicht mehr in den Scheiß-Achtzigern ...«

»Susie, lass das liegen! Das ist ein alter Plastikbecher, den jemand weggeworfen hat. Diese Umweltsünder! Komm, wisch deine Händchen an Mamis Desinfektionstuch ab!«

»... das Biest hat all meine Emails gelöscht. Nur aus Rache! Was bildet die sich eigentlich ein?«

Schon nach kurzer Zeit schwirrte ihr der Kopf. Sie wurde nicht schlau aus diesem Gerede. Und alle starrten sie seltsam an. Eine Frau murmelte etwas von *Junkies*, mit einem abfälligen Blick auf sie. Könnte es denn sein, dass sie einfach träumte? Dass das alles nicht echt war? Vielleicht hatte man sie vergiftet? Schwerfällig erhob sie

sich und sah sich um. Und warum hatte das Mädchen gesagt, es sei das Jahr 2015? Sie wusste genau, dass das nicht
stimmte. Pater Ninian hatte gesagt, es sei das Jahr des
Herrn 1156. Der Pater musste es doch schließlich wissen,
da er lesen und schreiben konnte. Außerdem war er weit
gereist und ein gebildeter Mann. Was wusste dieses Mädchen schon? Zögerlich ging sie weiter, vorbei an vielen
seltsamen Menschen und noch seltsameren Dingen, die
sie nicht verstand. Da tauchte auf einmal ein Mann neben ihr auf und drückte ihr ein buntes Blatt in die Hand,
auf dem scheinbar eine Art von Schrift zu sehen war. Sie
hatte nie lesen und schreiben gelernt. Das konnte nur der
Pater. Warum gab er ihr das? Sie starrte ihn an und er
starrte irritiert zurück.

»Ähm, das ist für eine Ausstellung im Museum of Islay Life in Port Charlotte.«

Noch immer starrte sie ihn an.

»Echt sehenswert! Es geht um die frühe Geschichte der
Insel, um die Lord of the Isles. Somerled? Die berühmte
Dreikönigsschlacht vor ca. 850 Jahren. Woher kommen
Sie? Do you speak English? Parlez vous français?«

»Somerled? Schlacht vor 850 Jahren?«

Morna war nun endgültig jegliche Farbe aus dem Gesicht gewichen und ihr kam ein schrecklicher Verdacht.

»Welches Jahr schreiben wir, guter Herr?«

»Was? Na, 2015 natürlich. Lady, wenn Sie das nicht
mehr wissen, sollten Sie dringend aufhören zu trinken.«

Und damit wandte er sich ab und ging weiter, um anderen Menschen seine bunten Blätter zu geben.

Als Morna zur Stelle ihres Dorfes kam, dämmerte es schon. Doch da war kein Dorf mehr. Auch keine Burg. Nur noch Ruinen, wo einst das trutzige Dunnyvaig Castle stand. Mit hohlem Blick und gebrochenem Herzen ließ sie ihren Blick über das Grün gleiten, das nun ihre einstige Heimstatt bedeckte. Nach einer Weile ging sie hinüber zum Kirchhof. Dieser stand noch, wenn er sich auch sehr verändert hatte. Und die Kirche war nur noch ein Haufen Steine. Kein Pater Ninian. Sie waren alle weg, all ihre Lieben, ihre Freunde und Nachbarn. Einfach weg. Ihr Blick schweifte über die Reihen alter Gräber, die schon seit langer Zeit niemand mehr besucht hatte. Irgendwo hier mussten sie liegen. Bedeckt von stinkender Modererde. Ihre Babys!

Verzweifelt brach sie auf einer der Grabplatten zusammen. Nie würde sie ihre Kinder und ihren Mann wiedersehen. Niemals. Sie war allein. Sie war verdammt zu einem Leben hunderte von Jahren entfernt von ihrer alten Heimat. Welch schreckliche Strafe ihr zuteilwurde. Ihre Kinder ohne Mutter! Sie weinte und weinte, bis die Nacht sie wie eine tröstende Decke einhüllte und sie der Schlaf der Erschöpfung übermannte.

❊ ❊ ❊

So hatte sie die letzten Tage hier verbracht und sich in der Kirchenruine versteckt. Tagsüber stahl sie Essen und

Getränke von den Touristen in der Distillery, nachts
schlief sie auf den auf kleinen Stützen stehenden Grabplatten oder darunter, wenn es regnete. Oft saß sie, so wie
jetzt, auf einem der Felsen und blickte auf das Meer.
Doch in den letzten Tagen hatte sie sehr viel Zeit gehabt,
über alles nachzudenken. Sie wollte nicht einfach aufgeben. Sie wollte kämpfen. Wie hatte Somerled sie doch genannt? Die mächtigste Hexe auf den ganzen südlichen
Inseln. Ja, das war sie. Und die mächtigste Hexe würde
sich nicht einfach alles kampflos nehmen lassen. Sie
würde einen Weg finden, ihre Lieben zurückzubringen.
Sie würden wieder alle vereint sein. Ein gequältes Lächeln umspielte ihre Lippen und sie begann, einige alte
Worte zu murmeln, Worte so alt wie die Zeit. Verbotene
Worte. Bald würden sie zu ihr zurückkehren, die Familie
wieder vereint sein.

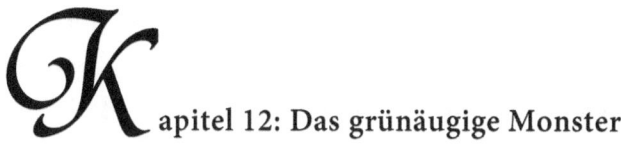

apitel 12: Das grünäugige Monster

»Es ist das grünäugige Monster, das das Fleisch verhöhnt, von dem es zehrt.«

William Shakespeare

Innerhalb kürzester Zeit waren sie vom Regen durchnässt bis auf die Haut. Noch immer war kein Haus in Sicht. Autos kamen nur sehr sporadisch vorbei und die meisten waren Touristen, die nicht daran dachten, anzuhalten.

Lily zitterte in der Kälte und fühlte sich fürchterlich elend. Womit hatten sie das nur verdient? Statt einem romantischen Picknick waren sie nun auf einer verlassenen schottischen Landstraße gelandet, konnten vor lauter Regen kaum zwei Meter vorausschauen.

Ethan fluchte leise vor sich hin, doch stapfte er tapfer weiter voran, Lily hinter sich herziehend.

Da plötzlich hörten sie ein Auto hupen und die Scheinwerfer eines alten Range Rovers blitzten hinter ihnen auf. Erschrocken sprang Lily zur Seite. Doch das

Auto hatte nicht gehupt, weil sie im Weg stand, sondern wurde langsamer und hielt neben ihnen an. Das Fenster wurde heruntergekurbelt und ein hübsches Mädchengesicht, eingerahmt in dunkelblonde Locken, erschien dahinter und grinste sie an.

»So sieht man sich also wieder, Ethan.«

Verdutzt trat Ethan an das offene Fenster heran, die Regentropfen von den Wimpern blinzelnd.

»Belle? Was machst du denn hier! Hey, schön dich wiederzusehen. Dich schickt der Himmel! Nimmst du uns ein Stück mit?«

»Na, klar, springt rein!«

Das ließen sich die beiden nicht zweimal sagen. Ethan öffnete die hintere Tür für Lily und sie setzte sich auf die Rückbank. Ethan jedoch stieg nicht mit ihr hinten ein, sondern nahm den Beifahrersitz, von dem aus er Belle ansah, als wäre sie tatsächlich ein Engel, den Gott ihm geschickt hatte.

»Nun sag schon, was tust du auf dieser verlassenen Insel?«

»Dasselbe könnte ich dich auch fragen. Ich habe einen Ferienjob in der Bàgh an Isla Distillery angenommen und war eben auf dem Weg in mein Quartier in Port Askaig.«

»Na, das ist ja ein Zufall! Wir arbeiten auch die Ferien über in einer Distillery. In Cnocnamòine. Das ist weiter im Süden. Wir waren gerade auf dem Weg nach Finlaggan, als mein Auto den Geist aufgab.«

»Willst du mich denn nicht deiner Freundin vorstellen?«

Erst jetzt fiel ihm Lily wieder ein, die schweigend diesen Austausch mitangehört hatte.

»Oh, natürlich. Also, Belle, das ist meine Freundin Lily. Lily, das ist Belle. Eine alte Bekannte.«

Belle lachte laut auf. »Eine Bekannte? Ja ...«

»Belle hat früher in Aberdewy gewohnt. Aber sie ist mit ihren Eltern dann 2013 nach Glasgow gezogen«, erklärte er Lily.

»Freut mich, dich kennenzulernen«, antwortete Lily knapp. Sie fühlte sich noch immer elend, doch es war nicht mehr nur die Kälte.

»Mich auch! Hi! Wo soll ich euch eigentlich absetzen? Wenn ihr in den Süden müsst, dann sind wir hier jedenfalls falsch. Oder wollt ihr noch nach Finlaggan? Da war grad ein Hinweisschild.«

Ethan winkte ab. »Ich denke, wir lassen das für heute besser sein. So interessant ist das historische Zentrum der Lords of the Isles auch wieder nicht, dass ich dort bei strömendem Regen hinmuss«, lachte er.

»Wow, du machst jetzt also einen auf Bildung, was? Sag mal, hast du heut Abend schon was vor? Ähm, ich meine natürlich: ihr.«

Bevor Lily die Chance auf eine Erwiderung hatte, antwortete Ethan für sie beide: »Nein, noch nichts. Wieso?«

»Och, ich dachte, wir könnten vielleicht was trinken gehen und quatschen? Der alten Zeiten wegen?«

Belle blinzelte ihm kokett zu.

»Sicher, das klingt gut. Aber wo? Und ich hab ja nun kein Auto mehr …«

»Da wir doch ein gutes Stück weit auseinanderwohnen, ist es wohl besser, wenn ich euch gleich heimfahre und wir dann in Port Ellen was trinken. Ich muss nur schnell mein Zimmer beziehen, sonst gibt der alte Drachen Mrs. Brisby es noch an irgendwelche Touris weg.«

»OK, klingt gut.« Ethan grinste übers ganze Gesicht. Sein kaputtes Auto schien er schon komplett vergessen zu haben.

Missmutig betrachtete Lily die dicken Regentropfen, die noch immer auf die Scheibe klatschten und den quietschenden Scheibenwischer, der darin zu ertrinken drohte.

Eine halbe Stunde später befanden sich die Drei bereits wieder auf dem Rückweg, Richtung Port Ellen. Belle setzte die beiden dann bei Ewan ab, damit sie aus den durchnässten Klamotten konnten.

»Komm doch rein, so lange wir uns fertigmachen. Du kannst in der Küche warten«, schlug Ethan vor.

»Ach nein, schon OK. Ich bleib lieber hier sitzen und hör Musik«, winkte Belle ab.

Ethan und Lily liefen schnell ins Haus, wo sie sich trockene Sachen anzogen. Während Ethan mit seinem Onkel wegen des Wagens telefonierte, föhnte Lily sich die Haare trocken.

Wenige Minuten später erschien Ethan in der Badezimmertür.

»Onkel Ewan kümmert sich um das Auto. Er kennt eine Werkstatt und sie schleppen es ab. Bist du fertig?«

»Ja, beinahe. Sag mal, wie gut kennst du eigentlich diese Belle?«

»Sie war eben früher an unserer Schule, bis sie mit ihren Eltern weggezogen ist. Und ab und zu hingen wir zusammen ab. Warum?«

»Ach, nur so.«

Lily schluckte den dicken Kloß hinunter, der sich in ihrer Kehle gebildet hatte. Sie fühlte sich nicht wohl bei dieser Sache und irgendwie wie das fünfte Rad am Wagen, obwohl ja schließlich sie mit Ethan zusammen war und nicht diese dumme Pute Belle! Sie schnaubte leise und folgte Ethan die Treppe hinunter.

Draußen startete Belle bereits den Motor, als sie aus der Tür traten. Da hatte es wohl jemand eilig. Ethan stieg wieder vorne ein und Lily musste sich erneut mit dem Rücksitz begnügen.

»Na, alles OK?«, fragte Belle an Ethan gewandt.

»Ja, Ewan kümmert sich um mein Auto. Drück mir die Daumen, dass es nicht so teuer wird, wie ich befürchte.«

»Werde ich machen. Ich geb dir erstmal einen aus. Du siehst aus, als könntest du es gebrauchen.«

Ethan lachte bitter auf. »Ja, ist wohl nicht mein Tag. Aber ich freu mich wirklich, dich wiederzusehen.«

Wenige Minuten später betraten sie das Islay Hotel in Port Ellen.

»Gibt es denn hier kein Café? Muss es gleich dieser Nobelschuppen sein?«, maulte Ethan.

»Es gibt hier nur so ein lahmes Jugendcafé, wo das Stärkste, was sie servieren, Slushie ist.« Belle rümpfte bei dem Gedanken die Nase.

Sie hängten ihre Jacken an die Garderobe und traten durch eine Schwingtür mit Glaseinsatz und Goldverzierung.

»Also, ehrlich gesagt, wär ich doch lieber im Jugendcafé«, mischte sich Lily ein, aber Belle hatte Ethan schon weitergezogen und steuerte die Bar an.

Belle, die bereits volljährig war, bestellte für Ethan einen Whisky und sich ein Gin-Tonic. Lily wurde von ihr ignoriert und so orderte diese sich selbst eine Cola. Dann brachten sie die Getränke zu einem kleinen Ecktisch mit Blick auf den Hafen.

Belle drängte sich sofort neben Ethan auf die Bank und Lily setzte sich den beiden gegenüber. So langsam hatte sie genug von Belles Dreistigkeit. Was dachte sie sich denn dabei? Sie wusste genau, dass Ethan mit ihr zusammen war.

»Ich bin wirklich froh, dass ich dich heute wiedergefunden habe. Das war sicher Schicksal«, schnurrte Belle und rückte näher an Ethan heran.

Dieser lächelte sie an und erwiderte: »Ja, wer weiß? Ich bin auch froh. Schade, dass wir damals den Kontakt verloren haben. Hab dich vermisst.«

»Ich dich auch! Wir hatten immer so viel Spaß miteinander.«

»Entschuldigt mich bitte!« Lily sprang auf und lief zügig zur Damentoilette. Sie hielt dieses Geflirte nicht mehr aus. Tränen stiegen ihr in die Augen und sie versuchte, sie verzweifelt wegzublinzeln. Sie wusch sich das Gesicht mit kaltem Wasser und atmete tief durch. Ihr Spiegelbild blickte ihr unglücklich entgegen. Was war nur geschehen? Gerade waren sie doch noch so glücklich gewesen und dann kam diese Tussi und brachte alles durcheinander. Unwillig ging sie zurück in die Bar.

Doch als sie durch die Tür trat, sah sie, wie Belle ihren Kopf auf Ethans Schulter legte und sie sich angeregt unterhielten. Das war zu viel! Ethan ließ zu, dass Belle sich zwischen sie drängte. Sicher hatte er sie schon komplett vergessen. Mistkerl! Wieder kamen ihr die Tränen, in denen sich Eifersucht, Wut und Enttäuschung mischten. Und diesmal konnte sie sie nicht wegblinzeln. Schnell machte sie kehrt und lief zur Tür, bevor die beiden sie so sahen. Sie wollte nicht, dass Belle diese Genugtuung bekam. Sie wollte nicht als kleines, heulendes Mädchen dastehen. Auf dem Weg zum Ausgang schnappte sie sich ihre Regenjacke und verließ zügig das Restaurant.

Draußen blinzelten einige Sonnenstrahlen mutig durch die vorbeiziehenden Regenwolken und ein frischer

Wind wirbelte ihre blonden Locken umher. Touristen schlenderten müßig durch die Straßen. Was nun? Wohin sollte sie gehen? Noch immer kochte die Wut in ihr und die Eifersucht vergiftete ihre Gedanken. Sie wollte erstmal weg. Weit weg von den beiden. Vielleicht tat es ihm dann leid, dass er sie nicht beachtet und mit dieser Belle geflirtet hatte.

So stapfte sie einfach los, in Richtung Strand. Sie war blind gegenüber der Schönheit des Meeres, das wild vor ihr toste. Ihre Sneakers bahnten sich einen Weg durch den weichen Sand. Sie beachtete auch nicht die bunten Muscheln, die protestierend unter ihren Füßen knirschten und zerbrachen. Ihre Tränen liefen nun wie Bäche aus ihren blauen Augen und hinterließen einen salzigen Geschmack auf ihren Lippen. Sie gab ein leises Schluchzen von sich und erntete besorgte Blicke von den Pärchen, die Hand in Hand über den Strand schlenderten. Sie hatte kein Zeitgefühl und wusste nicht, wie lange sie so gelaufen war, doch bald kam sie zum Friedhof in der Nähe von Ewans Haus.

Die Gräber waren ihr immer noch ein wenig unheimlich, so beschleunigte sie ihre Schritte. Als sie an der Friedhofsmauer vorbeikam, hörte sie einen seltsamen Singsang. Es klang fremdländisch und irgendwie unheimlich. Ob da jemand am Grab eines Angehörigen betete? Doch die meisten Gräber waren mindestens hundert Jahre alt. Sie streckte den Kopf über die Mauer, konnte aber zunächst nichts erkennen.

Da verlor sie auf dem weichen Sand die Balance und gab einen erstickten Schrei von sich. Sofort stoppte der seltsame Sing-Sang und aus ihren Augenwinkeln sah sie einen schwarzen Schatten vorbeihuschen. Lilys Herz klopfte ihr bis zum Hals. Was war das nur? Ein Geist? Langsam hatte sie genug von diesen Heimsuchungen. Schnell lief sie an der Mauer vorbei und auf die Straße, die sie nach wenigen Minuten zügigen Gehens zu Ewans Cottage brachte. Dort angekommen, merkte sie, dass sie nicht ins Haus konnte, da Ethan den Schlüssel hatte. Doch zum Glück war Ewan zuhause und öffnete auf ihr Klingeln die Tür.

Er war äußerst erstaunt, sie allein zu sehen und fragte besorgt: »Lily! Ist etwas passiert?«

Sie kämpfte die Tränen, die erneut aus ihr strömen wollten, tapfer hinunter und schüttelte den Kopf.

»Nein, nein. Es ist alles in Ordnung. Ich fühle mich etwas erschöpft und wollte gerne früh zu Bett. Außerdem muss ich noch meinen Text für die morgige Führung lernen.«

Sie schenkte Ewan ein gequältes Lächeln.

»Verstehe. Und wo ist Ethan abgeblieben? Sollte er sich nicht um dich kümmern?«

Sie stiegen die steilen Stufen in den ersten Stock.

»Oh, er wollte gerne noch ein wenig mit seiner Freundin Belle über alte Zeiten plaudern. Sicher ist er bald zurück.«

»Ach, wollte er das? Was ist das eigentlich für ein Mädchen? Sie hat euch heute nach der Panne heimgebracht, richtig?«

»Ja, wir haben sie heute zufällig getroffen, als wir die Autopanne hatten. Früher scheint sie mal in Aberdewy gelebt zu haben und sie und Ethan waren wohl gut befreundet.«

Sie bemühte sich, gleichgültig zu klingen, doch ihre Stimme verriet sie.

»So ist das also. Ich mach dir mal eine schöne Tasse Tee. Danach sieht alles wieder ganz anders aus.«

»Danke, Mr. Birdie.«

»Ach Mädchen, nenn mich doch Ewan.«

Lily ging ins Schlafzimmer und zog ihr Handy heraus. Es war eine Nachricht von Ethan darauf, in der er fragte, ob sie schon heimgegangen sei. Er habe sie nach draußen laufen sehen, wolle aber gerne noch eine Weile bleiben und sie solle ihm nicht böse sein. Nicht böse, ha! Lily antwortete ihm nicht. Schnell wählte sie Sarahs Nummer und wartete ungeduldig, bis sie abhob.

»Hallo? Was gibt es denn zu berichten von der Turteltaubenfront?«, meldete sich Sarahs vergnügte Stimme.

Lily gab einen Schluchzer von sich.

»Er – er ist bei einer anderen! Belle, sie war plötzlich da und jetzt macht sie alles kaputt. Ich hasse sie! Und ich hasse Ethan!«

»Oh, Lily! Das ist ja schrecklich! Ich wünschte, ich könnte dich jetzt drücken. Komm, erzähl mir alles! Wer ist Belle und was ist eigentlich passiert?«

Und Lily erzählte zwischen ihren Heulkrämpfen die ganze Geschichte.

»So ein Mistkerl! Dass er dir das antut! Ich hatte also doch recht. Er ist ein eingebildeter Arsch, der nur an sich denkt!«, machte Sarah ihrem Zorn Luft. »Wenn ich den in die Finger kriege ...«

Es klopfte an der Tür und Ewan steckte den Kopf herein.

»Dein Tee ...«

Ewan brachte die dampfende Tasse herein und stellte sie auf den Tisch, dann nickte er ihr kurz zu und schloss die Tür wieder hinter sich.

»Wer war das?«

»Ach, das war nur Ewan, Ethans Onkel. Er ist nett. Hat mir Tee gebracht ...« Und wieder schluchzte sie auf.

»Oh, Lily, sicher bereut er es schon, wie er dich behandelt hat. Bestimmt kommt er bald heim und dann sprecht ihr euch aus. Auch wenn er ein Mistsack ist, ich weiß, er liebt dich. Und jetzt bring ich dich mal auf andere Gedanken. Trink deinen Tee und hör mir zu, was die letzten Tage bei uns so los war. Wir waren beim T-in-the-park Festival in Strathallan Castle. Jo, Jamie und ich. Wir hatten ne super Zeit und die Bands waren echt mega! Aber das Beste ist, dass Jo sich von einem blonden Beau hat ablenken lassen. Seine Zunge war die ganzen zwei

Tage fast ununterbrochen in ihrem Hals! Ich glaube, sie ist über Angus hinweg.«

Sarah plapperte noch eine ganze Weile weiter über das Festival und Jos neue Eroberung. Und nach einer Weile konnte Lily sogar wieder über Sarahs Geschichten lachen. Nach einem langen Telefonat war sie wenigstens ein bisschen getröstet. Lily vertiefte sich in den Text für die Führung und versuchte, ihn sich so gut es ging einzuprägen. Doch ihre Gedanken schweiften immer wieder ab und die Eifersucht verschoss ihre kleinen Giftpfeile. Nach über einer Stunde des Lernens gab es noch immer kein Zeichen von Ethan. Erschöpft fielen ihr die Augen zu.

Es war dunkel und kalt. Es roch nach nasser Erde und Moder. Ein Kratzen und Scharren drang an ihre Ohren. Sie fuhr erschrocken herum, doch konnte sie nichts sehen. Das Scharren wurde lauter und ein menschliches Knurren ließ das Blut in ihren Adern gefrieren. Sie war allein und schutzlos. Irgendwas lauerte hier auf sie. Das Blut pulsierte durch ihre Adern. Sie musste fliehen! Nur wohin? Tränen der Verzweiflung benetzten ihre Wangen. Mit ihren Händen versuchte sie, sich entlangzutasten. Sie fühlte die Kühle des Steins unter ihren Fingerkuppen. Und unter ihren Füßen war weicher Sand. Der Geruch von Verwesung mischte sich unter die anderen und wurde so unerträglich, dass sie würgen musste. Nun ertönte lautes Atmen. Etwas musste ganz in ihrer Nähe sein, aber noch immer konnte sie nichts erkennen. Verzweifelt tastete sie sich am Stein entlang. Aber bald endete dieser und sie musste mit kleinen Schritten vorwärtsgehen, immer mit den Händen vorantastend. Da war wieder ein rauer Stein. Oben abgerundet. Ein Grabstein! Sie war auf dem Friedhof! Wie war sie hierhin gekommen? Nun hörte sie schlurfende Schritte hinter sich. Sie musste schneller werden. Es würde sie gleich einholen. Wie kam sie hier nur raus? Und wo war Ethan?! Ethan …

Schweißnass schreckte sie hoch. Ein Geräusch hatte sie geweckt. Es war dunkel im Zimmer, so dunkel wie in ihrem Traum. Zitternd kroch sie tiefer unter die Decke. Da hörte sie, wie sich mit einem leisen Klick die Tür öffnete und leise Schritte sich dem Bett näherten …

Kapitel 13: Schillernde Tränen

»Welch' eine Tragödie, welch' ein Kampf, welch' – ein Puppen-
spiel jedes Leben!«

Jakob Corvinus

Maisie hatte schrecklich Träume.

Sie wurde von einer hässlichen, alten Hexe verfolgt, die
sie fressen wollte. Sie lief davon, doch die Hexe drohte sie
immer wieder fast einzuholen. Dann kam sie an ihre
Hütte und wollte sich dort in Sicherheit bringen. Aber die
Tür war verschlossen. Verzweifelt klopfte sie mit den Fäus-
ten dagegen und schrie. Die Hexe streckte ihre knochigen,
dürren Finger nach ihr aus. Da flog plötzlich die Tür auf
und sie rannte hinein und schlug sie hinter sich zu. Doch
als sie sich umdrehte, lagen Mutter, Vater und Ruairi am
Boden. Ihre Augen starrten ins Leere. Sie rief nach ihnen,
aber sie antworteten nicht. Maisie beugte sich weinend

über ihren Bruder. Da packte er sie auf einmal und schüttelte sie ...

»Wach auf, Maisie! Es ist nur ein Traum. Wach schon auf!«

Maisie schlug die Augen auf und blickte in Ruairis Gesicht.

»Du hattest einen Albtraum.«

Maisie blinzelte. Er war gar nicht tot? Er war gar nicht tot! Schnell umarmte sie ihren Bruder und sprang dann fröhlich aus dem Bett. Ruairi sah ihr nach und schüttelte nur den Kopf.

»Verrücktes Huhn!«

Den Rest des Tages halfen die beiden Kinder ihren Eltern bei der Arbeit. Abends saßen sie wieder zusammen vor dem Feuer. Frances starrte gedankenverloren in die Flammen, Ruairi schnitzte weiter an Maisies Puppe, Mrs. McIntyre flickte ihre Schürze, während der Herr des Hauses draußen mit seinem Nachbarn über die besten Fischgründe debattierte.

Währenddessen verriet Maisie ihrer Puppe Anna ein Geheimnis: »Weißt du, Hexen gibt es wirklich. Ich habe eine gesehen. Sie war fürchterlich hässlich und hat schrecklich knochige Finger. Und sie hat ihr Buch vergessen. Jetzt ist sie sehr wütend. Aber wir haben es versteckt, dann kann sie uns nichts antun. Keine Angst, Anna, alles wird wieder gut.«

Maisie strich liebevoll über den Schafwollschopf ihrer Steinpuppe. Frances blickte auf und betrachtete Maisie wohlwollend. Sie war ein aufgewecktes kleines Ding und er hätte ihr gerne aus einem Buch vorgelesen. Zu schade, dass das einzige weit und breit ein Hexenwerk war.

Die Tage vergingen, Lauchlin McIntyre verkaufte viele Fische und Muscheln an den Haushalt des Thanes und verdiente gut daran. Er war bester Laune und davon profitierten auch seine Lieben.

»Von mir aus kann der Thane ruhig noch hundert Jahre in Dunnyvaig wohnen. Dann werden wir noch reich«, lachte er und ging pfeifend in Richtung Schuppen davon.

»Ich glaub kaum, dass er lange bleiben wird. Es wird erzählt, er will sich einen großen Palast bauen. Mit modernen Annehmlichkeiten. Die Burg sei ihm zu zugig. Dann wird er gar nicht mehr hier vorbeikommen«, rief ihm seine Frau hinterher.

Interessiert hörte Maisie zu. »Hörst du das, Anna? Vielleicht wird die Burg bald frei, und wir können dort einziehen.«

Ruairi verdrehte nur die Augen.

Frances gesellte sich zu ihnen vor die Hütte. Das Wetter war heute wunderschön. Es wehte eine leichte Brise und die Sonne schien strahlend vom Himmel, auf dem weiße Schäfchenwolken vorbeizogen. Es roch nach Seetang und Salz und über ihnen kreischte eine Möwe.

»Ich muss mit Lauchlin reden. Wo finde ich ihn?«

»Dort im Schuppen, ich ruf ihn für Sie. Lauchlin! Lauchlin, komm raus. Unser Gast hat etwas mit dir zu bereden«, rief Mrs. McIntyre.

Kurz darauf erschien Lauchlins Kopf in der Tür des Holzverschlags. »Was ist? Was gibt es denn so Wichtiges?«

»Tut mir leid, wenn ich störe, aber es ist Zeit, mich langsam hier zu verabschieden. Ich gehe zurück nach London, zu meiner Familie. Ich möchte mich bei Ihnen allen für die wunderbare Gastfreundschaft und aufopferungsvolle Pflege bedanken. Ich stehe tief in Eurer Schuld. Das Einzige, das mir noch geblieben ist, ist diese Perlenkette, die ich in der neuen Welt verkaufen wollte«, sprach Frances und zog dabei einen schwarzen Lederbeutel aus seiner Tasche. Er öffnete ihn und schüttete den Inhalt in die Hand des verdutzten Lauchlin.

»Bitte nehmt diese Gabe als Zeichen meiner Dankbarkeit an. Und solltet Ihr jemals etwas brauchen, lasst den Pater eine Nachricht an mich schreiben. Ich werde versuchen, Euch zu helfen.«

Maisies Augen wurden beim Anblick der Perlenkette so weit wie Untertassen.

»Ich kann das leider nicht annehmen. Das ist zu wertvoll«, stammelte Lauchlin, doch seine Frau ging dazwischen.

»Habt tausend Dank, werter Herr! Wir freuen uns sehr über Ihr großzügiges Geschenk.«

»Papa, darf ich die Kette bitte einmal kurz tragen? Nur ganz kurz. Bitte!«, jammerte die Kleine und ihre Augen verließen nie das wunderschön schimmernde Geschmeide.

Der noch immer leicht verdatterte Lauchlin reichte seiner Tochter die Kette, die sie mit einem Jubelschrei anlegte und in den Schuppen lief, wo sie sich in einer Spiegelscherbe betrachtete, die einst angeschwemmt worden war. Wie ein kleiner Pfau drehte sie sich vor dem Spiegel hin und her und betrachtete ehrfurchtsvoll die Perlen. Doch schon hörte sie die empörte Stimme ihrer Mutter:

»Maisie! Komm sofort wieder her! Das ist eine teure Kette, die kannst du nicht zum Spielen haben. Gib sie auf der Stelle wieder zurück.«

Sie warf einen letzten Blick in den Spiegel und ihre zarten Finger betasteten liebevoll die glatten, kalten Perlen. Wie rund und weiß sie waren! Und sie schimmerten wie die Tränen von Meerjungfrauen. Sie stieß einen Seufzer aus, dann kehrte sie mit hängenden Schultern zu ihren Eltern zurück.

»Maisie, deine Mutter hat Recht. Bitte gib mir die Kette zurück, damit ich sie verwahren kann«, pflichtete Lauchlin seiner Frau bei.

Maisie nahm die Perlen ab und reichte sie wieder ihrem Vater, der sie in den Lederbeutel zurückpackte und in seine Tasche steckte. Frances gab ein tiefes Lachen von sich.

»Meine kleine Prinzessin! Eines Tages besuchst du mich mal in London und dann kaufe ich dir auch eine solche Kette.«

»Wirklich? Oh, das wäre ja so wunderbar!«, rief Maisie entzückt.

»Komm wieder runter, Schwesterherz! Sieh es doch endlich mal ein, du bist keine Prinzessin, genauso wenig wie ich ein Prinz.«

Ruairi blickte finster drein. Er mochte es nicht, wenn jemand seiner Schwester falsche Hoffnungen machte. Aber Maisie sah sich bereits in feinen Kleidern durch London schlendern, viele Perlen um ihren schlanken Hals geschlungen. Nicht dass sie wusste, wie London aussah. Aber es musste mindestens dreimal so groß sein wie ihr Dorf. Ein seeliges Lächeln umspielte ihr Gesicht.

»Nun, dann mach ich mich mal auf den Weg. Habt Dank für alles. Vielleicht sieht man sich ja mal wieder«, verabschiedete sich Frances und zwinkerte Maisie verschwörerisch zu.

Sie sagten ihr Lebewohl und die Kinder liefen noch ein Stück hinter Frances her, bis ihre Mutter sie zurückrief. Dann standen sie auf einem kleinen Hügel nahe ihrer Hütte und winkten der kleiner werdenden Figur noch eine Weile nach.

✳ ✳ ✳

Lauchlin saß vor der Hütte und flickte eines seiner Netze. Es dämmerte bereits und bald würde es zu finster sein, um hier weiterzuarbeiten. Heute war ein guter Tag gewesen! Erst der Lohn für den verkauften Fang und dann die wertvolle Perlenkette, für die er sicher ein kleines Vermögen bekommen würde. Liebevoll tätschelte er seine Tasche, in der noch der Lederbeutel steckte. Davon konnte er sich ein neues, größeres Fischerboot kaufen. Er trällerte ein Liedchen und begann, seine Netze in den Schuppen zu räumen und auf die Balken zu hängen.

Als er fertig war, setzte er sich wieder auf seine Bank und betrachtet den Sonnenuntergang. Doch was juckte ihn denn da? Er begann sein Bein zu kratzen. Kurz darauf juckte noch eine andere Stelle weiter oben am Bein. Ein vermaledeiter Floh! Wenn er doch diese Biester endgültig loswerden könnte! Er hatte sich jedoch schon eine Weile keinen mehr eingefangen. Verärgert schlug er auf eine Stelle, an der er das Tier vermutete. Aber er erwischte es nicht. Schimpfend ging er ins Haus und zog sich aus. Seine Familie war bereits zu Bett gegangen. Er betrachtet die Einstichstellen mit gerunzelter Stirn. Dann nahm er den Lederbeutel aus seiner Kleidung und verstaute ihn unter seinem Kissen. Sein Gewand steckte er in einen Eimer mit Wasser, um den Floh zu ersäufen.

❊ ❊ ❊

»Warum hast du denn deine Sachen in den Eimer gesteckt, Lauchlin?«, wollte Rhona am nächsten Morgen von ihrem Mann wissen.

»Ach, ich hatte da wohl einen Floh, nichts weiter. Dachte, ich ersäuf das Vieh.«

»Ich hoffe, du hast ihn mir nicht angehängt! Warte, ich such dir frische Sachen aus der Truhe.«

Kurze Zeit später zog Lauchlin los, um die Netze auszubringen. Es war noch dunkel draußen. Die Arbeit musste in den frühen Morgenstunden verrichtet werden. Gegen Mittag würde er sie wieder einholen. Er stapfte hinunter zur Bucht, wo sein Boot vertäut war, eines der geflickten Netze und eine kleine Laterne schleppend. Es war ein schwieriger Weg, besonders bei Dunkelheit. Doch Lauchlin kannte ihn in- und auswendig. Er suchte sich vorsichtig seinen Pfad über die glitschigen Steine zu seinem kleinen Boot, das sanft auf den dunklen Wellen schaukelte. Das Meer hatte um diese Zeit immer etwas Bedrohliches, wie ein schwarzer Schlund, der nur darauf lauerte, einen zu verschlingen. Ein Schauer lief über seinen Rücken.

Seine kleine Laterne richtete nicht viel aus in der Dunkelheit, doch schon begann es am Horizont ein wenig heller zu werden. Die ersten blassen Sonnenstrahlen kämpften sich in zarter Röte auf die gerade noch schwarze Leinwand. Nun war es an der Zeit. Er machte das Boot los und stieß es ab, um dann hineinzuspringen. Routiniert machte er sich an die Arbeit.

✳ ✳ ✳

Die letzten zwei Tage, seit Frances abgereist war, hatte
Lauchlin in seiner üblichen Routine verbracht. Er war
früh aufgestanden, hatte die Netze ausgebracht und wieder eingeholt, die Fische für den Verkauf vorbereitet und
den Löwenanteil davon zur Burg gebracht. Danach hatte
er die Fischernetze gereinigt und geflickt. Mit dem guten
Gewinn, den er der Anwesenheit des Thanes und seines
großen Hausstandes zu verdanken hatte, konnte er sich
bestimmt bald besseres Arbeitsgerät kaufen. Ja, so
könnte es ruhig ewig weitergehen. Lauchlin lachte brum-
mend in seinen Bart hinein, verzog dann jedoch
schmerzvoll das Gesicht. Sein ganzer Körper fühlte sich
wund und geschunden an. Erschöpft streckte er seine
müden Glieder vor dem Feuer aus. So müde hatte er sich
schon lange nicht mehr gefühlt. Er sollte zu Bett gehen
und sich ausruhen. Obwohl es noch nicht spät war und
die Kinder noch munter herumsprangen, verkündete
Lauchlin, sich zur Ruhe zu begeben.

Besorgt fragte ihn Rhona: »Fühlst du dich nicht wohl?
Du wirst doch wohl nichts ausbrüten?«

»Nein, nein. Es war nur ein harter Tag und ich finde,
ich hab mir ein wenig Ruhe verdient, oder nicht, Weib?«

»Sicher … Schlaf du nur. Kinder, spielt draußen weiter. Euer Vater braucht Ruhe.«

»Gute Nacht, Papa!« Maisie lief zu ihm und gab ihm
einen Kuss.

»Gute Nacht, meine Kleine!«

Lauchlin zog seine Stiefel aus und legte sich ins Bett. Er war mittlerweile so erschöpft, dass er nicht einmal mehr daran dachte, sein Nachtgewand anzuziehen. Sofort fielen seine Augen zu und er sank in einen tiefen, traumlosen Schlaf.

Mitten in der Nacht schreckte er hoch. Er glühte vor Hitze und der Schweiß lief ihm in Bächen vom Gesicht. Er musste Fieber haben! Und seine Kehle schmerzte. Er hatte unendlichen Durst. Aber als er aufstehen wollte, verlor er das Gleichgewicht und fiel zurück ins Bett. Seine Frau, die bis dahin leise neben ihm geschnarcht hatte, fuhr mit einem erstickten Schrei aus dem Schlaf und sah sich erschrocken um.

»Lauchlin, was ist mit dir?« Besorgt beugte Rhona sich über ihren kranken Mann.

»Rhona, ich glaub, mich hat's erwischt. Bitte reich mir einen Schluck Wasser. Ich hab das Gefühl, ich verbrenne gleich.«

Schnell stand seine Frau auf und schöpfte ihm etwas Wasser in einen Becher. Doch als sie zum Bett zurückkehrte, lag ihr Mann zitternd und zusammengekauert da, als könne er sich kaum erwärmen.

»Du hast Schüttelfrost. Ich hol dir eine Extradecke.«

Den Becher stellte sie neben ihn und ging zu einer Truhe in der Ecke, um sie zu holen. Als sie Lauchlin zudeckte, bemerkte sie, dass er wieder eingeschlafen war.

✳ ✳ ✳

Lauchlins Zustand verschlechterte sich zunehmend. Am nächsten Morgen war er noch immer stark fiebrig und kaum ansprechbar.

Rhona schickte die Kinder nach draußen und verbot ihnen, mit anderen über ihren Vater zu reden. Die Dörfler reagierten immer gleich mit übertriebener Panik. Rhona flößte Lauchlin immer wieder etwas Wasser ein. Sein Körper wurde immer schwächer.

Am Abend, als sie ihm wieder einmal kalte Wickel gegen das Fieber anlegte, bemerkt sie, dass er eine Schwellung in der Leistengegend hatte, umgeben von einem dunklen Bluterguss. Sowas hatte sie bisher noch nie gesehen. Er schien starke Schmerzen zu haben und wand sich auf dem Bett. Sie verfügte zwar über einiges an Kräuterwissen, das sie von ihrer Mutter gelernt hatte, doch gegenüber dieser seltsamen Krankheit schien sie machtlos. So fiel sie neben Lauchlins Bett auf die Knie und betete.

apitel 14: Malefica

»Wie die Mutter, so die Tochter ...«
Talmud

Ealasaid lief, so schnell sie ihre Füße trugen, durch die dunklen Gänge der Burg. Schatten huschten über die Wände, die nur ungenügend von Fackeln beleuchtet wurden. Ihr Herz klopfte, sie war komplett außer Atem, doch sie musste weiter. Bald schon würde er sie eingeholt haben. Sie hörte bereits seine schnellen Schritte über den kalten Steinboden eilen. Mit wildem Blick sah sie sich nach einem geeigneten Versteck um.

Schnell riss sie eine nahe Holztür auf, trat in den sich öffnenden Raum und schloss sie wieder hinter sich. Keuchend lehnte sie sich gegen die Tür und stand Pater Adomnanus gegenüber. Mit strenger Miene musterte er das Mädchen, das vollkommen aufgelöst und mit wirren Haaren vor ihm stand.

»Oh«, war alles, was Ealasaid von sich brachte.

»Jungfer Ealasaid! Was fallet Euch ein, hier einfach ungefragt hereinzuplatzen? Wo bleibet Euer Anstand? Es geziemet sich nicht!«

»Bitte vergebt mir, Pater! Ich wusste nicht, dass Ihr um diese Zeit noch im Unterrichtszimmer sein würdet. Bitte verratet mich nicht! Ich wollte mich nur vor Master Calum verbergen. Wir spielen Verstecken, wisst Ihr?«

Pater Adomnanus, der Ealasaid um einiges überragte und sie nun finster aus seinen schwarzen Käferaugen musterte, schürzte missbilligend die Lippen und setzte gerade zu einer Strafpredigt an, als es gegen die Tür donnerte, so als wäre etwas dagegen gekracht.

Kurz darauf öffnete sie sich und ein Junge von neun Jahren, mit blonden, glatten Haaren in einer kurzen Topffrisur steckte den Kopf herein. Er rieb sich die schmerzende Stirn und grinste Ealasaid an.

»Hab dich!«

»Oh nein, das ist nicht gerecht! Du solltest doch bis hundert zählen!«

»Das hab ich doch. Aber wir können es gerne wiederholen, wenn du mir nicht glaubst.«

Der Pater begann, eine unnatürlich rote Gesichtsfarbe anzunehmen.

»Genug damit! Was denket Ihr Euch nur dabei, mein junger Herr? Was würde wohl Euer Großvater dazu sagen? Mich deucht, Eure Bettstunde sei nun längst gekommen. Ich werde die gute Annis herbeirufen.«

Betreten sahen sich die Kinder an und nickten ergeben. Pater Adomnanus läutete eine Glocke und kurz darauf erschien Annis, um die Kinder abzuholen.

»Und vergesset nicht, morgen zur vereinbarten
Stunde zum Unterricht zu erscheinen!«

»Ja, werter Pater. Ich werde pünktlich sein«, flüsterte
Calum kleinlaut.

Annis führte sie durch die Gänge und eine steile Wen-
deltreppe nach oben. Dort erhaschte Ealasaid einen kurzen Blick aus dem Fenster, von dem ihr lautes Waffenklirren entgegenhallte. Unten vor der Burg übten ihre
beiden jüngeren Brüder Fearghas und Duncan mit
Calums Zwillingsbruder den Zweikampf.

Der Thane hatte darauf bestanden, sie keine Zeit verlieren zu lassen. Ein Krieger wurde in seinen Augen zum
Kämpfen geboren und man konnte gar nicht früh genug
mit der Ausbildung beginnen. Ealasaid hatte ihn einst
gefragt, warum denn Calum nicht mit ihnen trainieren
würde. Da hatte er ihr geantwortet, er sei für die Ordens-
laufbahn bestimmt. Nur der älteste Bruder würde zum
Krieger ausgebildet werden.

Ealasaid war froh, dass es so war, denn so hatte sie einen Spielgefährten gefunden. Sie mochte Calum. Er war
nicht so wild und ungezogen wie ihre Brüder. Und er war
auch nicht so hochnäsig wie sein Zwilling Somerled. Außerdem brachte er ihr bei, was er bei Pater Adomnanus
lernte. Er lehrte sie das Lesen und Schreiben und sogar
die lateinische Sprache. Der Thane schien es zu dulden,

wenn auch nicht zu fördern. Er hatte ihr zu verstehen gegeben, sie solle sich der Heilkunst widmen und den geziemenden Pflichten eines Weibes, wie Sticken, Nähen und Weben. Ealasaid wollte aber viel lieber das lernen, was auch Calum beigebracht bekam. Wie ein wissensdurstiger Schwamm saugte sie jedes Fitzelchen an neuer Information in sich auf. Annis lieferte die beiden bei ihren Schlafgemächern ab und übergab sie den Kindermädchen, die sie zu Bett bringen sollten.

»Gute Nacht, junger Herr! Kommt doch morgen Früh in meine Küche. Dort gibt es Rosinenküchlein. Ich weiß doch, wie gern Ihr die habt.«

Calum nickte erfreut und winkte Annis zum Abschied kurz zu, bevor er in seinen Gemächern verschwand.

»So, und nun zu Euch, junge Dame. Süße Träume, wünsche ich. Und natürlich bekommt Ihr auch ein Rosinenküchlein.« Verstohlen zwinkerte Annis Ealasaid zu und diese grinste zurück.

»Gute Nacht, Annis!«

»Gute Nacht! Dann muss ich wohl mal die tapferen jungen Schwertkämpfer einfangen.«

Mit diesen Worten verschwand Annis um die Ecke und Ealasaid folgte dem Kindermädchen ins Zimmer.

Als sie vor zwei Jahren in die Burg gebracht worden war, waren ihr die hohen, kalten Räume und die edlen Möbel unheimlich vorgekommen. Sie war von den vielen fremden Menschen um sie herum eingeschüchtert gewesen. Die ersten Monate hatte sie kaum gesprochen und

auch nur wenig gegessen. Sie hatte ihre tote Mutter, ihren Vater, die jüngeren Geschwister und die Tante vermisst. Auch die Spielgefährten im Dorf fehlten ihr. Obwohl sie so nah waren, schienen sie doch Ewigkeiten entfernt. Sie durfte niemals hinaus ins Dorf gehen, niemals
Besuch empfangen.

Oft stand sie am Fenster und beobachtete sehnsüchtig
aus der Ferne das Treiben im Örtchen. Aber die gute Annis hatte Mitleid mit ihr und ihren Brüdern und schmug-
gelte ab und zu Tante Eibhlin ein. Diese Besuche waren
die Höhepunkte ihres Lebens gewesen. Auch wenn sie
wusste, dass ihre Mutter im Himmel war und sie auch ihren Vater nicht mehr sehen würde, so hatte sie wenigstens jemanden, der einer Mutter nahekam.

Doch die Treffen waren gefährlich und als sie einmal
beinahe erwischt wurden, weigerte sich Annis fortan,
ihnen zu helfen. Sie musste um ihr Leben fürchten, denn
der Thane duldete keine Zuwiderhandlungen. Da sie jedoch nun Lesen und Schreiben konnte, bat sie Annis, ab
und zu Briefe zu überbringen, die Pater Ninian ihrer
Tante und ihrem Vater vorlesen sollte. Hin und wieder
erhielt Ealasaid auch eine Antwort, die ihre Verwandten
dem Pater diktierten und in die Burg schmuggeln ließen.
So konnte sie das Leben ohne ihre Lieben besser ertragen.
Im Laufe der Zeit hatte sie sich mit ihrem neuen Leben
arrangiert und versuchte, es so gut wie möglich für sich
zu nutzen. Und sie hatte Calum, der ihr Freund war und

sie in Schutz nahm, vor allem vor den Angriffen seines Zwillings, der ihr immer wieder üble Streiche spielte.

Erschöpft sank sie nun in die weichen Kissen ihres großen Bettes und träumte ihren Lieblingstraum: sie tobte mit ihrer Mutter und ihren Geschwistern über eine große Wiese, auf der duftende Blumen wuchsen. Alle lachten und waren glücklich, fernab jeglicher Sorgen. Und dann nahm Mama ein kleines Samenkorn und sprach ein paar magische Worte. Da wuchs aus ihrer flachen Hand eine Zauberpflanze und begann zu blühen. Ealasaid klatschte vergnügt in die Hände und umarmte ihre lachende Mutter. Aber, wie so oft, schlichen sich dunkle Schatten ein und verjagten die glücklichen Bilder aus besseren Tagen. Sie wälzte sich unruhig hin und her und kalter Schweiß stand ihr auf der Stirn, als sie im Traum versuchte, ihren Häschern zu entfliehen.

※ ※ ※

Der Thane schritt unruhig in der großen Halle auf und ab. Zu beiden Seiten standen Edelmänner aufgereiht und blickten einander nervös an.

»Wir müssen es jetzt durchziehen. Wir können es schaffen, dessen bin ich mir sicher. Vor allem, wenn wir ein wenig Unterstützung bekommen ... «

»My Lord Somerled, bitte verzeiht! Von welcher Unterstützung sprecht Ihr?«, meldete sich ein älterer, graubärtiger Mann zu seiner Rechten.

»Ihr erinnert Euch doch sicher an die Dreikönigs-
schlacht? An die Hexe, die uns einen entscheidenden
Vorsprung verschafft und Godreds Männern ordentlich
Angst eingejagt hat?«

Die Männer nickten einvernehmlich.

»Aber My Lord, die Hexe ist seit zwei Jahren tot. Wie
könnte sie uns helfen?«, wandte der Graubärtige ein.

»Mein lieber Goraidh, das ist mir durchaus klar. Allerdings habe ich mir damals einen kleinen Schatz gesi-
chert. Ich habe ihre älteste Tochter. Und da die Fähigkeiten meist innerhalb der weiblichen Linie vererbt zu werden scheinen, bin ich zuversichtlich, dass wir damit unser Schicksal entscheidend beeinflussen können.«

Ein weiterer Lord, mit Glatze und einer großen Narbe
über seinem Gesicht trat nun nach vorne und brachte mit
rauer Stimme seinen Bedenken zum Ausdruck:

»Wie könnt Ihr sicher sein, dass sie die magische Gabe
geerbt hat? Und was, wenn sie nicht stark genug ist? Wir
wissen ja, was mit ihrer Mutter geschah.«

Der Thane schritt auf ihn zu und bremste abrupt wenige Zentimeter vor ihm ab. Mit eisigem Blick fixierte er
den Mann.

»Ah, McCorrey, ich hatte mir schon gedacht, dass
Euch mein Plan nicht gefällt. Doch mit oder ohne Eure
Zustimmung werden wir ihn in die Tat umsetzen. Ich
habe die Kleine seit zwei Jahren beobachten lassen und
was meine Spitzel berichteten, gab mir große Hoffnung.
Natürlich kann es sein, dass die junge Hexe so endet wie

ihre Mutter. Das wäre überaus bedauerlich. Doch steht hier schließlich das gesamte Inselkönigreich auf dem Spiel. Ich werde Godred ein für alle Mal in die Knie zwingen und ein Reich regieren, das seinesgleichen sucht! Stellt Euch auf meine Seite und es wird Euer Schaden nicht sein.«

Ergeben senkte der Glatzkopf sein Haupt vor Somerled.

»Wer ist an meiner Seite, wenn wir in die entscheidende Schlacht ziehen? Wer möchte teilhaben am Glanz des rechtmäßigen Ri Innse Gall?«

Die Männer zogen ihre Schwerter und erhoben sie mit lautem Kampfgeschrei. Zufrieden blickte Somerled über seine Gefolgsleute. Bald würde er am Ziel sein.

❋ ❋ ❋

Ealasaid und Calum liefen vergnügt durch den Garten, der von einer schützenden Mauer umgeben war. Es war ein sonniger Tag, eine Seltenheit auf dieser Insel. Die Kleine lief voraus, ihre dunklen Locken wehten hinter ihr.

Ab und zu blickte sie sich nach ihrem Verfolger um und gab ein aufgeregtes Kichern von sich. Doch bald schon holte Calum auf und stürzte sich auf sie. Lachend kugelten sie über den Rasen. Dann blieben sie, nach Luft ringend, im Gras liegen und betrachteten die vorbeiziehenden Wölkchen.

»Die da sieht aus wie ein dicker Vogel.« Calum deutete auf eine besonders geformte Wolke.

Ealasaid kicherte. »Und die sieht aus wie Pater Adomnanus.«

Calum stimmte in das Kichern ein. »Ja, und die da drüben sieht aus wie eines von Papas Booten.«

»Guck mal, was ich kann!« Ealasaid fixierte eine der Wolken und vor ihrer beider Augen wandelte sich deren Form und es erschien eine deutlich erkennbare Wolkenrose am Himmel.

»Wie hast du das gemacht?!« Calum starrte mit offenem Mund auf die Wolke, dann auf seine Freundin.

Diese zuckte nur mit den Schultern. »Weiß nicht, ich kann das einfach. Versuch du es doch mal. Es ist ganz leicht. Du musst sie nur anschaun und ganz fest daran denken, dass sie sich verwandelt.«

Aber so sehr sich Calum auch bemühte, es wollte nicht klappen. Leicht schmollend lief er in die Burg zurück. Ealasaid folgte ihm mit einigem Abstand, ihre Schultern hängend. Sie wollte Calum nicht verärgern. Sie wollte es ihm doch nur beibringen. Als sie zum Tor kam, hörte sie Annis' Stimme:

»Ealasaid! Komm schnell! Der Thane hat dich zu sich gerufen. Er wartet im Turmzimmer auf dich.«

Ealasaid beschleunigte ihre Schritte und lief die vielen Treppen nach oben, bis zum Turmzimmer, von dem aus man einen Blick über die ganze Bucht hatte. Es stand leer und oft schon hatte sie sich hier schon versteckt, als sie mit Calum spielte. Warum er sie wohl dort oben sprechen wollte? Er stand am Fenster, den Rücken zu ihr, als sie anklopfte und eintrat.

»Ah da bist du ja endlich! Ich habe ein Geschenk für dich. Und eine Aufgabe.«

Er wandte sich ihr zu und überreichte ihr zwei in Leder gebundene Bücher.

»Die sind für dich.«

Mit zittrigen Fingern nahm sie die beiden schweren Bände entgegen und sah Somerled fragend mit großen Augen an.

»Du bist etwas ganz Besonderes, mein Kind. Du bist auserwählt, mit deinen Fähigkeiten den Lauf der Geschichte zu beeinflussen. Es ist dir sicher schon aufgefallen, dass du Sachen kannst, die andere nicht können, nicht wahr?«

Ealasaid nickte.

»Siehst du, und diese besonderen Fähigkeiten muss man hegen und pflegen. Man muss sie weiterentwickeln. In diesen Büchern findest du alles, was du dazu wissen musst. Aber kein Wort darüber zu irgendjemandem, besonders nicht zu Pater Adomnanus. Es gibt Menschen, die haben große Angst vor den Dingen, zu denen du fähig bist. Und aus Angst und Unwissenheit wollen sie dich davon abhalten, diese Sachen zu tun. Sie würden auch nicht davor zurückschrecken, dir wehzutun. Deshalb bewahre dieses Geheimnis. Es ist nur zwischen dir und mir.«

Ealasaid nickte wieder. Die Worte jagten ihr Angst ein.

»Gutes Kind! Und nun wirst du jeden Tag hierherkommen und liest in deinen Büchern, übst, was darinsteht, schulst deine Fähigkeiten. Und wenn es soweit ist, werde ich dich rufen und du wirst mir mit einer kleinen Sache helfen. Zeig die Bücher niemandem! Auch nicht Calum.«

Ealasaid starrte ihn an wie das Kaninchen die Schlange.

»Fang an! Ich hoffe, du machst bald die ersten Fortschritte.«

Dann schritt er an ihr vorbei und verließ das Zimmer. Ealasaid setzte sich an die Fensterbank und legte die beiden Bände neben sich. Zärtlich streichelte sie über das Leder. Auf beiden waren seltsame Zeichen gemalt, die sie noch nie zuvor gesehen hatte. Neugierig schlug sie das Erste auf und las den Titel: *Liber incantationum.*

Kapitel 15: Zombiekarnickel

»Lass die Toten schlafen…«
Friedrich von Schiller

Als Ethan gestern Nacht nach Hause gekommen war und sein Whiskyatem ihre Wange streifte, versteifte sie sich und schloss ganz fest die Augen. Als er ihren Namen flüsterte und sie sanft an der Schulter berührte, stellte sie sich schlafend.

Morgens war sie lange vor ihm wach gewesen und flüchtete sich zur Distillery, wo sie in der Cafeteria noch einmal ihren Text durchging. Doch sehr konzentriert war sie dabei nicht. Immer wieder kamen unschöne Bilder von Ethan und Belle in ihr hoch.

Noch bevor Ethan auftauchte, begleitete sie Megan auf die erste Tour und versuchte, sich alles genau einzuprägen. Immerhin musste sie bald allein die Touren machen. Sie durfte nicht zulassen, dass die Sache ihre Arbeit gefährdete. Pot Stills, Spirit Receiver, Spirit Safe … Bald rauchte ihr der Kopf. Immerhin war es eine gute Ablenkung. In ihrem Bemühen, Ethan aus dem Weg zu gehen, machte sie mittags einen großen Bogen um die Cafeteria und als sie sah, dass er nach ihr suchte, duckte sie sich zur Hintertür hinaus und in eine der großen Lagerhallen. Sie konnte ihn heute nicht ertragen. Wer weiß, was zwischen ihm und Belle gestern gewesen ist? Sicher haben sie wild herumgeknutscht – wie in alten Zeiten. Der Gedanke gab ihr einen Stich.

In der Halle war es dunkel, nur vereinzelte Sonnenstrahlen zwängten sich durch schmale Ritzen in der Wand. Neugierig sah sie sich um. Hier waren Whiskyfässer zum Reifen gestapelt, links und rechts eines schmalen Ganges, vier Fässer hoch. Es war ein beeindruckender Anblick. Die Luft war geschwängert vom *Angel's Share*, dem Anteil an Alkohol, der durch die Fässer verdunstete. Ein sehr poetischer Name für sowas Banales, wie Lily fand. Aber die Schotten liebten eben ihr Nationalgetränk. Es roch nach Eichenfässern, Torf und irgendwie leicht muffig. Und obwohl sie den Whisky, den ihr Susie gestern probieren ließ, nicht wirklich mochte, gefiel ihr doch der Geruch hier ganz gut. Es erinnerte sie an etwas, das man in alten Häusern wahrnahm – der Duft der Vergangenheit, längst gelebter Leben. Sie lief noch ein Stück weiter in die Lagerhalle hinein und betrachtete all die vielen Fässer. Auf einigen konnte sie das Jahr lesen. Die Ältesten waren fast zweihundert Jahre alt, so alt wie die Distillery selbst.

Sie bog zwischen den Fässern um eine Ecke, da bemerkte sie eine unangenehme Kälte. Ihr Atem kam in kleinen Wölkchen aus ihrem vor Erstaunen geöffneten Mund. Warum nur war es hier so kalt? Der Whisky musste doch nicht gekühlt werden? Sie bemerkte ein seltsames Kribbeln in ihrem Nacken und fühlte sich beobachtet. Sie war nicht allein. Erschrocken fuhr sie herum, aber da war niemand.

»Susie?! Ethan?! Ist da jemand?«

Doch es war nur das entfernte Rauschen des Meeres zu hören.

Plötzlich hörte sie Schritte und ein leises Schaben hinter sich. Als sie sich wieder umdrehte, erschrak sie und taumelte ein Stück weit rückwärts. In den Staub des Fußbodens war, scheinbar mit einem Finger, etwas geschrieben, das vorher nicht da war: *Gefahr!* Lily wurde bleich und sobald die Schrecksekunde vorbei war, machte sie kehrt und rannte aus der stillen Lagerhalle, zurück in den kleinen Shop. Sie stieß die Tür so heftig auf, dass die altmodische Türklingel wie wild Alarm schlug. Ihre Kolleginnen und die wenigen Kunden starrten Lily verwundert an, als sie außer Atem durch die Tür stürmte, noch immer schreckensbleich.

»Alles OK, Kleines?«, fragte Susie sie besorgt. Lily nickte nur und versuchte, sich zu beruhigen.

Das war doch wieder typisch! Wo immer sie hinging, passierten solche Sachen. Warum hatten es nur alle Gespenster im Umkreis auf sie abgesehen? Nachdem ihr

Megan eine Tasse Tee verabreicht hatte, fühlte sie langsam ihre Lebensgeister zurückkehren. Vielleicht war die Schrift ja vorher schon da gewesen und sie hatte sie nur übersehen? Immerhin war sie heute ja ein wenig abgelenkt. Sie seufzte tief. Aber seltsam war es schon. Und die Schritte …?

Am frühen Nachmittag begleitete sie schließlich Susie mit einer Reisegruppe aus Texas durch die Distillery, doch Lily war mit ihren Gedanken nicht mehr bei der Sache. Als Susie ihr dann eine Testfrage stellte, fuhr sie hoch und konnte sie nicht beantworten. Ihre Wangen brannten vor Scham, als dreißig Amerikaner sie neugierig anstarrten und Susie ihr einen missbilligenden Blick zuwarf.

»Ich erwarte, dass das bis morgen sitzt, hast du gehört? Du übernimmst morgen gleich die erste Führung«, zischte sie ihr zu.

Lily schluckte und nickte. Erschöpft verließ sie nach ihrer Schicht das Gelände der Brennerei. Aber zu Ewan konnte sie nicht, denn da würde Ethan sicher bald auftauchen und ihr von Belle vorschwärmen.

Der Wind jagte die Wolken über den Himmel und zerzauste ihre Haare. Wenigstens war es nicht kalt. Einige Sonnenstrahlen ließen sich zaghaft blicken und gaben das Versprechen, dass sie zumindest in den nächsten Minuten nicht nass werden würde. So nahm sie ihren Text zur Hand und schlenderte über den Strand. Sie war froh, dass sie sich morgens in der Cafeteria vorsorglich Sandwiches gekauft hatte, denn ihr Magen knurrte.

Lily setzte sich auf einen flachen Stein und biss in eines der Brote. Eine Weile widmete sie sich ihrer Mahlzeit und versuchte, an nichts zu denken. Doch schnell begann das Wasser zu steigen und sie musste sich einen höher gelegenen Platz suchen. Hinter ihr, auf einer Düne, ragte die Friedhofsmauer auf. Dort wäre sie vor den Gezeiten erstmal sicher. Entschieden schob sie ihre albernen Ängste beiseite. Was konnte ihr schon passieren? Sie hatte es schon mit etlichen Geistern aufgenommen, also musste sie sich doch nicht vor ein paar alten Knochen fürchten.

Lily kletterte die Düne nach oben, lehnte sich an die Mauer und blickte aufs Meer. So leer, so grau und trist. So fühlte sie sich auch. Eine Träne lief über ihre Wange. Dann noch eine … Der Wind wurde nun schwächer und die dunklen Wolken gewannen gegenüber den Sonnenstrahlen wieder die Oberhand. Es wurde düster und kalt. Lily rieb sich die Arme und zog ihre Jacke dichter um sich.

Da hört sie ein Geräusch. Es war ein Scharren und Kratzen. Es kam von hinter ihr, hinter der Mauer. Dann war es wieder ruhig. Vielleicht hatte sie sich verhört. Aber kurz darauf kam es wieder, diesmal lauter. Es war fast so, als würde jemand graben. Sie blickte hinter sich, sah jedoch nichts.

Plötzlich lief ein Kaninchen an ihr vorbei. Natürlich! Diese unheimlichen Tierchen, die Löcher in die Grabstellen buddelten. Das war es also. Lily schüttelte es beim Gedanken an die Knochen, die offen in den alten Gräbern lagen.

Da war wieder das Scharren. Und diesmal noch ein anderer Laut. Wie ein Stöhnen! Ein menschliches Stöhnen. Erschrocken sprang sie auf und schaute über die Mauer. Noch immer konnte sie nur die alten Grabsteine und die Reste der kleinen Kirche sehen. Sonst nichts. Das Stöhnen aber ging weiter, ebenso das Schaben und Kratzen. Vielleicht brauchte ja jemand Hilfe? Ein Verletzter? Sie sah sich um, ob noch andere Leute in der Nähe waren, aber weit und breit war keiner zu sehen. Typisch, wenn man jemanden brauchte, war natürlich keiner da. Wo waren sie denn jetzt, all die verliebten Pärchen, die sonst hier entlangschlenderten?

Lily wischte sich die tränennassen Augen mit dem Ärmel, seufzte und ging langsam um die Mauer herum, in Richtung Friedhofstor. Vorsichtig stieß sie das alte schwarze Eisengitter auf, das mit einem Quietschen nach innen schwang und hinter ihr polternd wieder ins Schloss fiel. Ratlos sah sie sich um. Der Rasen um die Gräber war kurz, aber saftig grün. An einigen Stellen kam der Sand durch. Alles sah normal aus. Sie lauschte angespannt. Woher kam das Kratzen und Stöhnen?

Langsam marschierte sie vorwärts, vorbei an den verwitterten Grabplatten und schiefen Steinen.

»Hallo?«, rief sie mit dünner Stimme.

Das Stöhnen und Kratzen verstummte kurz, nur um gleich darauf umso heftiger weiterzugehen. Wer auch immer das war, er hatte sie gehört. Warum antwortete er nicht? Das konnte doch nun wirklich kein Tier sein!

Sie war nun bei der Ruine der Kirche angekommen und spähte um die Ecke. Ein flauschiges Kaninchen saß auf dem Rasen und putzte sich friedlich. Lily beobachtete das niedliche Tierchen und musste schmunzeln. Eigentlich waren sie ja total süß. Da raschelte es und es kam ein anderes aus einem Loch in einem Grab geschossen. Es sah verklebt, mager und halb tot aus und stürzte sich auf den wehrlosen, flauschigen Meister Langohr, der vor Schmerz und Todesqualen aufschrie. Das brutale Karnickel machte kurzen Prozess mit seinem niedlichen Kollegen, biss mit seinen langen Nagezähnen dessen Schädel auf und fraß das Gehirn, dass das Blut nur so spritzte! Lily gab einen kleinen Schrei von sich. Entsetzt und angeekelt lief sie wieder hinter die Mauer. Seit wann waren Kaninchen denn Kannibalen? Wieder stoppte das Scharren einen Moment und ging dann hektisch weiter. Nun hörte sie zudem noch ein lautes, angestrengtes Schnaufen. Sie ging weiter in die Richtung, aus der die Geräusche kamen.

Da packte eine Hand sie am Knöchel und zog daran. Lily schrie in Panik auf, fiel zu Boden und drehte sich um. Ihre Augen weiteten sich vor Bestürzung. Sie sah eine alte, ledrig-braune Hand aus der Erde eines Grabes kommen, von der Hautfetzen hingen und teilweise die weißen Knochen zu sehen waren. Die Hand packte fest zu und versuchte, ihre Beute in die Tiefen der Gruft hinabzuziehen. Doch Lily stemmt sich mit aller Kraft dagegen. In ihrer Verzweiflung nahm sie einen großen Stein, der neben ihr lag, und hieb ihn auf den dürren Arm, bis sich der Griff um ihren Knöchel löste. Dann rappelte sie sich schnell auf und lief davon. In ihrer panischen Verwirrtheit wusste sie nicht mehr, in welcher Richtung das Tor lag. Sie musste hier weg! Schnell lief sie zwischen den Grabsteinen im Zick-Zack hindurch.

Plötzlich hörte sie ein lautes, menschliches Knurren und Schnüffeln hinter sich. Ihre Nackenhaare stellten sich auf. Sie konnte sich nicht umdrehen, wollte nicht wissen, was da hinter ihr stand. Aber sie roch seinen faulen Atem, den süßlichen Gestank des Todes und sah den dunklen Schatten, der auf den grünen Rasen fiel. Da hört sie ihren Namen.

»Lily!!!! Hinter dir! Lauf!« Ethan tauchte am Friedhofstor auf und lief ihr entgegen. Sekunden später war er bei ihr und packte sie an der Hand, zog sie mit sich in Richtung Ausgang. Doch als sie am Tor angekommen waren, klemmte es. Ethan rüttelte in Panik daran, aber es bewegte sich nicht. Hinter sich hörten sie schlurfende Schritte, die schnell näherkamen. Lily heulte und schluchzte nun hysterisch und versuchte, ebenfalls das Gitter zu öffnen.

»Lily, hör mir zu! Wir müssen zur gleichen Zeit daran ziehen. Jetzt!«

Die beiden zogen mit aller Kraft daran und stemmten sich gegen den weichen Sandboden. Nach dem zweiten Anlauf gab das Tor mit einem protestierenden Quietschen nach und sie fielen rückwärts zu Boden. Die Schritte waren nun ganz nah und diesmal war es Ethan, der entsetzt aufschrie, als er die Kreatur erblickte. Es war ein Mensch und doch kein Mensch. Es sah aus wie eine dieser Moorleichen, nur nicht so dunkel und an einigen Stellen sah man das Skelett durch die ledrige Haut kommen. Das Ding war nur von einigen wenigen Stofffetzen bedeckt, die eine schmutzig-beige Farbe hatten. Hektisch stand er auf und zog auch Lily auf die Beine. Sie liefen durch das Tor und Ethan schloss es geschwind wieder. Dann klemmte er einen großen Stein darunter und sie rannten um ihr Leben.

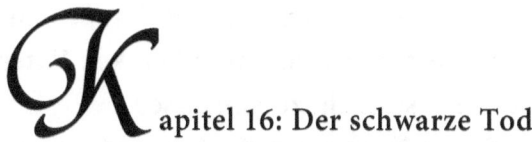apitel 16: Der schwarze Tod

»Aus, aus, kleines Licht! Das Leben ist nur ein wandelnd Schattenbild«

William Shakespeare

Gott wollte Rhonas Gebete diesmal nicht erhören. Lauchlins Zustand verschlechterte sich zunehmend. Am nächsten Morgen war er noch immer fiebrig und nicht mehr ansprechbar. Dazu kamen ein schwerer Husten und bald ein blutiger Auswurf.

Sie pflegte ihren Mann, so gut sie konnte, doch befürchtete sie das Schlimmste. Die Verzweiflung über ihre Hilflosigkeit zwang sie fast in die Knie. Sie fürchtete um ihre Kinder und ordnete an, sie sollen nicht in die Nähe ihres Vaters kommen.

�֍ ✖ ✖

Maisie und Ruairi verbrachten viel Zeit draußen am Strand. Sie waren sehr besorgt um ihren kranken Vater und ihre Mutter wollte sie nicht zu ihm lassen.

»Ruairi, wird Papa wieder gesund?«, fragte Maisie ihren Bruder, als sie mal wieder gemeinsam nach Strandgut suchten.

»Klar wird er gesund!«

»Ich hab gehört, wie Mrs. Lonnert zu Mrs. Travis gesagt hat, er mache es bestimmt nicht mehr lange. Was hat sie damit gemeint?«

»Diese dumme, alte Henne! Soll ihr Schandmaul halten!« Ruairi ballte wütend seine Hände zu Fäusten.

Verwirrt sah Maisie ihn an, aber er sagte nichts weiter. Sie liefen noch eine ganze Weile über den Strand, bis Maisie darüber klagte, so schrecklich müde zu sein.

»Na, schön. Gehen wir zurück«, gab Ruairi nach. Gemeinsam gingen sie zum Haus zurück, aber unterwegs musste Maisie sich hinsetzen.

»Ich kann nicht mehr, Ruairi. Es tut mir leid. Ich bin so müde und meine Beine tun so weh. Bitte lass mich hier ein wenig schlafen.«

Maisie legte sich einfach ins Gras der Dünen und schloss erschöpft die Augen. Da bekam Ruairi es mit der Angst zu tun und nahm Maisie auf den Arm. Er konnte sie kaum schleppen, doch biss er tapfer die Zähne zusammen und trug sie Schritt für Schritt weiter in Richtung Cottage. Vor der Haustür brach er entkräftet zusammen und rief nach seiner Mutter. Diese machte kurz darauf mit verheulten Augen die Tür auf.

»Euer Vater ist gerade verstorben!«

»Nein! Nein! Das ist nicht wahr!«

Ruairi legte die noch schlafende Maisie auf der Holzbank vor der Tür ab und rannte ins Haus zu seinem Vater.

»Nein, nicht! Geh nicht zu nahe dran, Ruairi!«

Er stand vor dem Fußende des Bettes und blickte voller Entsetzen auf die leblose Gestalt, die in einem blutverschmierten Nachthemd im Bett lag, die Augen starr zur Decke gerichtet.

»Papa! Nein, bitte nicht!«

Tränen strömten aus seinen Augen und er wollte sich auf den leblosen Körper werfen und ihn wachrütteln, doch seine Mutter hielt ihn fest und nahm ihn in den Arm.

Ein schwaches Stimmchen war von draußen zu hören: »Mami? Ich fühle mich nicht gut. Ich kann nicht aufstehen. Bitte!«

Rhona tauchte aus den Tiefen ihrer Trauer auf und die Sorge um ihre Tochter gab ihr neue Kraft. Sofort lief sie zur Tür und sah dort noch immer Maisie auf der Bank liegen.

»Was ist mit dir, Mäuschen?«

Schnell wischte sie sich die Tränen ab.

»Mama, mir ist so heiß und ich bin so müde. Kannst du mich bitte ins Bett bringen? Wo ist Anna? Ich will meine Puppe!«

Rhona nahm sie hoch und brachte sie hinein. Behutsam legte sie Maisie ins Bett und gab ihr Anna in den Arm. Maisie schenkte ihr ein schwaches Lächeln und schlief ein. Ruairi stand nach wie vor am Bett seines toten Vaters und starrte fassungslos darauf.

»Bitte sag deiner Schwester nichts von deinem Vater. Das würde sie noch weiter schwächen.«

Ruairi nickte, wandte den Blick aber nicht von der Leiche ab.

»Wir müssen den Pater verständigen. Bitte behalte Maisie für mich im Auge. Ich bin bald zurück.«

Rhona verließ das Cottage und machte sich auf, um den Priester zu holen.

Maisie stöhnte im Schlaf und ihre Stirn war schweißnass. Erst jetzt riss Ruairi sich vom Anblick seines toten Vaters los und ging zu ihr. Er befeuchtete ein Tuch und wischte ihr die Stirn.

»Bitte, Maisie, tu mir das nicht an! Bitte werd wieder gesund!«, flüsterte er ihr zu.

Unruhig wälzte sich das fiebrige Mädchen in den Laken. Ruairi setzte sich auf einen Hocker neben das Bett und vergrub sein Gesicht in seinen Armen. Er ließ seinen Tränen nun freien Lauf. Was passierte hier nur? Warum hat Gott ihm seinen Vater genommen? Und nun wollte er wohl auch noch seine kleine Schwester holen? Nein! Er würde es nicht zulassen!

Bald kam Rhona mit Pater Máelrubai zurück. Dieser warf einen Blick auf Lauchlin und flüsterte dann mit Rhona, so dass die Kinder es nicht hören konnten.

»Warum bist du nicht schon früher zu mir gekommen?! Er ist schon tot. Normalerweise kann ich ihm jetzt keine letzte Ölung mehr geben.«

Rhona sog entsetzt die Luft ein. »Bitte, Pater! Bitte, lasst ihn nicht unvorbereitet vor den Herrn treten! Er war ein guter Mann.«

Der Pater wischte sich mit einer Hand über die Stirn.

»Wie lange ist er schon tot?«

»Nicht lange, etwa eine Stunde.«

»Nun, es gibt ein wenig Spielraum. Vielleicht hat sich seine Seele noch nicht aus seinem Körper gelöst. In diesem Falle wäre es noch zulässig.«

Rhona blickte ihn hoffnungsvoll an.

»Ich bitte Euch, Pater! Habt Erbarmen mit seiner armen Seele!«

»Also gut, Frau. Ich werde ihm das Sakrament geben.«

Der Pater stellte alles, was er brauchte, auf den Tisch: das gesegnete Salböl, ein Kruzifix und zwei geweihte Kerzen in Haltern links und rechts davon, ein Leinentuch und Weihwasser. Dann sprach er einen Segen über das Haus und seine Bewohner, versprengte etwas Weihwasser und forderte Rhona und Ruairi auf, mit ihm zu beten.

Nach einer Weile begann er mit der eigentlichen Salbung. Mit dem geweihten Öl berührte er nacheinander die Augen, Ohren, Nasenflügel, Mund, Hände und Füße des Toten. Dabei sprach er: »Per istam sanctam unctionem, et suam piissimam misericordiam indulgeat tibi Dominus quidquid per visum, auditum, odoratum, gustum et locutionem, tactum et gressum deliquisti.[4] Amen.«

Rhona und Ruairi bekreuzigten sich. Pater Máelrubai wischte seine Hände am Leinen ab, wusch sie in einer Schale, die Rhona ihm reichte und fuhr mit dem Ritus fort, indem er weitere Gebete sprach.

Am Schluss sagte er: »Per sacrosancta humanae reparationis mysteria remittat tibi omnipotens Deus omnes praesentis et futurae vitae paenas, Paradísi portas aperiat, et ad gaudia sempiterna perducat.[5]«

»Amen.«

»Benedicat te omnipotens Deus, Pater et Filius, et Spiritus Sanctus.[6]«

»Amen.«

---

[4] Durch diese heilige Salbung und seine mildreichste Barmherzigkeit lasse dir der Herr nach, was du durch Sehen, Hören, Riechen, Schmecken und Reden, Berühren und Gehen gesündigt hast.

[5] Bei den heiligen Mysterien der menschlichen Erlösung möge der allmächtige Gott dir alle Sünden des gegenwärtigen und zukünftigen Lebens nachlassen. Er möge dir die Türen des Paradieses öffnen und dich zu ewig währenden Freuden führen.

[6] Es segne dich der allmächtige Gott, der Vater, Sohn und der heilige Geist.

Als Pater Máelrubai mit der Zeremonie fertig war, packte er seine Sachen wieder zusammen und sah mit besorgtem Blick auf Maisie.

»Ich fürchte, der Kleinen geht es sehr schlecht. Wir sollten auch ihr das Sakrament spenden.«

Rhona schluchzte auf.

»Mama! Nein! Maisie wird wieder gesund«, entfuhr es Ruairi.

»Ganz ruhig, mein Sohn. Es ist eine Krankensalbung. Sie soll dem Kranken neue Kraft geben. Wartet nicht zu lange!«

Zu Rhona gewandt sagte er: »Du musst das beschmutzte Leintuch mit dem Salböl entweder verbrennen oder vergraben.«

Er nickte zum Abschied und verließ das Haus. Rhona ging mit zittrigen Knien zum Feuer und warf das Stück Leinen hinein. Dann sank sie davor zusammen.

✳ ✳ ✳

Lauchlins Leichnam wurde von Rhona gewaschen und neu angekleidet, danach in ein schwarzes Wolltuch gewickelt und das Bett mit frischen Laken versehen. Sie öffnete ganz kurz das Fenster, um seine Seele hinauszulassen, damit sie zum Himmel fliegen könne. Dann schloss sie es schnell wieder, um zu verhindern, dass sein Geist zurückkehrte. Die Fensterläden verriegelte sie fest. Alle reflektierenden Oberflächen im Haus verhängte sie

mit schwarzen Tüchern, um zu verhindern, dass Lauchlins Geist auf der Reise ins Jenseits durch sein eigenes
Spiegelbild gefangen werde und dann ewig als Geist spu-
ken müsse. So verlangte es die Tradition.

Pater Máelrubai hatte veranlasst, dass ein schwarzer
Sarg gebracht wurde, gepolstert mit einer dicken Schicht
Getreidespelzen, um die Körperflüssigkeiten aufzusau-
gen. Sie legten Lauchlin hinein und bahrten ihn auf. Normalerweise hätten seine Verwandten jetzt die Totenwache gehalten, aber sie waren bereits alle vor Jahren verstorben. So blieb die kleine Familie allein und hielt Wache. Es brannten geweihte Kerzen neben dem Bett, so
lange er aufgebahrt war. Rhona wollte sicherstellen, dass
ihr geliebter Mann seinen verdienten Platz im Himmel
finden würde. Die Glocke der kleinen Dorfkirche läutete
währenddessen, wie es der Brauch war. Es war üblich,
dass neun Mal für einen toten Mann geläutet wurde, plus
je einmal für jedes Jahr, das er gesehen hatte. So läutete
die Glocke insgesamt vierundfünfzig Mal. Rhona bekreuzigte sich. Ihre Augen waren vom Weinen rot und
geschwollen.

Ruairi saß an Maisies Bett. Es ging ihr zunehmend
schlechter. Er kühlte ihre fiebrige Stirn und wenn sie bei
Bewusstsein war, flößte er ihr etwas Wasser oder Brühe
ein.

Gegen Abend des zweitens Tages wurde sie kurz wieder klarer, blickte verwirrt um sich und fragte, warum alles so dunkel sei und überall schwarze Tücher.

»Ruairi, ist jemand gestorben? Wo ist Papa?«, fragte sie ängstlich.

Doch Ruairi strich ihr nur liebevoll über die Stirn und sagte:

»Keine Sorge, alles ist gut. Ruh dich aus und werd` wieder gesund.«

»Werde ich denn sterben?«, flüsterte sie. Dann wurde sie von einem heftigen Hustenanfall geschüttelt.

»Nein, Maisie. Du wirst nicht sterben. Sag sowas nicht!«

Rhona, die noch immer vor Lauchlins Sarg Wache hielt, warf ihr einen traurigen Blick zu, schwieg aber.

Am nächsten Tag kamen die Dörfler zur Beerdigung. Es war an der Zeit, sich von Lauchlin zu verabschieden. Jeder, der ihn gekannt hatte, ging zum Sarg und berührte kurz seine Stirn oder Brust. Wer es nicht tat, riskierte damit, vom Geist des Verstorbenen heimgesucht zu werden. Die Angst davor war größer als die Furcht, krank zu werden.

So schritten alle, Jung und Alt, in einer Reihe durch die Tür des Cottages und zollten Lauchlin den letzten Respekt.

Ethel Ogilvie, eine achtzigjährige Nachbarin, hatte sich dazu bereit erklärt, sich während der Beerdigung um Maisie zu kümmern.

Nachdem sie sich von Lauchlin verabschiedet hatte, trat sie zu Rhona:

»In meinem Alter fürchtet man den Tod nicht mehr. Man begrüßt ihn wie einen alten Freund. Geht nur, ich kümmere mich gut um die Kleine.«

Rhona nickte ihr dankbar zu und drückte ihre faltige Hand. Die Tradition wollte es, dass nur die Frauen den Sarg hochhoben und aus dem Haus trugen, wo die Männer bereits darauf warteten. So verschlossen sie ihn und hoben ihn zu acht hoch. Einige Dörfler drehten sogleich alle Stühle um, auf denen der Sarg gestanden hatte, damit der Geist Lauchlins nicht darauf sitzen blieb. Dann hievten die Damen ihn hinaus, wo die Männer bereits warteten. Sie trugen ihn mit den Beinen voraus, damit sein Geist nie seinen Weg zurückfinden würde.

Es dämmerte bereits, als sich der Zug in Bewegung setzte. Die Männer hielten Fackeln und gingen mit dem Sarg voran, die Frauen hinterher. Alle hundert Meter setzten sie den Sarg kurz ab und ließen Flaschen mit selbstgebranntem Whisky reihum gehen. Dann warfen sie jeweils einen Stein an den Straßenrand, wo sich im Laufe der Zeit schon kleine Haufen gebildet hatten.

Am Kirchhof angekommen, waren viele bereits gut angeheitert. Die Männer folgten dem Pater hinein, die Frauen gingen nur bis zur Mauer und kehrten dann wieder um. Normalerweise würde Rhona jetzt zuhause einen Leichenschmaus vorbereiten, doch niemand wollte kommen, angesichts der unbekannten, tödlichen Krankheit. So kehrte sie allein wieder zurück, hängte die schwarzen

Tücher ab und wartete mit Mrs. Ogilvie auf Ruairi, der seinen Vater auf die letzte Reise begleitete.

* * *

In der Nacht ging es Maisie wiederum schlechter. Ein schmerzhafter Husten quälte sie und sie produzierte schwärzlich-blutigen Auswurf. Die Kleine weinte bei jeder Hustenattacke und litt Höllenqualen. Obwohl Rhona versuchte, ihr einen Trunk aus Weidenrinde zu verabreichen, konnte sie ihr keine Linderung verschaffen.

In der Morgendämmerung begann sie schließlich, nach Luft zu ringen und schrie panisch nach ihrer Mutter.

»Mama! Mama! Ich hab Angst! Ich krieg keine Luft!«

Sofort erhob sich Rhona von ihrem Lager und eilte zu ihr.

»Mama, muss ich jetzt sterben?« Sie rang verzweifelt um Atem.

Rhona wusste nichts darauf zu antworten und drückte ihre Tochter an sich.

»Ich will nicht gehen, Mama! Ich will hierbleiben. Bitte!«

Rhona streichelte über Maisies schweißnasse Haare. Nach wie vor hielt die Kleine ihre Puppe im Arm, wie einen Rettungsanker. Sie konnte ihre Tränen nicht mehr halten. Wieso passierte das? Warum nahm man ihr gleich zwei geliebte Menschen?! Von hinten trat nun auch Ruairi zu ihnen.

»Natürlich bleibst du hier. Du bleibst für immer hier! Du darfst uns nie verlassen, hörst du?«

Ruairi griff nach Maisies Hand und sie sahen einander einen Moment in die Augen. Doch dann gab sie ein Röcheln von sich, das ihren kleinen Körper erschütterte, ihr Blick wurde trüb und ihre Hand erschlaffte.

Ruairis Aufschrei aus Wut und Verzweiflung hallte durch das ganze Dorf. Es war vorbei.

apitel 17: Die Tochter der Nacht

»Magie ist keine Zauberei.«
Marcus Vipsanius Agrippa

Ealasaid kam nun jeden Tag in das Turmzimmer, um in den Büchern zu lesen, meist dann, wenn Calum Unterricht bei Pater Adomnanus hatte. Es fiel ihr schwer, ihm nichts davon zu erzählen, denn immerhin war er ihr bester Freund. Doch der Thane hatte ihr große Angst gemacht, also hielt sie sich an sein Gebot. Sie machte auch bald Fortschritte und beherrschte viele der Zaubersprüche und Rituale aus den Büchern. Sie lernte, dass der günstigste Tag für Magie der Donnerstag sei und dass man das Ritual für ein besonders gutes Ergebnis vor Aufgang der Sonne durchführen solle. Die Magie war die Tochter der Nacht und in ihrem Schutz gedieh jeglicher Zauber.

Einige der Rituale verlangten nach seltsamen Zutaten, wie Fledermausblut oder Froschschleim. Diese ließ sie erstmal aus, denn davor ekelte es sie zu sehr. Doch das Bewegen von Gegenständen, das Erzeugen von Blitzen und das Materialisieren von verschiedenen Dingen fielen ihr bald leicht. So zauberte sie sich herbei, was auch immer ihr in den Sinn kam: von leckeren Pastetchen bis zu edlem Schmuck und einem schwarzen Kätzchen, das allerdings drei Augen hatte – aber es war ja auch noch kein Meister vom Himmel gefallen.

Als sie eines Tages auf dem Weg zum Turmzimmer war, trat ihr Calums Zwilling Somerled junior in den Weg und grinste unverschämt.

»Na, wen haben wir denn da? Wenn das nicht Calums kleine Freundin ist. Und was hast du denn da auf dem Arm? Ist das eine Katze? Mit drei Augen?! Das Vieh ist ein Monstrum, eine Missgeburt! Ich werde sie von ihrem Leid erlösen. Setz sie auf den Boden!«, mit diesen Worten zog er das Schwert und trat auf sie zu.

»Nein! Bitte! Lass sie am Leben. Sie ist mein Freund.«

»Du nennst eine Kreatur des Teufels deinen Freund? Überlasse mir das Vieh oder ich werde sie mir mit Gewalt holen!«

Doch Ealasaid drückte ihr Kätzchen an sich.

»Du wagst es, dich mir zu widersetzen?!« Der wutentbrannte Somerled holte mit dem Schwert aus.

Ealasaids Augen verfärbten sich in diesem Augenblick schwarz und ein Sturm begann, sich um sie zu erheben. Sie würde ihn lehren, was es hieße, sich mit ihr anzulegen.

Da bog Calum um die Ecke und rief entsetzt:

»Somerled, nein! Senke sofort dein Schwert! Du darfst ihr nichts tun. Sie steht unter Großvaters Schutz, das weißt du. Und sie ist meine Freundin.«

Somerleds Lippen zuckten verächtlich. Er versuchte, seine Wut zu zügeln, dann senkte er das Schwert, spuckte vor Ealasaid aus und ging. Calum lief zu ihr und nahm sie in den Arm.

»Alles in Ordnung? Es tut mir so leid. Mein Bruder ist ein Dummkopf! Aber woher kam dieser Wind?«

Ealasaid schob ihn sanft zur Seite.

»Ich danke dir für deine Hilfe, aber ich wäre sicherlich auch allein mit ihm fertiggeworden. Der Wind muss von einem offenen Fenster gekommen sein. Vielleicht zieht ein Sturm auf?«

Wenig überzeugt, sah Calum aus dem Fenster. Und tatsächlich: obwohl er hätte schwören können, dass eben noch die Sonne schien, war draußen alles düster und ein Sturmwind jagte mit seiner entfesselten Gewalt die Wellen ans Ufer. Ealasaid zuckte die Schultern, als sie seinen erstaunten Blick sah.

»Das Wetter ist so launisch wie dein Bruder, scheint mir. Musst du denn nicht zum Unterricht? Pater Adomnanus wartet sicher schon. Nun schnell, sonst erwartet dich wieder der Rohrstock!«

Das schreckte Calum aus seinen Gedanken hoch und klopfenden Herzens rannte er zum Unterrichtsraum.

✳ ✳ ✳

Es vergingen einige Tage, in denen sie Somerled junior lieber aus dem Weg ging. Die Katze sperrte sie vorsichtshalber im Turmzimmer ein, denn abergläubische Menschen gab es genug im Schloss. Sie hatte so wenig Freunde, da wollte sie das Katerchen nicht verlieren. Als sie nun wieder auf der Fensterbank saß und in eines der beiden Bücher vertieft war, lag der schwarze Kater schnurrend auf ihrem Schoß und genoss die Streicheleinheiten.

»Na, kleiner Triclops, was möchtest du heute gerne fressen? Ich könnte uns einen gebratenen Fisch zaubern. Was meinst du?«

Triclops gab ein zustimmendes Maunzen von sich und leckte sein Pfötchen. Ealasaid grinste und setzte den Kater vor sich auf den Boden.

»Balbuch taliy, taliy, taliy!«

Und kaum waren die Worte gesprochen, erschien ein duftender Bratfisch am Spieß, den sich die beiden schmecken ließen. Ealasaid leckte sich genüsslich die Finger, als es an der Tür klopfte und Annis' aufgeregte Stimme nach ihr rief.

»Mistress Ealasaid! Seid Ihr da drin? Ich habe leider schlimme Neuigkeiten!«

Erschrocken lief sie zur Tür und riss sie auf.

»Was ist es, Annis? Ist etwas mit Tante Eibhlin?«

»Nein, Mistress, es ist der junge Master Somerled. Er ist schwer krank und fiebrig. Wir alle sind in großer

Sorge um ihn. Der Thane, sein ältester Sohn Gillecallum, Calum und Eure Brüder sind alle unten versammelt. Ihr sollt zu ihnen kommen.«

Ealasaid war einerseits erleichtert, dass ihre Familie in Ordnung war, andererseits auch besorgt darüber, was Somerleds Krankheit zu bedeuten hatte. Obwohl sie ihn nicht mochte, wünschte sie ihm doch auch nichts Schlechtes.

Sie ließ Triclops im Turmzimmer und folgte Annis nach unten und in die Gemächer von Somerled. Dort standen der Thane und sein Sohn, der auch der Vater der Zwillinge war, seine Frau Catriona, die am Bett kniete und Klein-Somerleds Hand hielt und ganz hinten auch Calum, der verzweifelt schluchzte und dafür düstere Blicke von seinem Großvater erntete. Ealasaid schluckte den Kloß, der sich in ihrem Hals bildete, tapfer hinunter und trat zu ihnen. Somerled war leichenblass und auf seiner Stirn glitzerten zahlreiche Schweißtropfen.

Da trat eilig ein Mann ein, von dem Ealasaid wusste, dass er ein Heiler war, da er immer gerufen wurde, wenn in der Burg jemand krank war. Er schob die Menge beiseite und beugte sich über das kranke Kind.

Nachdem er den bewusstlosen Somerled einige Zeit untersucht hatte, sprach er zum Thane:

»Ich fürchte, ich kann ihm nicht helfen. Das ist das Werk eines üblen Hexenzaubers, Mylord. Es tut mir leid.«

Die verzweifelte Mutter warf sich auf ihr Kind, schrie und weinte. Gillecallum fuhr herum und starrte Ealasaid feindselig an. Erschrocken riss sie die Augen auf und stahl sich rückwärts aus dem Zimmer. Das war keine gute Situation, das fühlte sie. Wenn Somerled das nicht überlebte, würde man sicher versuchen, es ihr anzuhängen. Sie musste vorsichtig sein. Schnell lief sie wieder in ihr Turmzimmer und verriegelte die Tür. Sie verbrachte dort einige bange Stunden, bis es abends an die Tür klopfte. Die Stimme eines der Diener des Thanes erklang:

»Mistress Ealasaid! Auf Geheiß des Thanes muss ich Euch in den großen Saal führen. Öffnet die Tür!«

Ealasaid zitterte am ganzen Körper und konnte sich nur schwer dazu bringen, zur Tür zu gehen und diese zu öffnen. Noch immer hallten die Worte des Thanes in ihr nach. Was, wenn sie sie der Hexerei anklagen wollten? Doch sie wusste, sie hatte keine andere Wahl. Sie musste dem Befehl des Thanes folgeleisten.

So entriegelte sie das Schloss der schweren Eichentür und trat zu dem Mann, der sie nach unten bringen sollte. Er war groß gewachsen, hatte einen wuscheligen roten Bart und eisblaue Augen, die sie ausdruckslos musterten. Seine Miene verriet nichts. Ob er überhaupt wusste, was los war? Seufzend stieg sie die zahlreichen Stufen hinunter und folgte dem Mann in den großen Saal. Dort saß der Thane auf einem ausladenden, reich mit Schnitzereien verzierten, Stuhl an einer langen Tafel, auf der eine

Karte ausgebreitet war. Zögerlich trat sie näher heran, als er die Hand hob und zu sich winkte. Sie verbeugte sich vor ihm.

»Kleine Ealasaid, ich wollt dich um einen Gefallen bitten. Es bedroht uns eine fremde Macht und ich muss unser Land verteidigen. Um unseren Sieg und den Schutz unseres Volkes zu gewährleisten, brauchen meine Krieger ein wenig Hilfe. Du bist eine begabte kleine Zauberin und ich bin sicher, du kannst uns einen wichtigen Dienst erweisen.«

Ealasaid schaute ihn nur eingeschüchtert an. Seine Worte verwirrten sie. Wollte er sie denn nicht für Somerled juniors Krankheit zur Rechenschaft ziehen?

»Na, was sagst du? Willst du mir helfen?«

Zögerlich nickte sie. Ein zufriedenes Lächeln umspielte die Lippen des Thanes.

»Sehr gut. Hier ist eine Karte, auf der du die Insel unseres Feindes siehst. Und zwar hier.« Er deutete mit dem Finger auf einen braunen Fleck auf dem Pergament.

Neugierig kam Ealasaid näher heran.

»Und das hier ist unsere Insel.« Wieder zeigte er auf einen braunen Fleck.

»Unsere Schiffe werden also von hier nach da segeln und unseren Feind Godred herausfordern. Deshalb brauch ich einen Zauber, der ihn schwächt oder ihm und seiner Flotte schadet. Er wird versuchen, uns alle zu töten. Und dann wird er hierherkommen und auch hier alle töten. Das willst du doch nicht, oder?«

Ealasaid schüttelte ihren Kopf so heftig, dass ihre haselnussbraunen Locken nur so flogen.

»Das hatte ich mir gedacht.« Somerled lächelte sie an.

»Nun, dann zeig mal, was du kannst. Konzentriere dich und sprich einen Zauber, der uns hilft, die Feinde zu vernichten.«

Ealasaid ballte ihre Hände zu Fäusten und dachte nach. Sie kannte mittlerweile sehr viele Zaubersprüche. Welcher war wohl geeignet? Mit einem Mal verfärbten sich ihre Augen pechschwarz und ihre Stimme wurde tiefer:

»Salus tua ego sum. Abyssus abyssum invocat! Factae sunt tenebrae. Volact! Ada! Nola! Aprison! Vos kehr manraret.[7]«

Auf der Karte schien sich direkt vor der Isle of Man, die Godred bewohnte, ein tiefer Abgrund aufzutun und schwarze Schatten zogen darüber hinweg. Doch nur einen Moment später war alles verschwunden und die Karte sah so aus wie zuvor. Fasziniert beobachtete Somerled das Schauspiel, das sich ihm bot. Ealasaid sank erschöpft zu Boden. Sie war plötzlich so müde und wollte nur noch schlafen.

»Was hast du getan? Was bewirkt dein Zauber?«

Mit großer Anstrengung antwortete sie:

»Es wird sich vor den Schiffen Eurer Feinde ein Abgrund auftun und eine Dunkelheit wird am helllichten

---

[7] Überlieferte, alte Zaubersprüche, teils lateinisch: Ich bin dein Retter. Der Abgrund ruft den Abgrund! Finsternis soll sich verbreiten.

Tage alles verschlingen. Sie werden blind in den Abgrund stürzen, sollten sie Euch angreifen. Ihr werdet als Sieger aus diesem Kampf hervorgehen, Mylord.«

Dann wurde es Ealasaid schwarz vor den Augen.

Sie erwachte in ihrem Zimmer. Die dichten Vorhänge waren geschlossen, doch am Rand sickerten dünne Sonnenstrahlen herein. Verwirrt setzte sie sich auf. Ihr war schwindlig und sie fasste sich an den Kopf.

»Mistress Ealasaid! Geht es Ihnen gut?«

Annis' besorgte Stimme erklang vom anderen Ende des Zimmers. Ealasaid blinzelte und blickte sich zu ihr um.

»Ja, ich denke schon. Was ist passiert?«

»Gestern Abend rief Master Somerled nach mir und sagte, Ihr seid ohnmächtig geworden. Wir haben Euch dann hierher ins Bett gebracht. Ich habe die ganze Nacht Wache gehalten. Gott sei Preis und Dank, dass Ihr wieder bei uns seid!« Verstohlen wischte sie sich eine Träne aus den Augen und trat zu Ealasaid ans Bett.

»Seid Ihr hungrig? Möchtet Ihr was essen?«

Erst jetzt bemerkte Ealasaid, dass ihr Magen sich tatsächlich leer anfühlte und so nickte sie.

»Das ist ein gutes Zeichen! Wartet hier, ich komme gleich mit einem ordentlichen Mahl für Euch zurück.«

Wenige Minuten später ließ sie sich frisches Brot, eingelegte Früchte und Käse schmecken. Genüsslich leckte sie ihre Finger und Annis lächelte sie an. Doch dann verfinsterte sich ihr Blick und Ealasaid fragte besorgt, was sie denn habe.

»Ach, es ist wegen dem jungen Master Somerled. Es geht ihm immer schlechter. Wir müssen das Schlimmste befürchten. Das Fieber frisst ihn auf.« Wieder lief ihr eine Träne über die Wange und Ealsasaid nahm die Hand der älteren Frau und drückte sie.

»Ihr solltet noch ein wenig ausruhen, damit Ihr bald wieder bei Kräften seid.« Mit diesen Worten erhob sich Annis, nahm die Reste von Ealasaids Mahlzeit mit sich und verließ den Raum.

Sie musste wohl tatsächlich wieder eingeschlafen sein, denn plötzlich riss sie ein fürchterlicher Lärm aus den schwarzen Tiefen des Nichts. Noch immer waren die Vorhänge zugezogen und noch immer sickerte Licht durch die Ritzen. Die Stimmen kamen vom Flur. Nun waren auch aufgeregte Schritte zu hören.

Neugierig schlüpfte sie aus dem Bett und schlich zur Tür, die sie einen Spalt öffnete. Da stand der Thane, sein Sohn und dessen Frau – die Eltern Klein-Somerleds und Calums. Catriona weinte hysterisch und Gillecallum verbarg sein Gesicht in seinen großen Händen. Der Thane blickte mit traurigen Augen auf seine Kinder.

Dann legte er seine Hand auf Gillecallums Schulter und sprach:

»Es tut mir so leid, mein Sohn. Er war ein guter Junge. Ein tapferer Kämpfer. Doch gegen Gottes Willen ist der Mensch machtlos. Diese Krankheit ist gefährlich. Wir müssen die anderen Kinder schützen.«

»Gottes Wille?! Ha! Es war Hexerei! Die schwarze Kunst! Ich denke, es war dieses kleine Hexenbalg, das ihn auf dem Gewissen hat.« Gillecallum spie die Worte voll Verachtung und bitterer Trauer aus.

»Niemals! Die Trauer vernebelt dir die Sinne. Sie ist unschuldig und du wirst sie in Ruhe lassen, hast du gehört? Es wird dir deinen Sohn nicht mehr zurückbringen. Noch heute brechen sie nach Finlaggan auf. Dort in unserem neuen Herrschaftssitz sind die Kinder fürs Erste sicher. Ich hoffe, es ist noch nicht zu spät.«

Kapitel 18 – Die Erscheinung

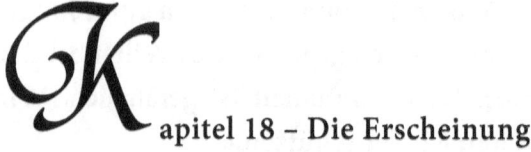

»Du siehst, unglücklich sind nicht wir allein [...]«
William Shakespeare

Morna sah die Kreaturen, die sich aus ihren Gräbern wanden, faul, stinkend, hässlich und dumm. So hatte sie sich das nicht vorgestellt. Sie wollte ihr Dorf wiederauferstehen lassen, doch das hier waren Monster!

Angewidert wandte sie ihren Blick ab. Dabei schien erst alles so gut zu klappen. Sie hatte sich verschiedene Sachen zusammengestohlen, darunter eine riesige Schale mit Stiel, die sie in einer seltsamen Schenke entwendet hatte, in der man mit Stäbchen aß. Die Leute dort hatten das Ding Wok genannt. Es war zwar kein Kessel, musste aber reichen. Darin hatte sie einen Trank gebraut, der ihre Lieben wieder lebendig machen sollte. Zuerst hatte sie ihn nur an einigen wenigen Gräbern getestet und einen Zauberspruch gemurmelt. Was aber das Resultat der Sache anbelangte, so war sie doch arg enttäuscht.

Dumme, gefräßige Leichen und räudige Monsterkarnickel! Es war Zeit, etwas zu unternehmen.

Um die Sache rückgängig zu machen, musste man den Trank mit dem Blut eines lebendigen Menschen mischen und ihn über die Biester schütten. Damit konnte man den Zauber umkehren.

Zuerst beäugte sie interessiert die vorbeischlendernden Touristen, doch den Gedanken verwarf sie bald wieder. Das würde zu viel Aufsehen erregen. Seufzend nahm sie eine scharfkantige Muschel und ritzte ihren Arm auf. Rote Bäche quollen bald aus der Wunde und liefen über ihre weiße Haut. Sie hielt ihren Arm über das Gebräu und ließ das Blut hineintropfen. Mit einem Zischen änderte sich die Farbe von einem dunklen Purpur zu einem satten Grün.

Zufrieden rührte sie noch einmal um, dann wandte sie sich ihren Geschöpfen zu, die gerade zum wiederholten Mal versuchten, das alte Friedhofstor zu öffnen, um die Touristen zu fressen, die arglos über den Strand spazierten. Einige der Kreaturen versuchten auch, sich über die Mauer zu schwingen, doch leider verloren sie bei diesen Versuchen alle Gliedmaßen und mussten aufgeben. Die Monsterkarnickel schienen da weit erfolgreicher, denn sie hatten ihre lebenden Artgenossen bereits um die Hälfte dezimiert. Warum nur mussten diese Biester ihre Höhlen ausgerechnet in die Gräber bauen?!

Bisher hatte sich noch keiner der Touristen hierher verirrt und auch das junge Pärchen von vorhin hatte wohl noch niemanden alarmiert. Zum Glück hatten sie das Tor blockiert, um die wandelnden Stinkeleichen einzusperren. Es war also nach wie vor ruhig, aber sie wusste, sie würde nicht viel Zeit haben.

Seufzend machte sie sich an die Arbeit und kletterte mit ihrem Wok über die Mauer. Das erste Kaninchen wartete bereits darauf, mit grüner Soße übergossen zu werden, während es Morna hungrig aus zusammengekniffenen Augen anstarrte ...

* * *

Keuchend und erschöpft kamen Lily und Ethan an Ewans Cottage an. Mit zittrigen Fingern zog er den Schlüssel aus der Hosentasche und sperrte auf, wobei er sich immer wieder panisch umschaute. Doch es war keiner der Zombies zu sehen. Lily bebte am ganzen Körper. Ihre Kehle war so trocken, als hätte sie Sand geschluckt und ihre Augen brannten. Sobald sie im Haus waren, verriegelten sie die Tür und Ethan rückte eine Kommode davor.

Durch das laute Geräusch aufgeschreckt, meldete sich Ewans Stimme von oben:

»Was zum Teufel ist denn da unten los? Reißt ihr das Haus ein?«

Ethan lief, mehrere Stufen auf einmal nehmend, die Treppe hoch und umarmte seinen Onkel.

»Was ist nur in dich gefahren, Junge? Bist du von Sinnen?« Verdutzt starrte Ewan seinen Neffen an, der zögernd wieder losließ.

»Ich bin nur so froh, dass du da bist und dir nichts passiert ist.«

»OK?«

»Wenn du wüsstest, was da draußen für schreckliche, stinkende Biester herumlaufen! Es war abstoßend und hat mir eine fürchterliche Angst eingejagt. Wir sind gerannt, so schnell wir konnten.«

Ewan zog erstaunt eine Augenbraue hoch und ging zum Fenster. Er zog die Gardine beiseite und spähte hinaus. Vor dem Haus trieb gerade ein Schäfer seine Herde friedlich über die Wiese. Kopfschüttelnd wandte er sich wieder um.

»Also, es kann ja sein, dass es in Aberdewy und Witford nicht so viele davon gibt, aber glaubt mir, hier sind die nicht gerade selten. Und ja, sie stinken echt fies, aber sie sind doch total harmlos. Ich finde sie eigentlich sogar ganz niedlich.«

Lily und Ethan starrten ihn nur entgeistert an.

»Was? Jetzt kommt schon, nehmt mich nicht auf den Arm! Sagt nicht, ihr hättet noch nie welche gesehen. Die Dunkelbraunen hier sehen vielleicht ein wenig bedrohlich aus, aber Angst muss man da keine haben.«

»Was?! Wovon redest du bloß?«

»Na, von denen hier natürlich.« Und Ewan deutete aus dem Fenster, aus dem nun auch Ethan einen Blick warf. Er gab ein fast hysterisches Lachen von sich.

»Da sind Schafe! Nein, wir sind nicht vor flauschigen Schäfchen um unser Leben gelaufen, Onkel!«

»Das waren Zombies oder wandelnde Mumien. Irgendwelche fiesen Monster wie aus einem Horrorfilm! Sie wollten mich in ihr Grab ziehen!«, rief Lily entsetzt aus.

»Beruhigt euch! Wo habt ihr diese *Monster* denn gesehen?«

»Da hinten, am alten Friedhof. Ich wollte Lily suchen, weil sie mir den ganzen Tag schon aus dem Weg ging und meine Nachrichten nicht beantwortet hat. Da hörte ich sie schreien und rannte so schnell ich konnte zum Friedhofstor. Und als ich hineinkam, sah ich, dass hinter ihr dieses Ding stand. Es sah echt aus wie eine kaputte Mumie, bewegte sich aber recht schnell und stank fürchterlich. Ich lief zu Lily und packte sie, dann rannten wir um unser Leben. Ich hab das Tor verbarrikadiert, um sie ein wenig aufzuhalten.«

»Nun, ich schätze, dafür gibt es eine ganz einfache und logische Erklärung. Ihr habt sicher nur zu viele Horrorfilme geguckt. Ich muss zugeben, ich schaue mir ja auch ganz gern diese Zombieserie an, aber bei euch geht wohl ein wenig die Fantasie durch.«

»Onkel Ewan, da draußen sind echte, menschenfressende Monster. Das ist kein Scherz!«

»Meinst du, wir sollten die Polizei rufen?«, warf Lily ein.

»Polizei? Um Himmels willen! Die sperren euch höchstens in die Klapse. Vielleicht hat euch jemand einen Streich gespielt oder sie drehen dort einen Film?«

»Ja, ich fürchte, Ewan hat recht. Die würden uns nie glauben. Ich werde Grant anrufen. Der weiß, was zu tun ist.«

Und mit diesen Worten zog Ethan sein Handy aus der Hosentasche und wählte Grants Nummer.

»Wer zum Henker ist denn nun dieser Grant?«, wollte Ewan wissen. Zuerst hörte ihn Lily nicht, sondern kaute nervös auf ihrer Unterlippe und starrte aus dem Fenster, wo sich die Schafherde bereits wieder verflüchtigt hatte. Sie erwartete, dass jeden Augenblick eines dieser Monster auftauchen und versuchen würde, die Tür einzutreten. Doch nichts geschah. Erst als Ewan seine Frage wiederholte, drang seine Stimme zu ihr durch. Aber die Wahrheit konnte sie ihm kaum sagen, denn ein »Er ist der Boss von Ethans Geisterjägergruppe, mit dem wir letztes Jahr Witford befreit und einen Hexenfluch gelöst haben« würde wohl in Ewans Ohren etwas seltsam klingen. Besser nicht.

»Oh, Grant ist … Er ist ein Kumpel von Ethan, ein ähm … so ein Typ, mit dem er abhängt.«

Schnell wandte sie sich wieder dem Fenster zu und wartete auf die Zombieapokalypse.

❋ ❋ ❋

Ethan lief nervös zwischen Küche und Schlafzimmer hin und her und lauschte auf den Klingelton. Endlich knackte es und eine leicht verzerrte Stimme sagte hallo.

»Grant? Gott sei Dank! Hier ist Ethan, ich brauche deine Hilfe, denn wir haben hier ein größeres Problem.«

»Ethan! Wie schön, von dir zu hören, Junge! Du klingst ziemlich aufgeregt. Was ist passiert?«, quakte es aus der Leitung.

Ethan erzählte ihm knapp, was sie eben Schauriges erlebt hatten und wartete dann atemlos auf die Antwort.

Grant hatte besorgt zugehört und dachte kurz nach, bevor er sagte: »Und du bist sicher, dass das kein Scherz war? Bist du ganz sicher, dass es ein Zombie war?«

»Ja, da bin ich ganz sicher. Das Ding hat uns angegriffen und Lily erzählte mir auf unserer Flucht, sie habe sogar hirnfressende Zombiekarnickel dort gesehen.«

»Was für Dinger? Karnickel? Habt ihr getrunken? Komm schon, sei ehrlich! Ich verpetz euch auch nicht. Oder nehmt ihr den alten Grant etwa auf den Arm, hm?«

Leicht säuerlich gab Ethan zurück:

»Nein, wir waren nicht betrunken. Ja, es waren wirklich Zombiekarnickel. Da in den Gräbern leben dutzende von Kaninchen. Die sind scheinbar teilweise mutiert und fressen sich jetzt gegenseitig. Und dann sind da auch noch menschliche Zombies. Um die mache ich mit momentan doch mehr Sorgen. Also, was sollen wir tun? Warten, bis sie unsere Gehirne gefressen haben?«

Der letzte Satz kam in einem leicht hysterischen Quietschen heraus.

»Bitte beruhige dich, Junge! Also gut, ich werde mich mal schlaumachen, was man gegen Zombies so tun kann. Bisher ist mir auch noch keiner untergekommen. Ich bin schließlich Geisterjäger!«

»Bitte beeil dich! Wer weiß, wann die hier bei uns auftauchen?«

»Ich würde euch jedenfalls raten, momentan nicht das Haus zu verlassen.«

»Wirklich komisch! Darauf sind wir auch schon gekommen.«

»Nun werde mal nicht patzig! Ich melde mich bald wieder. Haltet die Ohren steif!«

Damit legte er auf.

Ethan wischte sich die kleinen Perlen Angstschweiß von der Oberlippe und steckte das Handy wieder ein.

»Lily?! Wir sollten mal online nachsehen, was man gegen Zombies tun kann. Grant scheint leider auch keinen blassen Schimmer zu haben. Mein Gott! Ich muss Belle warnen!«

Lily kniff sofort die Augen zusammen.

»Oh, natürlich! Belle. Sie ist dir am Allerwichtigsten, nicht wahr?«

»Was? Was soll das denn jetzt?«

»Ich hab gesehen, wie ihr beiden Turteltäubchen euch gestern aneinander gekuschelt habt. Und dir ist sicher gar nicht aufgefallen, dass ich weggegangen bin. Vielleicht sollte ich besser in ein Hotel ziehen, damit du hier mit Belle zusammen sein kannst.«, zischte Lily, die vor lauter Wut nun ganz ihre Angst vergessen hatte.

»Himmel, Lily! Hör dich nur an! Wir fürchten hier um unser Leben und du machst mir eine Eifersuchtsszene.«

Lily reckte entschlossen ihr Kinn vor und starrte ihn kampflustig an. Ethan seufzte und steckte seine Hände in die Hosentaschen.

»Hör mal, es tut mir leid wegen gestern. Ich hatte mich nun mal echt gefreut, Belle wiederzusehen, aber du bist die Einzige für mich, glaub mir!«

»Du hast ja ne nette Art, mir das zu zeigen«, gab Lily trocken zurück.

Ethan atmete langsam und hörbar aus.

»Es kann schon sein, dass sie sich ein wenig an mich rangeschmissen hat, aber das ist einfach ihre Art. Sie flirtet gern, aber das bedeutet nicht viel. Ich steh nicht mehr auf sie, hab ich im Grunde eigentlich nie richtig. Ich will nur dich! Gestern, ich weiß auch nicht … Es ist alles schiefgelaufen und dann tauchte sie plötzlich auf. Wir haben einfach nur über alte Zeiten geredet und ich dachte, das würde dich unendlich langweilen und dass du deshalb lieber heimgegangen seist. Aber dann bist du mir heute die ganze Zeit ausgewichen und ich hab mir echte Sorgen gemacht. Ich hätte fast einen Herzinfarkt bekommen, als ich dich mit diesem Monster auf dem Friedhof gefunden habe!«

Ethan machte einen Schritt auf Lily zu und umarmte sie.

»Ich bin so froh, dass dir nichts passiert ist!«

Lily versuchte vergeblich, gegen die Tränen anzukämpfen, die ihr nun in die Augen schossen. Es war einfach alles zu viel für sie. Schniefend lehnte sie sich gegen Ethans Brust und ließ sich von ihm auf den Scheitel küssen. Sein herb-krautiger Duft beruhigte sie ein wenig.

»Wir schaffen das! Wir sind ein gutes Team, vergiss das nicht. Immerhin haben wir es auch mit Faol Forbes's Geist aufgenommen. Da werden wir doch mit ein paar räudigen Zombies fertigwerden.« Ethan gab ein heiseres Lachen von sich und hob dann Lilys Gesicht an, um ihr tief in die Augen zu blicken. »Vertrau mir, wir stehn das durch.«

Lily blinzelte die Tränen weg, nickte und schmiegte sich wieder an seine Brust.

Die nächsten Stunden verbrachten sie mit Internetrecherche, während sie mit Müh und Not Ewan davon abhalten konnten, das Haus zum Einkaufen zu verlassen. Dieser hielt die beiden immer noch für verrückt, ließ sie aber gewähren und widmete sich stattdessen seiner Schmutzwäsche. Lily lenkte sich ab, indem sie ihre Mum anrief. Natürlich konnte sie ihr nicht erzählen, was heute vorgefallen war. Auch sie würde ihr vermutlich nicht glauben. Und wenn doch, würde sie sie vermutlich mit dem Sondereinsatzkommando rausholen lassen … Na ja, wär vielleicht sogar gar nicht so schlecht. Aber sicher hatte Ethan recht und es gab eine Lösung. Sie hatten gemeinsam schon viel geschafft. Sie sollte ihm vertrauen und auf Grants Rückruf warten. Im Internet hatten sie leider keine ernstgemeinten Tipps gefunden.

Monica schien noch immer im siebten Himmel mit ihrem Morti zu schweben und redete kaum von was Anderem. Lily dagegen war mit ihren Gedanken weit weg und so blieb das Gespräch eher einsilbig, was Monica in ihrer Verliebtheit nicht auffiel. Nach dem Abendessen gingen sie früh zu Bett. Ethan stellte sich nachts mehrmals den Handyalarm, um regelmäßig Fenster und Türen zu kontrollieren. So fanden sie beide nicht viel Schlaf.

Als am nächsten Morgen dann der Wecker losging, waren sie selbst fast wie Zombies. Lily blinzelte, gähnte ausgiebig und hatte für einen kurzen Moment vergessen, was passiert war. Doch es kam in voller Heftigkeit wieder zurück. Entsetzt riss sie nun die Augen weit auf und sprang aus dem Bett. In Windeseile zog sie sich an und lief in die Küche, wo Ethan sie schon erwartete. Er hielt ihr eine dampfende Tasse Kaffee entgegen, die sie dankbar annahm.

»Kaffee!«, rief sie erfreut aus.

»Ja, hab ich gestern noch für dich besorgt«, grinste Ethan. Aber das Grinsen rutschte schnell wieder von seinem Gesicht.

»Wir sollten vor der Arbeit unbedingt zum Friedhof schaun. In den Nachrichten war nichts über Zombies oder mordende Bestien zu hören. Das versteh ich nicht.

Hier ist auch alles ruhig. Was ist da los? Ich nehm Ewans alten Cricketschläger als Waffe. Du solltest eigentlich besser nicht mitkommen, das ist zu gefährlich.«

»… für ein Mädchen?! Vergiss nicht, wer dich damals mit Hexenkräften vor Forbes gerettet hat! Ich komme mit!«, rief sie entschlossen aus.

Ethans Lippen bildeten nun einen schmalen, verkniffenen Schlitz, doch dann nickte er nur.

»Also gut, mein Hexchen. Aber bleib immer in meiner Nähe.«

Ewan war schon zur Arbeit aufgebrochen und so wagten sich Ethan und Lily einige Minuten später zaghaft aus dem Haus.

»Die Luft ist rein. Kein Zombie in Sicht.«

Ethan gab Lily ein Zeichen und sie folgte ihm Richtung Friedhof.

Als sie wenig später dort ankamen, Ethan bewaffnet mit Ewans Cricketschläger, war keine Menschen- oder Zombieseele in Sicht. Nur die Brandung war zu hören und die Schreie der Möwen. Dennoch schauderte es Lily, als sie näher an den Friedhof heranging.

»Nichts zu sehen oder hören. Sie sind anscheinend weggelaufen. Warte du hier, ich geh mal rein.«

»Sei bloß vorsichtig! Vielleicht verstecken sie sich nur.«

Ethan ging langsam zum Tor, den Schläger kampfbereit erhoben. Als er es öffnen wollte, bemerkte er den

Stein, den er gestern eingeklemmt hatte. Er war noch immer an derselben Stelle, unverändert. Verblüfft zog er
ihn heraus und betrachtete ihn. Dann machte er das rostige Tor auf und trat ein. Nach wie vor war alles ruhig
und er sah nur die alten Gräber, manche zerwühlt. Immer weiter tastete er sich auf den Friedhof vor, beobachtet von Lily, die sich über die Mauer beugte. Sie war angespannt. Ihr Herz klopfte wild in ihrer Brust, als sie
Ethan in die Höhle des Löwen gehen sah. Hoffentlich
würde ihm nichts zustoßen! Da hörte sie auf einmal eine
Stimme neben sich und zuckte zusammen.

»Du bist eine Hexe? Eine Echte? Bist du böse oder
gut?«, fragte die Stimme.

Als Lily den Kopf wandte, sah sie auf der Mauer neben
sich eine kleine, durchsichtige Gestalt sitzen. Es war ein
kleines Mädchen von etwa sechs Jahren, mit dunklen Locken, die ihr wild auf die Schulter fielen, einem Hemdchen und einem Rock, der ihr schon zu klein zu sein
schien. Die ganze Gestalt des Mädchens war jedoch
transparent und man konnte durch sie die Mauer und die
Gräber erkennen. Die Kleine schien ein wenig zu schimmern, fast wie zart leuchtendes Perlmutt. Fasziniert beobachtete Lily die Erscheinung und vergaß dabei fast ihre
Angst. Sie war wunderschön!

»Du tust mir doch nichts, Hexe, oder?«, sprach die
Kleine erneut.

Da antwortete Lily dem Mädchen, das irgendwie
ängstlich und schüchtern wirkte:

»Ich bin eine gute Hexe und würde dir nie etwas tun. Hab keine Angst.«

Der letzte Satz klang paradox in ihren Ohren, denn eigentlich sollte schließlich sie hier Angst haben. Lily lächelte das Kind aufmunternd an und es lächelte zaghaft zurück.

»Da bin ich froh! Ich habe mir schon gedacht, dass du nett bist. Ich habe euch schon eine Weile beobachtet. Und auch sie.«

»Sie? Wer ist sie? Wen meinst du denn?«, fragte Lily erstaunt und sah sich um. Doch sie sah nur Ethan, wie er um eine Ecke der Kapelle lugte.

»Na, diese böse Leichen-Hexe, die die stinkenden Kreaturen gemacht hat.«

Lily lief es nun eiskalt den Rücken runter.

»Erzähl mir bitte mehr davon! Ich bin übrigens Lily. Und du bist?«

»Mein Name ist Maisie. Ich habe die böse Hexe dabei beobachtet, wie sie einen seltsamen Zaubertrank gebraut und dann einen Singsang angestimmt hat. Danach goss sie die Brühe in einige der Gräber. Nach ungefähr einem Tag krochen schließlich diese wandelnden Toten heraus und die Kaninchen verhielten sich unheimlich.«

»Wo ist denn diese böse Hexe jetzt?«

»Ich weiß nicht, ich bin zu euch nach Hause und danach mit hierhergekommen. Diese Monster haben mir Angst gemacht. Wenn du eine gute Hexe bist, dann kannst du ja die Böse besiegen, oder? Ich glaub, ich weiß,

was dir dabei helfen könnte. Da gibt es ein Buch, ein Hexenbuch, das mein Bruder und ich mal gefunden und
dann versteckt haben. Darin stehen ganz viele Zaubersprüche. Wir haben es dort hinten an der Kirchhofsmauer vergraben. Da, wo jetzt das große, keltische Kreuz
steht. Du musst es holen. Ich kann nicht«, fügte sie traurig hinzu und betrachtete ihre durchsichtigen Hände.

»Danke, Maisie! Es ist nett, dass du mir helfen möchtest, aber ich weiß nicht, ob ich diese böse Hexe besiegen
kann. Ich bin leider keine besonders begabte Hexe, weißt
du?«

Maisie sah sie enttäuscht an.

»Aber ich werde mir dein Buch mal anschaun«, setzte
Lily hinzu.

Sofort hellte sich Maisies Miene wieder etwas auf. Auf
einmal sah Lily aus den Augenwinkeln einen großen
schwarzen Schatten hinter der Mauer vorbeihuschen. Erschrocken fuhr sie herum und schrie auf. Waren etwa die
Zombies wieder zurück? Doch da war weit und breit
nichts zu sehen. Nur ein durch den Schrei alarmierter
Ethan kam nun angerannt, sein Cricket-Bat bedrohlich
schwingend. Als Lily wieder auf die Mauer neben sich
schaute, war Maisie verschwunden.

»Was ist passiert?! Hast du einen gesehen?«, rief ihr
Ethan zu. Lily schüttelte den Kopf.

»Es war nur ein Schatten, sicher hab ich mich getäuscht. Hast du was entdeckt?«

»Nicht viel. Da sind allerdings überall Knochenhaufen mit grünem Glibber am Friedhof verteilt. Das Zeug stinkt erbärmlich!«

»Ich hab gerade unseren Hausgeist kennengelernt. Es ist ein kleines Mädchen namens Maisie und sie weiß, wer diese Zombies gemacht hat. Sie sagte, es sei eine böse Hexe, die einen Zaubertrank in die Gräber gekippt habe.«

Ethan bekam große Augen.

»Hexe? So wie Alison, deine Vorfahrin? Und böse ist sie auch noch?! Na, toll! Werden wir diesem Irrsinn denn nie entkommen?«

»Ich schätze mal nein. Sie hat mir übrigens von einem Zauberbuch erzählt, das dort hinten vergraben liege. Sie meinte, ich solle es unbedingt ausgraben und gegen die andere benutzen. Aber ich bin doch eigentlich keine richtige Hexe.«

»Ich glaube, dass du zu mehr fähig bist, als du glaubst, Londongirl. Wir werden uns das Buch nach der Arbeit holen. Jetzt müssen wir los, sonst werden sie uns noch feuern. Komm, Hexchen!« Und damit streckte er ihr eine Hand entgegen, die sie gerne ergriff.

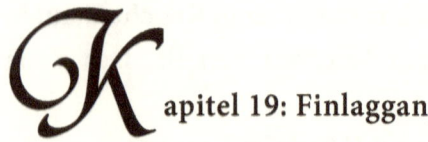

Kapitel 19: Finlaggan

»Versuchungen sollte man nachgeben.«
Oscar Wilde

Ealasaid saß inmitten des wogenden Grases, den Blick auf den kleinen See gerichtet, der ihr so vertraut geworden war. Ihr gegenüber lag Calum, der auf einem Halm herumkaute und die Wolken betrachtete, die dunkle Schattenspiele auf der Wiese hinterließen. Eine leichte Brise strich über ihre Gesichter und Ealasaid lachte über eine Geschichte, die Calum ihr gerade erzählte. Sie war glücklich und entspannt. Seit sie vor sieben Jahren hierhergekommen waren, hatte sich ihr Leben komplett verändert. Nun waren sie fast erwachsen, nicht mehr die ängstlichen Kinder von damals. Nur selten dachte sie an die Zeit vor Finlaggan zurück. Als sie hier angekommen war, verängstigt, weit weg von allem ihr Vetrauten, war sie sehr traurig gewesen. Doch dank Calum und Annis lebte sie sich schnell in Somerleds neuem Herrschaftssitz ein.

Er bestand aus einem Dutzend Hütten, einer gemauerten und mit Schiefer gedeckten Versammlungshalle und einer kleinen Kirche, alle auf einer winzigen Insel im Loch Finlaggan, nördlich ihrer alten Heimat. Calum setzte sich auf und lauschte.

»Ich dachte, ich hätte Hufgetrappel gehört. Vielleicht hab ich mich auch getäuscht.« Er zuckte mit den Schultern.

»Heute wird Großvater eintreffen und etliche seiner Gefolgsleute. Angeblich ist eine große Versammlung anberaumt und er plant wohl wieder eine Schlacht.«

Bei diesen Worten lief es ihr eiskalt den Rücken hinunter. Sie wusste noch zu gut, wie die letzte Schlacht Somerleds verlaufen war. Damals hatte sie einen nicht unerheblichen Anteil an deren Erfolg gehabt. Hunderte von Männern waren wegen ihres Zauberspruches umgekommen. Sie hatte sich danach geschworen, niemals wieder einen solchen Zauber auszusprechen und zum Glück hatte Somerled sie auch nie wieder darum gebeten. Doch was, wenn er es diesmal wieder täte?

»Was schaust du so bedrückt? Du musst dir keine Sorgen um Großvater machen. Er ist der größte Krieger aller Zeiten! Er hat Godred von der Isle of Man vertrieben und herrscht über ein riesiges Inselreich als Ri Innse Gall. Du solltest mehr Vertrauen in ihn haben.«

»Ja. Ja, natürlich. Er wird wie immer siegreich sein.« Ealasaid versuchte ein gequältes Lächeln und verbarg ihr

Gesicht in ihren langen, dunklen Locken, die ihr wie ein Wasserfall um die Schultern fielen.

Calum beobachtete sie liebevoll und voller Bewunderung.

»Weißt du eigentlich, wie wunderschön du bist?«

Verwundert über diese Worte, spähte sie unter ihrer Mähne hervor. Calum rückte näher an sie heran und hob vorsichtig ihr Kinn, um ihr in die Augen zu schauen. Zärtlich streichelte er ihre Wange und versank in den beiden grünen Seen, die von dichten schwarzen Wimpern gerahmt waren. Dann senkte er seinen Blick auf ihre Lippen. Ealasaid, die Calum von Kindheit an gekannt und ihn immer als guten Freund angesehen hatte, war plötzlich schüchtern geworden und wusste nicht, was geschah. Calums Gesicht kam näher heran und sie spürte seinen warmen Atem. Er küsste ihre roten Lippen, erst ganz zart, wie der Sommerwind, dann immer fordernder. Aus Calums Kehle kam ein Stöhnen. Nach dem Kuss sagte er mit rauer Stimme:

»Das wollte ich schon lange tun. Ich will dich, schöne Ealasaid! Du sollst mir gehören und keinem anderen.«

Dann küsste er sie wieder und sie taumelten ins Gras und Calum lag plötzlich auf ihr. Da drehte sie den Kopf zur Seite und warf atemlos ein:

»Nein, was tust du? Du bist für das Kloster bestimmt. Du kannst nicht mit einer Frau liegen!«

»Ich mag zwar für die Mönchslaufbahn bestimmt sein, aber noch bin ich kein Mönch. Noch gibt es kein

Keuschheitsgelübde. Ich bin ein Mann und du eine schöne Frau und ich will dich! Ealasaid, ich will dich so sehr.«

Er drehte ihren Kopf zu sich und küsste sie wieder, leidenschaftlich und tief. Da spürte sie etwas, das sie noch nie zuvor gespürt hatte: ein Verlangen, das sich in ihr regte. Sie wusste, sie sollte ihn besser zur Seite stoßen und ins Dorf laufen, aber sie wollte ihn spüren, schmecken und riechen. Sie wollte ihn. Seine Hände glitten suchend über ihren Körper und erkundeten jeden Zentimeter davon. Zögerlich begann auch sie, seinen Körper zu streicheln. Bald waren sie erhitzt, fast fiebrig vor Begierde und vergaßen die ganze Welt um sich herum. Alles, was noch existierte, waren ihre beiden Leiber, die zueinander gezogen wurden, als wären sie beide Teile eines Ganzen, die ohne einander verloren wären.

Keuchend fiel Calum neben Ealasaid in das weiche Gras. Er war nackt, so wie Gott ihn geschaffen hatte und sein Anblick gefiel ihr ausgesprochen gut. Ein Lächeln stahl sich auf ihr gerötetes Gesicht. Beim ersten Mal hatte es wehgetan und sie hatte nur für ihn durchgehalten. Doch beim zweiten Mal spürte sie ein wunderbares Prickeln, das ihren ganzen Körper erfasst hatte. Zufrieden seufzte sie und tastete nach seiner Hand, die er daraufhin ergriff und drückte. Der Abend dämmerte bereits und sie wusste, sie sollten nun zurück ins Dorf gehen. Sicherlich war Somerled bereits angekommen und suchte nach ihnen. Der Gedanke bereitete ihr großes Unbehagen.

Da setzte Calum sich auf, beugte sich zu ihr herab und sie sah in seinen Augen, dass er sie so schnell nicht würde gehen lassen. Er hatte etwas gekostet, das ihm verboten war, doch die verbotene Frucht schmeckte umso süßer und er würde sie sicher jede Minute voll auskosten. Glücklich schloss sie ihn in ihre Arme und vergaß bald alle ihre Ängste.

❋ ❋ ❋

Als sie sich zurückschlichen, war es bereits dunkel und Annis war wütend, als die beiden das Haus betraten.

»Master Calum, Mistress Ealasaid, wo habt Ihr wieder gesteckt? Der Ri Innse Gall ist eingetroffen und ließ schon vor Stunden nach Euch schicken. Sicher wird er sehr erzürnt sein.«

Die beiden sahen betreten drein und Calum versprach, sofort zu seinem Großvater zu gehen. Er steckte sich unterwegs noch ein Stück Brot in den Mund und verließ das Haus wieder Richtung Versammlungshalle. Ealasaid blieb mit Annis zurück, die ihr das Abendessen servierte.

»Hattet Ihr einen schönen Tag, Mistress?«

»Ja, danke, Annis, sehr schön. Wir haben einen langen Spaziergang gemacht und dabei die Zeit vergessen.«

Misstrauisch beäugte Annis die Grashalme, die sich in Ealasaids Haar verfangen hatten.

»Ich denke, ich sollte den Badezuber für Euch füllen, Mistress. Ich bin sicher, Mylord Somerled will Euch bald sehen. Da sollte Ihr präsentabel sein.«

Ealasaid errötete. Ob Annis es ihr ansehen konnte? Doch diese sagte kein weiteres Wort mehr, sondern rief einige Mägde, um heißes Wasser zu machen und den Zuber vorzubereiten. Als sie einige Zeit später im warmen Wasser saß und widerwillig Calums Duft von sich wusch, musste sie wieder an die Szenen des Nachmittages denken und sie lächelte in sich hinein. Glücklich schlief sie an diesem Abend ein und träumte von ihrem Liebsten.

Die hellen Sonnenstrahlen kitzelten sie am nächsten Morgen wach. Gähnend räkelte sie sich in ihrem Bett. Ihre Kemenate war ausgekühlt und obwohl Sommer war, fröstelte sie. Sie rief nach Annis und diese steckte gleich darauf den Kopf zur Tür herein.

»Ihr seid schon wach, Mistress? Ich helfe Euch beim Ankleiden.«

»Wann ist Master Calum gestern nach Hause gekommen?«

»Ich denke, es muss schon recht spät gewesen sein. Nur wenige Stunden vor Sonnenaufgang. Die Männer haben lange diskutiert und gezecht. Ich schätze, er wird frühestens am Mittag aus seinem Bett kommen.«

Ealasaid seufzte tief. Sie wäre am liebsten zu ihm ins Zimmer und in sein Bett gekrochen, um nahe bei ihm zu sein. Doch das war leider unmöglich. So ließ sie sich von Annis ankleiden und die Haare flechten, dann aß sie eine

Kleinigkeit und widmete sich ihrem Grimoire. Als sie damals Hals über Kopf nach Finlaggan gekommen waren, konnte sie nur eines der schweren in Leder gebundenen Zauberbücher mitnehmen und in ihrer Truhe verstecken. Inzwischen hatte sie auch ihre eigenen Zaubersprüche und Tränke darin eingetragen. Es war ihr größter Schatz, von dem niemand erfahren durfte. Sie hatte nicht einmal Calum davon erzählt. Teils aus Angst vor den Konsequenzen, teils aus Scham vor ihrer Tat, als sie Somerled geholfen hatte.

Liebevoll streichelte sie über den Einband und begann, an einem neuen Zauberspruch zu arbeiten. Sie konzentrierte sich jetzt vor allem auf Heilungszauber. So hatte sie vor einigen Monaten Calum vor einem schlimmen Fieber gerettet, auch wenn niemand erfahren hatte, dass es ihr Einwirken gewesen war. Damals hatte sie zufällig bei einem längeren Ausritt eine Quelle gefunden, die einst von der heiligen Lasair gesegnet worden war und seitdem heilende Kräfte besaß. Dieses Wasser, in Verbindung mit einem kleinen Zauber, konnte so gut wie alle Krankheiten heilen. Doch schien es auch noch weitere positive Eigenschaften zu besitzen. So konnte es auch negative Zaubersprüche aufheben. Seit Monaten experimentierte sie damit und staunte immer wieder über die Ergebnisse. Erst gestern hatte sie einem Frosch einen Fuchsschwanz angehext und ihn dann mit dem Wasser benetzt. Sofort hatte sich der Schwanz in Nichts aufgelöst und der Frosch war beleidigt davongehüpft.

Doch bald war es vorbei mit der Ruhe. Noch bevor Calum aufgewacht war, klopfte es heftig an der Tür und ein Bote schickte nach Ealasaid. Der König der Inseln wollte sie sprechen. Ealasaids Herz begann heftig zu schlagen und das Blut pochte in ihren Ohren. Es war so weit. All ihre Befürchtungen würden sich gleich bewahrheiten.

Mit zittrigen Knien folgte sie dem Boten zur Versammlungshalle, die dem Ri Innse Gall auch als eine Art Thronsaal diente. Sie liefen die schmale Straße zwischen den Hütten entlang und kamen bald an ein zweistöckiges Haus von beeindruckenden Ausmaßen. Als die schwere Holztür vor ihr geöffnet wurde, kam ihr ein abgestandener Geruch nach Alkohol und Männerschweiß entgegen. Ihr wurde übel, aber der Bote trieb sie voran. Innen war es düster und rauchig. In einem großen offenen Kamin brannte ein Torffeuer und qualmte vor sich hin. Erst jetzt bemerkte sie die hochgewachsene Gestalt, die am Kopfende des riesigen Raumes auf einem aufwändig geschnitzten Stuhl saß. Sie hatte ihn schon eine Weile nicht mehr gesehen. Er war gealtert. Weiße Haarbüschel zierten seinen Kopf und tiefe Falten zerfurchten sein Gesicht. Tränensäcke hingen in mehreren Lagen unter seinen Augen und gaben ihm das Aussehen eines traurigen Hundes.

»Meine liebe Ealasaid! Komm doch näher! Ich habe dich lange nicht mehr gesehen.«

»Ja, Mylord, es muss schon sicher fünf Sommer her sein, seit Ihr das letzte Mal nach mir geschickt habt.«

»Tatsächlich? Ist es schon so lange her? Wie ich sehe, bist du nun kein kleines Mädchen mehr, sondern eine schöne, junge Frau. Es wird wohl bald Zeit, dass ich dich verheirate. Aber vorher brauche ich ein letztes Mal deine Hilfe. Ich plane wieder eine große Schlacht gegen unsere Feinde. Sie rücken uns zu nahe auf den Pelz und wollen uns unsere Ländereien streitig machen. Fergus of Galloway haben sie bereits geschlagen. Diese verdammten Stuarts!« Er spuckte voll Verachtung aus und fixierte Ealasaid aus seinen wässrigen Augen.

»Doch ich werde sie das Fürchten lehren! Ich werde sie überraschen und auf ihrem eigenen Grund und Boden vernichten.« Er lachte heiser und unheilvoll.

Ealasaid lief ein Schauer über den Rücken.

»Ich habe Verbündete in Irland und bekomme auch Schiffe von Man. Wir werden an die hundertsechzig Kampfschiffe bemannen und sie dann den Clyde hinaufschicken. Allerdings brauche ich mal wieder eine kleine, magische Rückversicherung.«

Somerled zwinkerte ihr zu und sie senkte schnell den Kopf.

»Ich möchte, dass du meine Armee unverwundbar machst. Lass dir was einfallen, Mädchen. Du hast bis morgen Abend Zeit, dir einen guten Zauber zu überlegen. Und nun geh!«

Mit einer ausladenden Handbewegung schickte er sie weg und nachdem sie sich vor ihm verbeugt hatte, geleitete sie eine Wache nach draußen. Gierig sog sie die frische Luft in die Lungen. Ihr war schwindelig und ein dicker Knoten aus Angst und Nervosität hatte sich in ihrem Bauch gebildet. Sie wollte nicht schon wieder für den Tod so vieler Männer verantwortlich sein – Feinde oder nicht. Außerdem kannte sie keinen solchen Zauber, der unverwundbar machen konnte. Was sollte sie nur tun? Schnell lief sie zurück zum Haus.

Dort angekommen, riss sie die Tür auf und rumpelte in einen gähnenden Calum, der gerade aus seiner Kammer gewankt kam.

»Wohin so schnell? Du läufst ja, als wäre der Teufel persönlich hinter dir her?«

Das trifft es fast, schoss es ihr durch den Kopf, doch sie sagte:

»Oh, verzeiht mir, Master Calum! Ich wollte nur rechtzeitig zu unserem gemeinsamen Mahl zurücksein. Der König ließ mich zu sich bitten, da er mich so lang schon nicht mehr gesehen hatte. Er meinte, es sei bald an der Zeit, mich zu verheiraten …«

Sie warf ihm einen vielsagenden Blick zu. Doch als Annis um die Ecke bog, senkte sie sofort die Augen und ging schnell in ihre Kammer. Calum war schockiert von dieser Nachricht. Er hätte zwar wissen müssen, dass das passieren würde, aber doch nicht so bald! Der Gedanke an seine bevorstehende Zukunft als Mönch war ihm zuwider, aber noch mehr verabscheute er den Gedanken, dass seine Ealasaid einem anderen gehören würde. Wütend schlug er mit der Faust auf den Tisch und Annis beäugte ihn skeptisch.

»Alles in Ordnung, Master Calum?«

Zwischen zusammengebissenen Zähnen brachte er ein: »Alles in Ordnung, Annis« hervor.

Den Rest des Tages verbrachte Ealasaid fast ausschließlich mit dem Studium ihres Zauberbuches. Doch so sehr sie auch suchte, sie fand keinen passenden Spruch. Und sie wollte Somerled auch nicht wieder dabei helfen, Menschen zu töten. Aber was würde er ihr antun, wenn sie sich weigerte?

✳ ✳ ✳

Am folgenden Tag kam ein Bote und brachte einen Brief für Fearghas, Duncan und Ealasaid. Als sie gerade durch den kleinen Garten bei der Hütte schlenderte, hielt er sie auf und drückte ihr den Brief in die Hand. Aufgeregt lief sie zur Unterkunft ihrer Brüder, die mit den anderen angehenden Soldaten ein etwas größeres Gebäude bewohnten.

Duncan, ein muskulöser Junge mit wirren braunen Locken, war nun vierzehn Sommer alt, Fearghus, sein etwas zarterer Bruder mit einem dunkelblonden Schopf, war dreizehn. Sie fand sie draußen auf dem Übungsplatz, den sie für ihre Kampfausbildung nutzten. Wie so oft, probten sie den Schwertkampf, Mann gegen Mann. Doch als sie Ealasaid rufen hörten, brachen beide ihren Kampf ab und erbaten sich eine Auszeit. Schnell liefen sie zu ihrer Schwester und fragten neugierig, was passiert sei. Ealasaid wedelte mit dem versiegelten Pergament und rang nach Atem.

»Schwesterherz, nun spann uns nicht so auf die Folter! Lies schon vor! Master Kenneth wird uns nicht so lange weglassen«, rief Duncan ungeduldig.

Da Ealasaid als Einzige des Lesens und Schreibens mächtig war, brach sie das Briefsiegel und las ihren beiden Brüdern den Inhalt vor.

»Der Brief ist von Tante Eibhlin, geschrieben von Pater Ninian. Da steht:

Meine lieben Kinder, leider habe ich traurige Nachrichten für Euch. Am vergangenen Sonntag ist Euer geliebter Vater tödlich verunglückt. Er fiel im Rausch von den Klippen ins Meer, wo er ertrank. Er konnte nur mehr tot aus dem Wasser geborgen werden. Ich nehme an, Ihr könnt nicht zu seiner Beerdigung kommen, aber ich bin sicher, er würde es verstehen. Eure Brüder sind alle wohlauf. Ich sende Euch tausend Küsse und Umarmungen! Eure Tante Eibhlin«

Ealasaids Herz sank und sie spürte Tränen in sich aufsteigen. Auch ihre Brüder kämpften dagegen an. Obwohl sie alle seit vielen Jahren keinen Kontakt mehr mit ihrem Vater gehabt hatten, so war er doch eine Verbindung zu ihrem alten Leben, ihrer glücklichen Kindheit und ihrer geliebten Mutter gewesen.

»Wir sollten zur Beerdigung gehen!«, rief Fearghus entschlossen.

»Somerled wird uns nie gehen lassen. Er will, dass wir ihn begleiten, wenn er wieder abzieht, und auf den Schiffen ausgebildet werden«, entgegnete Duncan.

»Nein! Das dürft ihr nicht! Er plant wieder eine Schlacht! Er wird euch in den Kampf schicken und ihr werdet sterben«, schluchzte Ealasaid verzweifelt.

Duncan umarmte sie tröstend. »Nein, wir werden nicht sterben. Wir werden gute Krieger sein und unsere Feinde besiegen. Hab keine Angst um uns, Schwesterchen. Alles wird gut.«

Doch Ealasaid schüttelte nur den Kopf und lief weg. Schnell rannte sie mit dem zerknitterten Pergament in der Hand, den Weg zu ihrem Haus zurück, wo sie sich in ihrer Kammer verkroch und ihren Tränenflüssen freien Lauf ließ. Sie verweilte lange allein in ihrem Zimmer und als die Tränen versiegt waren, erfüllte Entschlossenheit ihren Geist. Sie würde nicht zulassen, dass Somerled das Leben ihrer Brüder aufs Spiel setzte.

Fieberhaft begann sie, nach einem Zauber zu suchen, der die Schlacht verhindern konnte. Und als die Sterne bereits hoch am Himmel standen, hatte sie die Lösung gefunden. Sie musste sich eine Hühnerkralle besorgen und damit auf ein Stück Pergament einige magische Worte schreiben. Dann war es Zeit, dem Aggressor, in diesem Falle Somerled, dieses Stück Pergament zukommen zu lassen und sicherzustellen, dass er es immer bei sich trug. Es würde ihn besonders verwundbar machen und außer Gefecht setzen. Ohne Anführer würden sie sicherlich den Angriff abbrechen und ein größeres Blutvergießen verhindert werden. Erschöpft ließ sie sich in die Kissen fallen und schlief unruhig bis zum Morgen.

✳ ✳ ✳

Schon mit dem ersten Hahnenschrei war Ealasaid wieder wach und schlich sich aus dem Haus. Sie wollte, dass niemand von ihrem Vorhaben erfuhr.

Hinter dem Haus war ein Hühnerstall, dem sie sich zielstrebig näherte. Die Hühner gackerten und flatterten aufgeregt, als sie in das kleine Häuschen trat. Sie besah sich die Tiere und überlegte. Noch nie zuvor hatte sie ein Tier töten müssen, doch es war die einzige Chance, ihre Brüder zu retten und zu verhindern, dass sie für den Tod vieler Unschuldiger verantwortlich war. Auf beiden Seiten gab es schließlich Jungen wie Fearghus und Duncan, die keine andere Wahl hatten, als zu kämpfen. Als sie durch die Reihen der Hühner ging, fiel ihr eine schwarze Henne auf, die nur mehr ein Auge hatte. Das andere war ihr wohl ausgepickt worden. Ealasaid nahm eine Axt aus dem Schuppen und fing die einäugige Henne ein. Das aufgebrachte Federvieh machte dabei einen Höllenlärm. Sie musste sich beeilen. Schnell packte sie das Tier und die Axt und lief mit beiden weit aus dem Dorf, dorthin, wo das hohe Gras sie vor neugierigen Blicken schützte. Ihre Hände zitterten, als sie die Henne absetzte und nur mehr ihre Beine festhielt.

»Es tut mir leid, meine Kleine! Aber ich muss meine Brüder retten.«

Das Huhn sah sie mit ihrem verbliebenen schwarzen Knopfauge an. Sein Herz schlug heftig in seiner Brust. Mit einem gedämpften Aufschrei holte sie aus und schlug auf das Tier ein. Die Axt landete mitten im Hühnerschädel. Wenigstens musste sie nicht leiden, dachte Ealasaid und wischte sich angeekelt die Blutspritzer aus dem Gesicht. Dann hieb sie mit der Axt die Hühnerbeine ab, wischte sie gegen einige Grasbüschel und wickelte sie in Blätter, bevor sie sie in ihre Schürze steckte. Sie bedeckte den Kadaver notdürftig mit Grasbüscheln. Sicher würde es nicht lange dauern, bis sich ein hungriges Tier das Huhn holte. Nun musste sie nur noch sich und die Axt im Wasser des nahen Sees reinigen und danach schnell zurück zum Haus.

Als sie wenig später dort ankam, war schon heller Aufruhr. Annis stand vor dem Stall und beklagte lautstark den Verlust ihrer besten Legehenne. Erschrocken drehte Ealasaid um und schlich sich von der Rückseite an den Schuppen, wo sie schnell die Axt wieder abstellte. Dann kletterte sie durchs Fenster wieder in ihr Zimmer, um wenig später gespielt besorgt zu Annis zu laufen, die ihr das Leid klagte. Auch Calum kam aus seiner Kammer gewankt und rieb sich die Augen.

»Was ist das für ein Aufstand? Kann man denn hier nie in Ruhe schlafen?«

»Oh, Master Calum, es ist furchtbar! Jemand hat meine Ellie gestohlen, meine beste Legehenne!«, jammerte Annis und wischte ihr rotes Gesicht an ihrer Schürze ab.

»Gestohlen sagst du? Ich bin sicher, es war der Fuchs oder ein Marder. Wir sollten die Hunde darauf ansetzen.«

»Ja, Master Calum! Eine gute Idee. Ich werde Alpin mit den Hunden suchen lassen.«

Schnell wieselte Annis davon und ließ Calum und Ealasaid allein zurück.

»Du siehst blass aus, was ist passiert? Annis hat erzählt, dass gestern ein Bote eine Nachricht für dich und deine Brüder gebracht hat. Ich hoffe, es sind keine schlechten Neuigkeiten?«

Besorgt sah Calum sie an.

»Mein Vater ist gestorben«, entgegnete sie knapp und senkte den Blick.

»Oh, Ealasaid! Das tut mir so leid!«

Er trat näher an sie heran und umarmte sie fest. Dann sah er sich verstohlen um, zog sie hinter den Schuppen und küsste sie. Zunächst erwiderte sie seinen Kuss nicht, denn ihr stand nicht der Sinn für seine Zärtlichkeiten, doch er war beharrlich und intensivierte den Kuss und schnell vergaß sie wieder alles um sie herum und küsste ihn zurück. Erst als sie das Hundegebell näherkommen hörten, löste er sich widerwillig von ihr.

»Ich will nicht, dass du einen anderen heiratest! Du bist mein Weib!«

In seinen Augen blitzte es feurig auf und sein Gesicht spiegelte Kampfbereitschaft. Dann drehte er sich abrupt um und marschierte davon. Ealasaid blieb verwirrt zurück und berührte ihre geschwollenen Lippen.

Am folgenden Tag rief der König der Inseln Ealasaid wieder zu sich in die Versammlungshalle. Widerwillig folgte sie dem Soldaten, der nach ihr geschickt worden war.

Genau wie beim ersten Mal, saß Somerled auf einer Art Thron am Ende des großen Raumes und wartete geduldig, dass sie nähertrat.

»Ealasaid! Ich habe die Nachricht über den Tod deines Vaters vernommen und es tut mir aufrichtig leid. Ich bin sicher, er war ein guter Mann. Ich werde einen Gesandten zu seiner Beerdigung schicken, als Zeichen meiner Aufwartung.«

»Mylord, dürfen meine Brüder und ich zur Beerdigung gehen? Es würde uns viel bedeuten.«

»Meine liebe Ealasaid, es tut mir leid, aber das kann ich nicht gestatten. Ich brauche euch an meiner Seite. Uns steht eine wichtige Schlacht bevor und wir können weder Ablenkungen noch Aufschübe hinnehmen!«

Traurig senkte Ealasaid den Kopf.

»Dann verschont bitte meine Brüder und schickt sie nicht in die Schlacht! Es sind noch Kinder!«

Somerled fixierte sie mit seinen Eisaugen unter dichten Büscheln ergrauter Augenbrauen.

»Du beweist Mut mit dieser Bitte. Doch ich kann sie dir leider nicht gewähren. Wir brauchen jeden Mann in diesem Kampf. Doch wenn du einen Zauber gefunden hast, der wirkt, so wird deinen Brüdern sicher nichts geschehen. Sie werden als glorreiche Sieger aus ihrer ersten Schlacht nach Hause zurückkehren und du kannst stolz auf sie sein. Es wird sie zu Männern machen. Hast du einen Zauberspruch gefunden?«

Ealasaid nickte.

»Ja, Mylord, das habe ich.«

Ihr wurde heiß und ihr Herz klopfte bis zum Hals. Würde er etwas merken? Würde ihre List gelingen? Sie ballte entschlossen die Hände zu Fäusten und grub ihre Fingernägel in ihre Handflächen. Sie durfte auf keinen Fall Schwäche zeigen.

»Dann mach dich ans Werk! Die Zeit drängt.«

Ealasaid verbeugte sich, zog die Hühnerklaue heraus und erklärte ihm, dass sie einen Schutzzauber für ihn und seine Armee habe, den er immer bei sich tragen müsse. Dadurch sei er auch unbesiegbar.

Sie bat um ein Stück Pergament und Tinte. Dann begann sie, die magischen Worte, die sie sich eingeprägt hatte, mit der Hühnerkralle auf das Blatt zu schreiben.

Als es getrocknet war, faltete sie es und überreichte es Somerled, der zufrieden lächelte.

»Gutes Mädchen! Ich bin dir zu Dank verpflichtet.
Und damit du auch siehst, wie sehr ich deine Dienste zu
schätzen weiß: wenn wir siegreich sind, so darfst du
selbst über deinen zukünftigen Bräutigam bestimmen.
Und nun geh, denn es warten noch viele wichtige Aufgaben auf mich.«

Ealasaid verbeugte sich erneut und wandte sich zum
Gehen. Da rief Somerled ihr nach:

»Verabschiede dich von deinen Brüdern! Wir brechen
morgen auf.«

Zitternd verließ sie die Halle und lief so schnell sie
konnte zu ihren geliebten Brüdern. Sie wollte jede Minute mit ihnen nutzen, die ihr noch blieb.

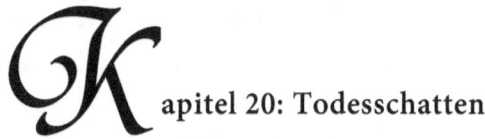

Kapitel 20: Todesschatten

»… der Tod kommt früh.«
James Dean

Maisie hatte sich erschrocken, als das schwarze Etwas plötzlich an der Kirchhofsmauer vorbeigehuscht war. Sie machte sich schnell unsichtbar und beobachtete die Gräber so lange, bis sie sicher sein konnte, dass die Luft rein war. Lily und Ethan waren ebenfalls verschwunden und so spazierte sie zwischen den Gräberreihen hin und her, bis sie an ihr eigenes, verwittertes Grab kam. Niemand sonst wusste, dass es ihr Grab war, denn damals war keine Zeit gewesen, ihr und ihrer Familie, die hier auch begraben lag, einen Grabstein zu machen. Traurig ließ sie sich auf der Grabplatte nieder und dachte zurück an den Tag, als sie ihre eigene Beerdigung mitansehen musste.

Maisie sah vor ihrem geistigen Auge, wie sie sich damals aus ihrem Krankenbett in die Luft erhoben hatte. Sie konnte plötzlich fliegen! Und von oben hatte sie eine seltsame Szene beobachtet. Ruairi hatte die Hand des seltsamen, schlafenden Mädchens gehalten, das plötzlich in ihrem Bett lag, und weinte bitterlich. Sie sah ihre Mutter, die gezeichnet von all dem Kummer, kaum mehr aufrecht stehen konnte.

Nach einer gefühlten Ewigkeit hatte Rhona das Haus verlassen und war mit dem Pater wiedergekommen, der mit ihnen betete und das bleiche Mädchen berührte, doch sie bewegte sich noch immer nicht. Alle blickten auf die Gestalt, die starr in Maisies Bett lag und ihre Puppe im Arm hielt. Maisie versuchte immer wieder, ihren Bruder und ihre Mutter zu berühren und nach ihnen zu rufen, aber ihre Hand ging durch sie hindurch, als wäre sie aus Luft und niemand schien ihre Stimme zu hören. Sie wollte sich so gerne an ihre Mutter schmiegen und ihre geliebte Puppe haben, doch so sehr sie sich auch bemühte, es wollte beides nicht klappen. Es brach ihr das Herz, dass alle sie ignorierten und alle nur dieses Mädchen anstarrten. Später, als der Pater fort war, legte sie sich zu ihrer Mutter und Ruairi ins Bett, denn bei dem reglosen Mädchen, das ihre Steinpuppe im Arm hatte, wollte sie nicht schlafen.

Als Ruairi und ihre Mama wieder aufgestanden waren, brachten Männer einen Sarg ins Haus. Da legten sie das Mädchen hinein und Ruairi und Rhona weinten wieder herzzerreißend. Sie wollte sie gerne trösten, aber wieder ignorierten sie sie. Maisie litt sehr darunter, dass niemand mit ihr sprach. Ihre Mutter wusch das kleine Mädchen und zog ihm eines ihrer Kleider an. Doch dann brach Rhona erschöpft zusammen. Sie sah ein wenig krank aus. Draußen ertönte das monotone Bim-Bam einer Glocke, insgesamt schlug sie neunmal.

Ruairi zählte leise mit und murmelte: »Dreimal für ein Kind und dann einmal für jedes Jahr, das sie erleben durfte. Maisie, ich hab dich lieb!«

»Ich hab dich auch lieb, Ruairi!« Aber er hörte sie nicht, sondern nahm die unfertige Puppe, die er für sie bastelte und schnitzte wild drauflos.

»Du sollst sie kriegen, Maisie! Ich schnitze sie jetzt fertig.«

Maisie nickte erfreut und beobachtete ihn dabei. Als es Abend wurde, kamen die Leute aus dem Dorf zur Beerdigung und nahmen den Sarg mit sich. Noch immer hatte das tote Mädchen ihre Puppe Anna! Maisie wollte sie ihr wegnehmen, aber sie griff ins Leere. Rhona fühlte sich scheinbar nicht gut und musste zurückbleiben. So gingen die Dörfler und Ruairi allein und Maisie lief hinterher. Zum ersten Mal sah sie eine Beerdigung und fragte sich noch immer, wer denn dieses tote Mädchen sei. Doch dann sagte der Pater ihren Namen: Maisie McIntyre. Das machte aber keinen Sinn. Sie war doch hier, sie war nicht tot! Das Mädchen im Sarg musste eine andere sein! Wieder versuchte sie, zu rufen und auf sich aufmerksam zu machen. Immer verzweifelter wurde sie.

Da ging Ruairi zum Grab, in dem der kleine Sarg stand und warf ihre neue Puppe hinein!

»Hier Maisie, es tut mir so leid, dass sie nicht früher fertig geworden ist.«

Mit einem Aufschrei stürzte sich Maisies Geist hinterher, aber die Holzpuppe glitt ihr durch die durchsichtigen Finger und landete auf dem Sarg. Nun kamen die Leute aus dem Dorf und warfen Erde hinterher. Bald war ihre schöne Puppe verschwunden. Maisie war so traurig und wütend, dass sie nach Hause lief. Auch Ruairi war bereits auf dem Heimweg, aber sie überholte ihn. Zu Hause sah sie ihre Mutter fiebrig auf dem Bett liegen. Sie schien sehr krank zu sein.

Als Ruairi kam, lief er gleich zu ihr und umarmte sie. Er schien vollkommen verzweifelt zu sein, brachte ihr kühle, feuchte Tücher und Wasser. Aber schon bald reagierte sie nicht mehr und Ruairi brach schluchzend neben dem Bett zusammen. So gerne hätte Maisie ihn jetzt in den Arm genommen. Die nächsten Stunden waren schrecklich für Maisie. Ruairi kniete neben seiner Mutter, bis diese ein letztes Keuchen von sich gab und dann reglos liegen blieb. Da begann Ruairi um Hilfe zu rufen, immer lauter. Doch niemand kam.

Er lief nach draußen und kam bald mit der alten Mrs. Ogilvie zurück. Diese umarmte Ruairi und holte den Pater erneut ins Haus. Auch Pater Máelrubai sah nicht sehr gesund aus und hatte Mühe, das Ritual durchzuführen. Da sah Maisie, wie sich aus dem Körper ihrer Mutter etwas Helles, Glänzendes löste, das ihr bis aufs Haar glich. Die Doppelgängerin schwebte auf sie zu und umarmte sie. »Meine liebe Tochter! Ich habe dich wieder. Komm mit mir, es ist Zeit zu gehen.«

»Mama?! Bist du das? Ich kann aber nicht gehen, weil ich Ruairi nicht alleinlassen kann. Und ich muss noch meine Puppen holen.«

»Mein Kind, komm mit mir! Hier hält uns nichts. Auch Ruairi wird uns bald folgen.«

Doch Maisie schüttelte beharrlich den Kopf. So sehr sich Rhonas Geist auch bemühte, sie konnte ihre Tochter nicht überzeugen. So beobachteten sie, wie Ethel Ogilvie Rhonas Leichnam wusch und die Fenster und alle spiegelnden Oberflächen verhängte. Die Glocke draußen schlug einunddreißig Mal – sechsmal für eine verstorbene Frau und einmal für jedes Jahr, das sie leben durfte. Noch einmal drängte ihre Mutter Maisie dazu, ihr zu folgen. Da öffnete Ethel das Fenster, um ihre Seele fortzuschicken, und Rhonas ätherisches Ebenbild wurde nach draußen gesogen und verschwand in einem hellen Licht, das sich plötzlich auftat. Als das Fenster wieder geschlossen wurde, war sie fort und Maisie wieder allein.

Eine weitere Beerdigung folgte, auf der Ruairi erneut am Grab stand, in das ein dritter Sarg gelassen wurde. Wieder versuchte Maisie, ihre Puppen zu befreien, aber umsonst. Nach der Beerdigung schaffte Ruairi es nicht mehr nach Hause, sondern brach am Friedhof zusammen. Ethel und Mr. Charles brachten ihn zurück, doch Maisie sah in ihren Gesichtern, dass auch Ruairi bald in einem Sarg enden würde. Ihr war auch aufgefallen, dass diesmal viel weniger Menschen zur Beerdigung gekommen waren. Maisie musste hilflos mitansehen, wie Ruairi bald darauf aus dem Leben schied. Niemand hielt seine Hand dabei. Niemand hatte ihm Wasser und kühle Tücher gereicht. Niemand weinte an seinem Bett – außer einem kleinen Geist. Er war ganz allein gewesen. Bald löste auch seine schimmernde Seele sich aus seinem Körper und er kam zu Maisie.

Überglücklich schloss er sie in die Arme.

»Maisie! Du bist da! Ich hab dich so vermisst! Komm, wir gehen zu Mama und Papa!«

»Bitte warte auf mich, ich muss noch meine Puppen holen. Sie haben sie eingegraben. Wir müssen sie wieder ausgraben. Bitte! Meine Anna!«

»Maisie, wo wir hingehen, dahin kannst du keine Puppen mitnehmen. Komm mit!«

Aber sie weigerte sich und trotzige Tränen liefen ihr über ihr geisterhaftes Antlitz.

»Ich werde sie holen! Du wirst schon sehen. Geh doch allein, wenn du willst!«

Mrs. Ogilvie sorgte wieder dafür, dass alle Rituale genau eingehalten wurden. Und als sie das Fenster öffnete, da schwebte Ruairis Seele ins Licht davon. In diesem Augenblick bereute Maisie ihre Entscheidung und wollte hinter ihrem Bruder her.

»Lass mich nicht allein! Nimm mich mit!«

Doch es war bereits zu spät. Das Fenster war schon wieder zu und das Licht erloschen.

Nun begann die Zeit der Einsamkeit. Finsternis und Trauer waren von jetzt an alles, was sie kannte. Maisie

wanderte allein durchs Dorf und sah, wie ein Dorfbewohner nach dem anderen verstarb. Die Verbliebenen
öffneten in ihrer Not eine große Grube auf dem Friedhof
und warfen die Leichen einfach hinein. Es waren bald so
viele, dass die Grube sich gut füllte. Einer der ersten Toten war Pater Máelrubai, auch die arme Mrs. Ogilvie
folgte bald. Maisie beobachtete, wie die Leute aus dem
Nachbardorf Essen und Wasser brachten und es auf einem großen Felsen vor dem Dorf deponierten. Aus
Angst ging keiner näher heran.

Die Kranken, die noch laufen konnten, holten sich die
Lebensmittel. Doch bald kam niemand mehr, um sie abzuholen, und ein übler Leichengeruch erfüllte den Ort.
Als die Bewohner des Nachbardorfes sahen, dass niemand mehr das Essen holen kam, wussten sie, dass es
vorbei war. Sie kamen mit großen Fackeln und brannten
das Dorf zu Schutt und Asche. Maisies Zuhause existierte
nicht mehr und so verkroch sie sich in der zerstörten Kirche oder saß an ihrem Grab. Jahre vergingen, vielleicht
Jahrhunderte, sie wusste es nicht. Dann kamen wieder
Menschen und bauten Häuser. Und eines der Häuser
bauten sie genau dahin, wo ihr eigenes Zuhause gestanden hatte. So zog sie dort wieder ein und versuchte von
Zeit zu Zeit, sich den Menschen zu zeigen, doch nie nahm
einer Notiz von ihr.

Bis Lily kam …

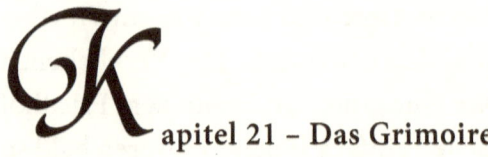

Kapitel 21 – Das Grimoire

»Der Zauber steckt immer im Detail.«
Theodor Fontane

Lily stürzte sich in die Arbeit und versuchte, sich so von all den unschönen Erfahrungen der letzten Tage abzulenken. Ihre erste Tour mit Gästen verlief sogar besser, als erwartet. Nur als es darum ging, die große Lagerhalle zu besuchen, in der sie neulich das unheimliche Erlebnis hatte, zögerte sie. Dann blieb sie am Eingang stehen und schleuste die Gäste hinein. Sie wusste nicht, ob es Maisie gewesen war oder doch jemand anders. Sie wollte das nicht unbedingt auf die harte Tour herausfinden. Irgendwie mochte sie Maisie und hatte keine Angst vor ihr. Vielleicht war sie mittlerweile auch schon abgehärtet. Lily grinste in sich hinein. War schon irre, was man innerhalb eines Jahres so erlebte! Etliche Geister, Hexen, Zombies … Ihr Leben war zumindest nie langweilig.

In der Mittagspause traf sie Ethan in der Cafeteria und setzte sich zu ihm. Zur Begrüßung wollte er ihr einen

Kuss geben, aber sie drehte sich weg. So ganz verziehen hatte sie ihm noch immer nicht. Ethan runzelte die Stirn über ihre Reaktion, sagte aber nichts dazu.

»Grant hat heute angerufen. Er meinte, er habe auch nicht wirklich viel über Zombies gefunden. In den alten Büchern gebe es wohl einige Erweckungszauber, mit denen man Tote wieder zum Leben erwecken könne. Allerdings stand da leider nicht, wie man das wieder rückgängig machen kann, wenn es mal passiert ist.«

Lustlos stocherte Lily in ihrem Meeresfrüchte-Eintopf herum.

»Na, toll! Wenn nicht mal er einen Ausweg weiß … Aber vielleicht hat ja die böse Hexe sie selber wieder weggezaubert. Dein Stein vor dem Tor war ja nicht verrutscht und fliegen können die Biester hoffentlich nicht.«

Ethan biss in sein Garnelen-Sandwich und kaute nachdenklich.

»Aber das macht doch keinen Sinn. Warum sollte sie die denn erst herzaubern und dann wieder verschwinden lassen?«, gab er schließlich zu bedenken.

Lily zuckte ratlos mit den Schultern.

»Wir müssen uns jedenfalls unbedingt dieses Zauberbuch holen. Vielleicht finden wir ja darin eine Lösung.«

»Ja, das klingt vernünftig. Grant meinte auch, dass sie durch einen Zauber entstanden seien. Und was dieser kleine Geist erzählt hat, würde dazu passen. Übrigens, ich habe Belle lieber nichts von den Zombies erzählt, sondern ihr gesagt, ich sei krank und habe ansteckenden

Scharlach. Nun ist sie in Panik und will auf keinen Fall hier in die Nähe kommen.« Ethan grinste verschmitzt. »So habe ich zwei Fliegen mit einer Klappe geschlagen: wir haben wieder unsere Ruhe und sie wird nicht von Zombies gefressen.«

Als Lily Belles Namen hörte, lief sie rot an und schnaufte missbilligend. Doch obwohl sie es vorgezogen hätte, wenn Ethan ihr klipp und klar die Wahrheit gesagt hätte, hatte er Belle immerhin abserviert. Ein kleines Stimmchen tief in ihrem Inneren jubelte über diesen Sieg.

✳ ✳ ✳

Als Morna gehört hatte, was Maisie über das Zauberbuch gesagt hatte, war sie schnell aus ihrem Versteck hinter dem Mauervorsprung gehuscht. Sie musste dieses Buch unbedingt vor den anderen finden. Das war ihre Chance! Wenn es sich wirklich um ein Grimoire handelte, so würde darin auch ein Zauberspruch stehen, der ihr bei ihrem Vorhaben half. Sie wartete, bis alle gegangen waren, dann begann sie, an der Mauer hinter dem großen keltischen Kreuz mit den Händen zu graben. Doch bald waren ihre Finger blutig und zerschunden. Sie kam so nicht voran. Auch ein Zauber würde ihr nicht viel helfen, da die Gefahr zu groß war, das Buch aus Versehen zu beschädigen. Man musste behutsam vorgehen.

Deshalb beschloss sie, wieder in den Ort zurückzukehren und Werkzeug zu besorgen. Sie lief am Strand entlang und es dauerte fast eine halbe Stunde, bis sie in Port Ellen ankam. Dort machte sie sich auf die Suche nach etwas Passendem. Aber sie hatte kein Geld, um etwas zu kaufen und die Leute in den Geschäften waren zu wachsam, um stehlen zu können. So kehrte sie betrübt wieder an den Strand zurück.

Da sah sie einige Kinder mit Schaufeln herumlaufen und eine Sandburg bauen. Sie versteckte sich hinter einer Düne und beobachtete sie eine Weile. Als der Vater der Kinder mit etwas, das er Eiskrem nannte, zurückkehrte, bot sich ihr die Gelegenheit: schnell sauste sie zum Strand, schnappte sich die robusteste Schaufel und lief davon.

Als sie am Friedhof ankam, sah sie sich nach allen Seiten um, aber es war ruhig. Alle schienen um diese Zeit ihr Mittagsmahl einzunehmen. Sie suchte die Stelle, an der sie bereits angefangen hatte, zu buddeln und schaufelte drauflos. Die Kinderschaufel war nicht ideal, aber besser als mit bloßen Händen zu graben. Zum Glück war der Boden locker. Nach wenigen Minuten stieß sie mit der Schaufel auf etwas Hartes. Aufgeregt grub sie sich weiter voran und legte das harte Ding langsam frei.

Bald konnte sie es mit den Händen aus dem Loch ziehen und wischte den letzten Schmutz davon: es war eine kunstvoll verzierte Holzschatulle mit magischen Symbolen. Schnell öffnete sie den Verschluss und blickte erfreut auf den Inhalt: eindeutig ein Grimoire, eingeschlagen in braunes Leder, versehen mit weiteren magischen Symbolen. Es war sichtlich uralt, doch durch die große Macht seiner Magie war es makellos erhalten. Sie schlug es auf und staunte. Den Abbildungen nach, waren darin etliche Zauber und Rituale enthalten. Sicher würde darin auch etwas stehen, wie man Tote wieder lebendig machen konnte. Allerdings gab es da einen Haken: sie konnte nicht lesen.

✳ ✳ ✳

Nach der letzten Führung beeilten sich Lily und Ethan, zurück zum Haus zu kommen, um sich Schaufeln von Ewan zu borgen. Doch er war nicht zu Hause. So suchten sie im Schlüsselkasten nach dem Schlüssel für den kleinen Schuppen hinter dem Haus. Bald schon standen sie in dem staubigen kleinen Verschlag, der vor Gartengeräten und Werkzeugen nur so strotzte.

Ethan nahm sich die große Schaufel, die in der Ecke lehnte und Lily fand eine kleine Handschaufel. Sie verschlossen den Schuppen und machten sich gleich auf den Weg zum Friedhof.

»Hinter dem keltischen Kreuz an der Mauer hat sie gesagt.«

»Das muss hier sein!«, rief Ethan.

Lily las die lateinische Inschrift auf dem Kreuz laut vor und übersetzte es: »Zum Andenken an die Opfer der schrecklichen Pest, die ein ganzes Dorf auslöschte. April 1665.«

Kaum hatte Lily das letzte Wort gesprochen, sahen sie auch schon das Loch hinter dem steinernen Denkmal.

»Da ist uns wohl jemand zuvorgekommen. Sieht frisch aus.«

»Meinst du, es könnten die Kaninchen gewesen sein?«, fragte Lily.

»Eher nicht, denn die würden kaum das Buch stehlen. Hier ist nichts mehr.«

»Ob Maisie …?«

»Das hätte sie dir doch vermutlich gesagt, oder? Und ob ein Geist wie sie wirklich dazu fähig wäre? Ich tippe da eher auf die ominöse böse Hexe.«

Ein kalter Schauer lief über Lilys Rücken. Der Gedanke, dass diese schreckliche Frau, die sie mit ihren Zombies fast umgebracht hätte, jetzt im Besitz eines mächtigen Grimoires war, jagte ihr gewaltige Angst ein.

* * *

Mit großen Augen hatte Morna im Schatten eines Grabes zugesehen, wie Lily die Inschrift auf dem Kreuz vorgelesen hatte. Ein so junges Mädchen, das lesen konnte! Sie musste etwas Besonderes sein. Und sie hatte diesem kleinen Gespenst auch selbst gesagt, sie sei eine Hexe – eine gebildete Hexe.

Morna dachte nach. War es möglich, dass dieses junge Mädchen ihr helfen konnte? Einen Versuch wäre es wert.

Sie musste sie dazu bringen, mit ihr zusammen den Zauber zu sprechen und das Ritual durchzuführen. Aber wie?

Da fiel ihr Blick auf den gut aussehenden, schwarzhaarigen Jungen, der die Kleine anschmachtete und ihr kam eine Idee.

✳ ✳ ✳

Als Lily und Ethan mit hängenden Schultern und ihren unbenutzten Schaufeln wieder zum Cottage zurückkehrten, erwartete Maisie sie bereits im Schuppen.

»Wie bist du hier reingekommen?!«, rief Lily entsetzt, als sie die kleine, halb transparente Gestalt vor sich auftauchen sah.

Ethan drehte sich erstaunt zu ihr um.

»Was hast du gesagt?«

»Maisie ist hier.«

Mit einem Kopfnicken deutete sie zur Werkbank.

»Oh, OK. Es kam mir gleich so ungewöhnlich kalt vor.«

Angestrengt kniff er die Augen zusammen und versuchte, sie zu sehen, doch alles was er erkennen konnte, waren Werkzeuge, die kunterbunt durcheinanderlagen.

»Ich grüße Euch! Wie ich sehe, hattet Ihr kein Glück mit dem Buch.«

»Nein, die böse Hexe war wohl schneller. Oder hast du etwa …?«, fragte Lily.

Maisie schüttelte ihren Lockenkopf.

»Ich kann nur kleine Gegenstände bewegen. Das Beste, was ich im Laufe der Jahrhunderte geschafft habe, ist eine Tür so anzustupsen, dass sie zugeht. Dafür muss ich meine ganze Energie auf einen Punkt richten – sehr anstrengend! Wenn ich graben könnte, hätte ich mir schon längst meine Puppen aus meinem Grab geholt.«

»Puppen? Welche Puppen?«

»Das ist eine längere Geschichte ...«

»Dann erzähl sie uns doch! Im Augenblick können wir ohnehin nichts ausrichten.«

Lily setzte sich neben Maisie auf die Werkbank und lauschte gespannt.

»Ich mach uns Kaffee ...«, meinte Ethan, der nicht mehr als ein extrem leises Flüstern von Maisies Stimme hören konnte. Damit verschwand er aus dem Schuppen. Und Maisie begann, ihre kurze Lebensgeschichte zu erzählen.

❇ ❇ ❇

Morna schlich hinter den beiden her, immer mit genügend Abstand, um nicht aufzufallen und sich im Notfall in Deckung bringen zu können. Sie sah, wie Lily und Ethan im Schuppen verschwanden und wartete.

Sie musste nicht sehr lange warten, denn der Schwarzhaarige kam bald darauf wieder heraus. Das war ihre Chance! Sie begann aufgeregt, einen Zauberspruch zu

murmeln, und streckte dann beide Hände in seine Richtung aus.

Sofort fuhr ein rötlicher Blitz heraus und umhüllte
den jungen Mann, der in seiner Bewegung erstarrte. Zufrieden schlich Morna sich näher und fasste ihn an der
Hand, wobei sie einen weiteren Zauber vor sich hin-
sprach. Folgsam ließ er sich an der Hand führen und ging
mit Morna zurück zum Friedhof, seinen abwesenden
Blick starr auf etwas in weiter Ferne geheftet. Dort angekommen, führte sie ihn in die Ruine der Kapelle und
legte ihn auf eine große Grabplatte. Nun hieß es warten.
Sie holte ein großes Küchenmesser aus ihrem Versteck,
das aus derselben Quelle wie der Wok stammte, und
setzte sich neben den Jungen. Es dämmerte bereits. Sicher konnte es nicht lange dauern, bis das Mädchen ihren
Liebsten vermisste und ihn suchen kam. Ungeduldig
tappte sie mit ihrem Fuß und drehte das Messer zwischen
den Fingern. Aber es vergingen Stunden und die Göre
zeigte sich nicht.

Morna verlor die Geduld. Sie konnte jetzt nicht aufgeben und ihre letzte Chance, ihre Familie wiederzusehen,
vernichten. So nahm sie das Messer, kniete sich über den
Jungen mit dem starren Blick und schnitt ihm an der linken Schulter ins Fleisch.

✳ ✳ ✳

Lily hatte Tränen in den Augen, als Maisie ihre Geschichte zu Ende erzählt hatte. Es war so traurig, dass sie

ihre ganze Familie verloren hatte und so jung gestorben war.

Danach unterhielten sie sich noch lange darüber, was Maisie im Laufe der Jahrhunderte alles erlebt hatte. Scheinbar hatte sie mehrmals versucht, mit Menschen Kontakt aufzunehmen, doch immer vergeblich. Die Meisten hatten sie nicht bemerkt und die Wenigen, die sie sehen konnten, waren schreiend davongelaufen. Nur Ewan war noch immer im Cottage, obwohl sie schon oft versucht hatte, Gegenstände vor ihm zu bewegen. Er schien recht tapfer zu sein, weshalb sie ihre Hoffnung in ihn gesetzt hatte. Doch dann waren Lily und Ethan gekommen. Sie erzählte Lily, wie glücklich sie sei, endlich wieder mit jemandem richtig reden zu können. Und so plauderten sie vor sich hin und bemerkten nicht einmal, wie die Zeit verging und dass Ethan nie mit dem versprochenen Kaffee zurückgekommen war. Draußen war es nun vollkommen finster geworden.

Plötzlich spürte Lily an ihrer linken Schulter einen fast unerträglichen Schmerz, schrie auf und sank auf dem Boden zusammen. Die besorgte Maisie beugte sich über sie, konnte ihr jedoch nicht helfen. Ein seltsames Angstgefühl bemächtigte sich Lilys und sie wusste, etwas war Ethan zugestoßen. Erst jetzt wurde ihr klar, er hätte längst zurück sein müssen. Mit tränennassem Blick, stemmte sie sich hoch.

»Ethan! Etwas ist ihm passiert. Ich fühle es. Ich muss zu ihm und ihm helfen!«

»Sei vorsichtig! Vielleicht stellt dir die böse Hexe eine Falle«, warnte sie Maisie.

Aber Lily hörte nicht auf sie. Sie stürmte hinaus in die Nacht und rief nach Ethan. Draußen war alles ruhig, bis auf das beständige Rauschen des nahen Meeres. Im Haus brannte kein Licht, dennoch lief sie zur Tür und klopfte wie wild, betätigte die Türglocke und versuchte, in den Fenstern ein Zeichen ihres Freundes zu erkennen. Doch vergeblich. Sie wusste, er war nicht hier.

Als sie in sich hineinhorchte, spürte sie ein starkes Ziehen, das sie weg vom Haus und in Richtung Friedhof führte. So ging sie durch die Finsternis, Schritt für Schritt. Sie konnte kaum etwas erkennen. Ihre Füße tasteten sich zuerst auf dem weichen Gras entlang, dann spürte sie bald Sand unter den Füßen und nach einer Weile erreichte sie auch schon die Friedhofsmauer, deren Steine sich eisigkalt anfühlten, kalt wie der Tod. Immer wieder hatte sie Ethans Namen gerufen, aber es kam keine Antwort. Tränen der Verzweiflung liefen ihr übers Gesicht. Sie tastete sich bis zum Tor vor und schob sich zitternd durch die Lücke, hinein auf das nächtliche Gräberfeld. Sie rief noch einmal nach Ethan, ihre Stimme dünn und unsicher. Sie musste jetzt stark sein und ihre Angst besiegen. Sie musste ihn finden!

Da hörte sie ein Geräusch. Es war das Rascheln von Stoff und es kam aus der Ruine. Schnell ging sie näher, halb befürchtend, die Zombies seien wieder zurück. Dann ertönte ein schwaches Stöhnen. Ethan! Er war hier.

Sie spähte um die Ecke und da lag er auf einem Grabstein, regungslos! Wieder entfuhr ihm ein leises Stöhnen und seine linke Hand zuckte kurz. Sofort lief sie zu ihm und kniete sich nieder.

»Ethan! Was ist passiert? Kannst du mich hören?«

Sein Blick war glasig und er schien sie nicht wahrzunehmen. Sie rüttelte ihn sanft an der Schulter, da fühlte sie etwas Warmes, Klebriges an ihren Fingern. Schnell zog sie ihre Hand zurück. Sie nahm den metallischen Geruch frischen Blutes wahr.

»Oh Gott, Ethan! Nein! Bitte komm zu dir! Wir müssen hier weg!«

»Aber sicher, kleine Hexe, aber zuerst wirst du mir noch bei etwas helfen.«

Morna trat aus der Finsternis der Ruine hervor und baute sich bedrohlich vor ihr auf.

Lily schrak zurück und starrte die fremde Frau mit großen Augen an.

»Was willst du von uns? Wir haben dir doch nichts getan. Lass uns gehen und ich werde auch nicht die Polizei rufen, versprochen«, jammerte Lily.

Aber Morna blieb ungerührt. Wer oder was auch immer diese Polizei sein sollte, von der die junge Hexe sprach, ihr war es egal.

»Du kannst lesen. Ich will, dass du etwas für mich liest.«

»Was?!«

Ungläubig sah sie die Frau an, die ein buntes Trägerkleid mit Blümchen trug. So hatte sie sich die böse Hexe nicht gerade vorgestellt. Vielleicht sollte sie Ethan packen und einfach loslaufen? Oder sie könnte versuchen, sie gegen die Wand zu schleudern, wie damals in Forbes Castle. Doch damals hatte sie nicht gegen eine mächtige und erfahrene Hexe gekämpft und im Grunde wusste sie noch nicht einmal, wie sie das damals überhaupt hingekriegt hatte. Auf einmal sah sie etwas Helles aufblitzen und ein großes Messer begann in der Luft über Ethans Hals zu tanzen. Lily schrie auf.

»Keine Sorge, es wird ihm nichts geschehen, so lange du mir behilflich bist«, erhob Morna ihre Stimme.

Verwirrt sah Lily von Morna zu Ethan. Was sollte sie nur tun? Da reichte ihr die Frau ein altes Buch, das mit seltsamen Zeichen übersät war. Das Grimoire!

»Lies!«, befahl sie noch einmal. »Ich habe anhand der Zeichnungen und Symbole etwas entdeckt, das mir nützlich erscheint, aber ich kann den Text nicht lesen. Lies oder dein Liebster stirbt heute Nacht.«

»Ich habe kein Licht, ich kann nichts erkennen«, stotterte Lily.

Da erhellte plötzlich ein kleiner Feuerball die nähere Umgebung. Ethans Wunde glänzte feucht und die lange, silberne Messerklinge reflektierte den Lichtschein. Es war hell genug, um Mornas Augenfarbe zu sehen: ihre Augen waren ungewöhnlich blau und schienen von sich aus zu leuchten – ein gefährliches Leuchten. Schnell blickte Lily auf die aufgeschlagenen Seiten. Vor ihr war ein lateinischer Text, der illustriert war mit etwas, das aussah wie Leichen, die wieder zum Leben erwachten. Zombies! Die Hexe wollte es also wieder tun. Aber das konnte sie nicht zulassen.

»Lies endlich, bevor ich die Geduld verliere!«

Sie begann zu lesen und laut den Text zu übersetzen. Hätte sie doch besser aufgepasst in Latein! Warum nur hatte sie das Fach abgelegt?! Hätte sie damals schon gewusst, dass sie einst nachts auf einem Friedhof alte lateinische Zaubersprüche übersetzen müssen würde, um ihren Freund zu retten, hätte sie sich sicher besser durch Mr. Jessners Unterricht gekämpft. Es fiel ihr schwer, die Schrift zu entziffern und noch schwerer, sich an die Vokabeln zu erinnern. Dennoch gelang es ihr nach und nach, dem ganzen einen Sinn zu geben. Es war ein Ritual und für das Opfer brauchte man Hexenblut! Lily schluckte hart und ihr Herz begann noch wilder zu klopfen. Morna nickte zufrieden und holte ihren Wok unter einem der Grabsteine hervor.

»Sehr gut, Hexchen! Nun brauch ich nur noch eine kleine Opfergabe von dir und du kannst deines Weges ziehn.«

Die Angst ließ Lily erstarren und sie sah, wie das Messer von Ethans Hals wegschwebte und in Mornas Hand landete. Diese schnellte vor, packte Lilys rechtes Armgelenk und zerrte sie über den am Boden stehenden Wok.

Ein Wok?! Will sie nun Zombies machen oder lieber doch Chop Suey? Wäre die Lage nicht so ernst gewesen, hätte sie nun laut losgekichert.

Der spontane hysterische Anflug von Heiterkeit verging ihr in dem Moment, als sie den scharfen Schmerz spürte, den das Messer an ihrem Handgelenk hinterlassen hatte. Entsetzt starrte sie auf die Tropfen, die aus ihr heraus und in den Wok flossen. Sie versuchte verzweifelt, die Hand wegzuziehen, doch Morna hielt sie mit eisernem Griff. Nach einer Weile wurde ihr kurz schwarz vor Augen und sie begann, etwas zu schwanken. Morna ließ sie los und sie sank am Boden in sich zusammen.

»Zur Sicherheit werde ich auch noch mein eigenes Blut nehmen, denn du scheinst keine besonders mächtige Hexe zu sein. Es muss diesmal gelingen!«, rief sie und schnitt sich ihr Handgelenk ebenfalls auf.

Das Blut platschte in die bereits vorhandene Lache im Wok. Plop – plop – plop. Das Geräusch ließ Übelkeit in Lily aufsteigen. Da hörte sie hinter sich ein leises Rascheln und sie wusste, es musste Ethan sein, der langsam zu sich kam. Scheinbar hatte Mornas Zauber nun nachgelassen. Sie hatte ihre Aufmerksamkeit ganz auf das Ritual gerichtet und Ethan dabei vergessen. Morna warf verschiedene Zutaten in die Blutlache, darunter eine Handvoll Erde und etwas, das wie Knochenstücke aussah. Dabei murmelte sie ständig etwas Unverständliches vor sich hin, vermutlich etwas, das im Buch gestanden hatte.

Noch immer hockte Lily geschwächt auf dem Boden und lauschte dem hypnotischen Gemurmel der magischen Worte. Am Ende sprach Morna einige Namen und tropfte dabei das Blut aus der Schale auf den Boden der Ruine. Das Blut begann bald, sich in dichtem gelben Nebel aufzulösen und es bildeten sich Minitornados an den Stellen. Ein schrecklicher Lärm erhob sich und Lily rutschte einige Meter zurück, um sich in Sicherheit zu bringen.

Plötzlich packte sie von hinten eine Hand und zog sie weg. Sie wollte schreien, doch der Schrei blieb ihr im Halse stecken, als sie in dem vermeintlichen Angreifer Ethan erkannte. Er zog sie weg von Morna. Da kam Lily ein Gedanke. Die böse Hexe hatte ihnen nun den Rücken zugedreht und sie schien komplett in ihrem Ritual aufzugehen. Das Grimoire lag aufgeschlagen auf dem Boden … Schnell schoss sie vor, wich den kleinen Tornados aus und schnappte sich das Buch – gerade noch rechtzeitig, denn aus den Tornados bildeten sich menschliche Gestalten, die nach ihr griffen. Entsetzt wich sie zurück und rannte dann mit Ethan aus der Ruine und zum Friedhofstor.

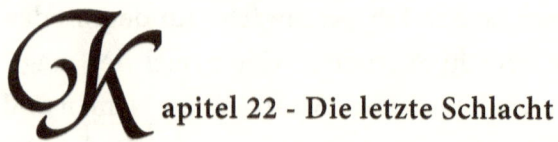

apitel 22 - Die letzte Schlacht

»Nur die Toten haben das Ende des Krieges gesehen.«
Plato

Die Truppen sammelten sich nach dem langen Marsch von der Landungsstelle am Clyde und es wurde damit begonnen, ein Lager zu errichten. Bald schon war die Ebene bedeckt von hunderten von Zelten.

Somerled hatte eine stattliche Flotte von hundertsechzig Schiffen eingesetzt, die teils von seinen Verbündeten gestellt worden waren. Seine Söhne, Gillecallum, Angus, Ranald, Olaf und Dougall, standen ihm zur Seite. Morgen würden sie nach Renfrew marschieren und die Stuarts herausfordern. Sie hatten während ihres Marsches die Ländereien des Feindes bereits ordentlich verwüstet, hatten geplündert und gebrandschatzt. Schnell verbreitete sich die Kunde von ihrem kleinen Besuch auf dem Festland und die Bevölkerung floh panisch aus Städten und Dörfern. Viele Gehöfte und Orte fanden sie nur noch verlassen vor. Somerled lachte innerlich bei dem

Gedanken. Sollten sie nur Zittern und um ihr armseliges Leben laufen!

Er ließ sich zufrieden auf sein Lager sinken und schloss die Augen, seine Hand um das kleine Stück Pergament geschlossen, das er von Ealasaid erhalten hatte.

✳ ✳ ✳

Früh am nächsten Morgen erschollen die Hörner und rissen Somerled aus seinem Schlaf. Verwirrt blickte er um sich. Da erschien ein abgehetzter Bote am Zelteingang und überbrachte ihm die Nachricht, dass sich das feindliche Heer bis auf wenige hundert Meter angenähert hätte. Die Truppen von Walter FitzAlan unter der Leitung von Herbert, dem Bischof von Glasgow und Baldwin of Biggar, dem Sheriff von Lanark, waren bereit zum Angriff. Sie wagten es, ihn zu überrumpeln! Diese ehrlosen Hunde! Schnell kam er auf die Füße und zog sich an. Doch als er seinen Waffengurt umlegte, hörte er bereits das Surren hunderter Pfeile und die Schreie seiner Männer.

Er griff sein Schwert und rannte hinaus.

»Zum Angriff! Worauf wartet ihr? Wir zeigen es diesen feigen Hunden!«, schrie er und stürzte sich dem Feind entgegen, dicht gefolgt von seinen Söhnen und seinen Soldaten. In diesem Moment begann das Pergament in Somerleds Tasche zu glühen. Die Hitze schien ihn zu versengen. Irritiert tastete er danach. Er hatte nun die feindlichen Reihen fast erreicht, da traf ihn ein Speer in den Fuß. Schreiend sank er zusammen. Der Schmerz durchzuckte ihn wie ein Blitz und nahm ihm den Atem. Er versuchte, den Speer aus der Wunde zu ziehen und brüllte voller Verzweiflung Ealasaids Namen. Da holte einer von FitzAlans Männern mit dem Schwert aus und streckte Somerled nieder. Aus der Wunde am Hals schoss das Blut wie eine Fontäne. Gillecallum warf sich auf seinen Vater, in einem verzweifelten Versuch, ihn zu retten, aber auch ihn traf das Schwert mitten in die Brust.

Das Blut spritzte auf seine entsetzten Brüder, die mitangesehen hatten, wie ihre Familie in rascher Folge dezimiert wurde. Dougall, der den letzten Ausruf seines Vaters mitangehört hatte, gab das Zeichen zum Rückzug. Sie mussten fliehen. Nun, da ihr furchtloser Anführer und zwei ihrer besten Krieger gefallen waren, gab es keine andere Möglichkeit.

Demoralisiert, folgten ihnen ihre Männer und flohen in Richtung ihrer Schiffe. Als Dougall sich noch einmal umdrehte, sah er, wie das Haupt Somerleds abgetrennt und bluttriefend dem Bischof von Glasgow gereicht wurde, der es triumphierend hochhielt. Die darauffolgenden Jubelschreie des feindlichen Heeres würden ihn für immer verfolgen.

* * *

Ealasaid sah das Heer schon von weitem. Sie wusste, die Schlacht war geschlagen und hoffte inständig, ihre beiden Brüder nun wieder in die Arme schließen zu können. Die Blätter der Bäume hatten bereits ihr buntes Herbstkleid angelegt und ein eisiger Wind blies um ihre Schultern. Unwillkürlich fröstelte sie. Doch obwohl sie gerne einen wärmeren Schal geholt hätte, wagte sie es nicht, den Blick von den näherkommenden Männern zu nehmen. Wie angewurzelt blieb sie stehen. Als die Krieger das Dorf erreicht hatten, suchte sie nach den geliebten Gesichtern. Reihe für Reihe lief sie ab, aber sie sah nur erschöpfte fremde Männer und Verletzte, denen jedes Fünkchen Hoffnung entwichen war. Niemand hielt ihren forschenden Blick. Jeder, den ihre Augen streiften, senkte sofort den Kopf. Was war passiert?

Da endlich erblickte sie Fearghus und eilte jubelnd und mit Freudentränen auf ihn zu. Doch auch er senkte sofort den Blick. Glücklich umarmte sie ihn, aber er schob sie sanft von sich. Seine traurigen Augen sagten ihr alles. Ein bebendes Schluchzen entfuhr ihrer Kehle, als sie die bittere Wahrheit erkannte. Duncan war gefallen. Ihr geliebter Bruder war nicht mehr. Sie sank im aufgewühlten Schlamm des Weges zusammen, betäubt von der schrecklichen Nachricht.

✳ ✳ ✳

Calum hörte den Aufruhr im Dorf und fuhr hoch. Sein Lehrer, der alte Pater Adomnanus, sah ebenfalls aus seinem Buch hoch.

»Was ist das für ein Tumult?«, fragte Calum und sah seinen Lehrer verwundert an.

»Junger Herr, mich deucht, Eures Großvaters Krieger halten Einzug«, antwortete der weißhaarige Gottesmann.

»Dann schnell! Wir müssen zu ihnen eilen, um sie zu begrüßen!«

Mit diesen Worten stürzte Calum nach draußen, gefolgt vom Pater, der hinkend Schritt zu halten versuchte. Auf dem kleinen Dorfplatz hatten sich die Krieger versammelt. Die Frauen reichten den erschöpften Männern Wasser aus Krügen und versorgten ihre Wunden. Als Calum die Menge erreichte, ritt sein Onkel Dougall heran und stieg schwungvoll von seinem Rappen, dessen Fell schweißnass war.

Hinter ihm wurde ein Schimmel geführt, auf dem zwei regungslose Körper lagen.

Das Entsetzen war Calum ins Gesicht geschrieben.

Sein Onkel wandte sich ihm zu:

»Es tut mir leid, Calum. Wir haben verloren. Dein Vater und Großvater haben tapfer gekämpft, aber wir sind überrumpelt worden. Wir konnten nichts tun, außer fliehen.«

»Nein!«

Mit einem Aufschrei stürzte er sich auf die beiden Leichen, um ihre Gesichter zu sehen. Da erkannte er, dass von einer der Kopf fehlte.

Beim Anblick all des Blutes und des kopflosen, süßlich verwest riechenden Leichnams, musste er sich übergeben.

»Sie haben deinem Großvater den Kopf abgeschlagen und ihn als Trophäe behalten. Schändliches Vergehen!« Angewidert spuckte Dougall aus.

»Wir konnten nach der Schlacht nur noch den Körper bergen. An unserem Unglück ist diese widerliche, kleine Hexenfreundin von dir Schuld. Somerled hat ihren Namen gerufen, kurz bevor ihn das Schwert traf. Sie hat ihn verflucht!«

»Was redet Ihr? Welche Hexenfreundin?«

»Ealasaid!«, donnerte es aus Dougalls Kehle und Calum zuckte zusammen.

Ealasaid war keine Hexe! Das konnte nicht sein. Sie war ein liebes, unschuldiges Mädchen. Doch irgendwo in der Tiefe seines Unterbewusstseins begann sich etwas zu regen. Erinnerungsfetzen stiegen hoch und alte Gerüchte, die damals in Dunnyvaig umgegangen waren. Aber nein, natürlich war daran nichts dran gewesen. Er kannte seine Ealasaid! Er würde gleich nach ihr sehen.

Hinter ihm war Pater Adomnanus schreckensbleich geworden. Er hatte alles mitangehört. Auch er kannte die Gerüchte um Somerleds Mündel. Sie soll ihm durch Magie geholfen haben, die große Schlacht gegen Godred zu gewinnen, obwohl sie dem Feind zahlenmäßig weit unterlegen gewesen waren. Jedoch hatte er die Kleine im Laufe der Jahre liebgewonnen und er wusste, dass nichts

Böses in ihr steckte. Er musste sie warnen, denn Dougall würde ihr die Schuld zuschieben.

✳ ✳ ✳

Calum hatte sich sofort auf den Weg nach Hause gemacht, um mit Ealasaid zu reden und seine nagenden Zweifel zu zerstreuen. Doch war sie nicht im Haus und auch nicht im Garten. Als er in ihrer Kammer nachsah, fiel sein Blick auf ein seltsames Buch, das aufgeschlagen auf dem Tisch lag. Er trat ein und betrachtete es näher. Befremdliche Zeichen sprangen ihm ins Auge. Er drehte es um und besah sich den Titel. Erschrocken ließ er das Buch fallen, als hätte er sich daran verbrannt. Es war ein Hexenbuch!

Als Ealasaid wenig später nach Hause kam, schmutzverkrustet und zitternd vor innerem Schmerz, saß Calum wartend auf ihrem Bett.

Sie fuhr zusammen. Er war noch nie in ihrem Zimmer gewesen. Es geziemte sich nicht! Doch sie sehnte sich nach seiner Nähe, seinem Trost und seiner Umarmung. Noch bevor sie etwas zu ihm sagen konnte, richtete er das Wort an sie. Sein Blick war so schwarz und unheilvoll wie die Wolken eines aufziehenden Gewitters.

»Du bist eine Hexe!«, schmetterte er ihr voll Abscheu entgegen. »Du hast mich angelogen und mir vorgespielt, du seist ein unschuldiges Mädchen. Dabei bist du eine Buhle des Teufels. Hast du meinen Großvater getötet? Gib es zu!«

Die Worte trafen Ealasaid wie ein Schlag ins Gesicht. Sie war bereits am Ende ihrer Kräfte nach der Nachricht vom Tod ihres geliebten Bruders. Und nun wurde sie von ihrem Liebsten beschuldigt, eine derart schändliche Tat begangen zu haben! Sie brach zusammen und ein Meer aus Tränen ergoss sich in einer Flut über ihr Gesicht. Geschüttelt von Schluchzern, war sie nicht mehr in der Lage, ihm zu antworten.

Ihr Schweigen und ihre Tränen waren ihm Antwort genug. Er schritt auf sie zu und spuckte aus.

»Das wirst du noch bereuen!«

Die Tür knallte hinter ihm ins Schloss und Ealasaid blieb verzweifelt am Boden liegen.

Die Dämmerung war bereits hereingebrochen, als es an ihrer Tür klopfte. Annis steckte den Kopf herein und sah bestürzt, dass sie am Boden lag, ihr Gesicht vom stundenlangen Heulen verquollen.

»Mein liebes Kind, was ist mit Euch?!«, rief sie erschrocken aus.

Ealasaid schwieg und sah sie aus glasigen Augen an.

»Seid Ihr krank? Was fehlt Euch nur?«

Langsam schüttelte Ealasaid den Kopf.

»Pater Adomnanus ist hier um Euch zu sehen. Soll ich ihn fortschicken?«

Doch Ealasaid reagierte nicht. Da schob sich die breite Gestalt des Paters an Annis vorbei und durch die Tür.

»Es ist von äußerster Dringlichkeit und geht um Leben und Tod!«, rief er aus.

Noch immer saß Ealasaid ungerührt auf dem Boden und schaute ins Leere.

»Mistress Ealasaid, Ihr müsst fliehen! Somerled ist in der Schlacht ermordet worden und angeblich rief er zuvor Euren Namen aus. Auch Master Gillecallum ist gefallen. Dougall und seine Brüder wollen Rache und sie werden sie an Euch üben. Ihr seid der Sündenbock. Seid gewarnt!«

Annis schlug sich vor Schreck die Hand vor den Mund und starrte Ealasaid mit weit aufgerissenen Augen an. Doch bald hatte sie sich wieder im Griff und lief zu ihr, um sie in die Arme zu schließen.

Pater Adomnanus, dem Schweißperlen auf der bleichen Stirn glitzerten, drängte zur Eile.

»Schnell! Nehmt nur das Nötigste. Draußen wartet ein Pferd auf Euch. Reitet ohne Umwege nach Dunnyvaig und nehmt dort ein Schiff zum Festland. Kehrt nicht zurück!«

»Ich gehe nicht ohne meinen Bruder!« Ihre Stimme klang brüchig, doch man hört ihre Überzeugung.

Der Pater geriet darüber noch mehr ins Schwitzen und wollte schon protestieren, als ihn ein finsterer Blick von Annis traf.

»Sie haben es gehört, Pater! Holen Sie ihren Bruder, schnell! Und noch ein weiteres Pferd für mich. Ich werde Mistress Ealasaid nicht allein lassen. Sie war mir seit ihrer Kindheit anvertraut und sie ist wie meine eigene Tochter. Nun geht!«

Vollkommen außer Fassung verließ der Pater das Haus, um zu tun, wie ihm aufgetragen war.

Mittlerweile hatte die Totenwache für die Gefallenen begonnen, zu der auch er erwartet wurde. Auf dem Weg zu Fearghus' Quartier, musste er sich des Öfteren in die Schatten der Häuser ducken, um von niemandem gesehen zu werden. Eine Aufgabe, die bei seiner Körperfülle nicht einfach war. Als er die Unterkunft beinahe erreicht hatte, kam Fearghus direkt auf ihn zu. Auch ihm waren Sorge und Schmerz ins Gesicht geschrieben.

Der Pater schnappte sich den verdutzten jungen Krieger und zog ihn hinter ein Hauseck. Der wollte sich gerade zur Wehr setzen, als er erkannte, wer ihn da gepackt hatte.

»Pater, was tut Ihr hier?! Ich hätte Euch beinahe den Schädel eingeschlagen.«

»Ich muss Euch dringend etwas Wichtiges sagen. Es geht um das Leben Eurer Schwester und vermutlich auch um Euer eigenes.«

Er erzählte ihm, was er gehört hatte und dass Ealasaid ihn erwartete. Sofort lief Fearghus los, um aus den Stallungen zwei weitere Pferde zu holen, während der Pater händeringend auf ihn wartete und aufpasste. Doch alle im Dorf waren mittlerweile bei der Totenwache eingetroffen und niemand merkte etwas.

Als sie mit den Pferden zurückkamen, standen die beiden Frauen bereits fertig in ihre Reiseumhänge gehüllt und jede mit einem Bündel an Habseligkeiten bepackt.

Fearghus umarmte seine Schwester und sie verabschiedeten sich bei Pater Adomnanus.

»Gebt Acht auf Master Calum! Ich denke, es ist an der Zeit, ihn ins Kloster zu schicken«, rief Annis ihm zu.

Dieser nickte zustimmend und hob die Hand zum Abschied. Sie führten im Schutz der Dunkelheit ihre Pferde aus dem Dorf. Erst, als sie sicher waren, dass niemand sie hören würde, stiegen sie auf und ritten davon, als wäre der Teufel persönlich hinter ihnen her. Und vielleicht war er das auch.

Sie ritten stundenlang, ohne Pause. Die Pferde, die sie gnadenlos antrieben, waren triefend nass und kurz davor, zusammenzubrechen. Zum Glück erreichten sie ihr Ziel noch vor Sonnenaufgang.

Im Schutze der Nacht machte sich Annis daran, Plätze auf dem nächsten Schiff zu besorgen, das den Hafen verlassen würde. Fearghus und Ealasaid dagegen wollten zu ihrer Tante, um sich von ihr und ihren Geschwistern zu verabschieden und sie zu warnen.

Als Ealasaid zur Hütte trat, die ihr früher so vertraut gewesen war, musste sie erst den Kloß hinunterschlucken, der sich in ihrem Hals gebildet hatte. Zögerlich riskierte sie einen Blick zur nahen Hütte ihres verstorbenen

Vaters, die nun, finster und leer, einen unheimlichen Anblick bot. Doch vor ihrem geistigen Auge erwachte alles
wieder zum Leben. Sie sah ihre geliebte Mutter mit En-
gelshaar und strahlend blauen Augen, eine Schar von
fröhlich lachenden Kindern und ihren Vater, der ihr liebevoll den Kopf tätschelte. Das alles schien aus einer anderen Welt zu sein. Eine einzelne Träne kullerte über
ihre Wange und schimmerte fahl im Mondlicht.

Fearghus drückte ihr tröstend die Hand, dann trat er
an die Tür und klopfte an.

Kurz darauf erschien die vertraute Gestalt ihrer Tante
Eibhlin im Türspalt. Ihr misstrauischer Blick streifte sie,
dann gab sie einen freudigen Aufschrei des Erkennens
von sich und umarmte die beiden fest.

»Ealasiad! Fearghus! Was für eine Freude! Kommt
doch rein, Kinder.«

Schon bugsierte sie die beiden hinein und setzte sie
auf eine Bank vor dem Kaminfeuer.

»Wir sind leider nur kurz hier, liebe Tante, denn wir
müssen fliehen. Somerled ist tot und auch unser lieber
Bruder Duncan ist mit ihm gefallen. Es ist eine schreckliche Geschichte und ich muss euch warnen«, begann
Ealasaid und erzählte daraufhin alles, was sich zugetra-
gen hatte.

Eibhlin weinte über Duncans Tod und lauschte schreckensbleich der Erzählung. Obwohl sie erst dreiunddrei-
ßig Jahre alt war, waren ihre Haare schon fast vollständig
ergraut und tiefe Linien zeichneten ihr Gesicht. Sie hatte

bereits viel Leid gesehen, aber am Schlimmsten war es, wenn ihren Nichten und Neffen etwas passierte. Es zerriss ihr fast das Herz, denn sie waren wie ihre eigenen Kinder.

»Welch schreckliches Schicksal! Ihr dürft keine Zeit verlieren und müsst so schnell wie möglich aufs Festland fliehen. Ich habe Verwandte in York, England. Es sind gute Leute, die euch aufnehmen werden: Thomas Johannis und seine Frau Elsie. Geht zu ihnen und sagt, wer euch geschickt hat. Und nun wärme ich euch etwas Suppe auf. Ruht euch noch etwas aus.«

»Wie geht es unseren Brüdern? Wir möchten uns verabschieden und auch noch auf den Kirchhof, um das Grab der kleinen Éua zu sehen«, mischte sich Fearghus ins Gespräch.

Eibhlin nickte traurig.

»Sie hatte ein so kurzes Leben. Dabei war sie ein richtig fröhliches Kind! Immer ein Lächeln auf den Lippen. Ich wünschte, ihr hättet ihre letzten beiden Jahre noch mit ihr verbringen können.«

Eibhlin wischte sich mit dem Ärmel über die feuchten Augen und auch Ealasaid kamen wieder die Tränen beim Gedanken daran, dass sie ihre kleine Schwester im Alter von nur vier Jahren durch ein Fieber verloren hatte. Sie war nur zwei Jahre alt gewesen, als sie sie verlassen musste und Somerled sie und ihre Brüder in die Burg gebracht hatte.

Aufgeweckt durch die ungewohnten nächtlichen Geräusche und Stimmen, regten sich nun ihre anderen Geschwister in ihren Betten. Der Älteste von ihnen, Cormac, rieb sich die Augen und sah sich verwirrt um. Dann sprang er neugierig aus dem Bett und patschte barfuß zu den ungewohnt späten Gästen. Er war ein rothaariger Junge von elf Jahren, sein Gesicht bedeckt von lustigen Sommersprossen. Sein klarer, intelligenter Blick war stets auf die Besucher gerichtet.

Der Jüngste der Familie, Domnall, blieb dagegen ängstlich im Bett zurück und spähte, versteckt unter dem Laken, zu ihnen herüber. Allein sein dunkler Haarschopf und die braunen Augen mit dichten Wimpern lugten hervor.

Erfreut darüber, ihre Geschwister wiederzusehen, umarmte Ealasaid Cormac und bedeckte ihn mit Küssen, wogegen er sich mit aller Macht zu wehren versuchte.

Eibhlin musste darüber lachen und schallt ihren Ziehsohn:

»Cormac, was stellst du dich nur so an?! Lass dich von deiner älteren Schwester Ealasaid umarmen!«

Verdutzt sah der Junge seine Schwester an, dann machte sich ein verlegenes Grinsen auf seinem Gesicht breit und er ließ sich die Umarmungen gefallen. Fearghus verzichtete darauf und klopfte dem Jungen stattdessen brüderlich auf den Rücken.

Ealasaid näherte sich in der Zwischenzeit vorsichtig dem Bett ihres jüngsten Bruders, der noch immer unter

dem Laken hervorlugte. Doch als er sah, dass sie näherkam, verschwand er komplett darunter.

Ealasaid lachte und strich sanft über die sich abzeich-
nende Gestalt unter dem Laken.

»Du musst keine Angst haben. Ich bin deine ältere
Schwester und komme dich besuchen. Leider kann ich
nicht lange bleiben. Bitte komme raus und gib mir einen
Kuss. Nur einen!«, bettelte sie.

Doch der Kleine blieb in seinem Versteck. Da trat Eibhlin dazu und flüsterte ihm leise Worte ins Ohr. Er schob
zögerlich die Decke herunter und es erschien ein hübsches Jungengesicht, das Ealasaid schüchtern anlächelte.
Sie lächelte glücklich zurück.

»Na, komm schon, Domnall! Gib deiner Schwester einen Kuss!«

Schnell schoss sein Kopf vor und ein schneller
Schmatz landete auf Ealasaids Wange.

»Danke, das freut mich sehr! Ich habe jedem von euch
etwas mitgebracht.« Sie zog aus ihrem Bündel ein kleines
Säckchen, in dem sich Münzen befanden und fischte zwei
davon heraus. Eine gab sie Domnall, der sie mit offenem
Mund anstarrte, die andere erhielt Cormac.

In der Zwischenzeit war die Suppe warm und Eibhlin
nötigte ihre Besucher, etwas zu essen. Danach setzten sie
sich alle gemeinsam vor das Feuer und sie redeten über
alte Zeiten, über Duncan und über die bevorstehende
Flucht. Den Kleinen fielen bald vor Erschöpfung die Augen zu und Eibhlin deckte sie liebevoll zu.

»Du musst ebenfalls fliehen, Tante Eibhlin! Sie werden sich an euch rächen, wenn sie merken, dass wir fort sind. Kommt mit uns!«

»Nein, mein Kind. Ich kann nicht. Diese Insel ist mein Zuhause und wir würden euch bei der Flucht nur im Weg sein. Ich gehe mit den beiden in die Berge und verstecke mich dort, bis die Luft rein ist. Wenn sie alt genug sind, sollen sie ihrer Wege ziehen. Und so Gott will, werden wir uns eines Tages alle wiedersehen.«

Sie redeten noch lange weiter, bis die zarte Morgenröte den Raum in unwirkliches Licht tauchte.

Als es an der Tür klopfte, gab Eibhlin ihren Besuchern ein Zeichen, sich zu verstecken. Dann öffnete sie vorsichtig. Doch es war nur Annis, die ihnen die Nachricht brachte, dass ein Schiff sie am Morgen aufs Festland übersetzen werde. Ealasaid und Fearghus verabschiedeten sich danach bald von ihrer Tante und küssten ihre schlafenden Geschwister.

Sie besuchten noch die Gräber am Friedhof, bevor sie von Annis ans Meer begleitet wurden, wo ihre Mitfahrgelegenheit vor Anker lag. Bevor sie jedoch auf das wartende Schiff ging, erbat sie sich noch einige Minuten Zeit. Sie eilte in die Dünen und verscharrte dort das Zauberbuch, das ihr so viel Unglück gebracht hatte, samt der dafür angefertigten Holzkassette - ebenfalls ein Geschenk Somerleds. So konnte es keinen Schaden mehr anrichten und der Magie wollte sie ein für alle Mal abschwören. Sie hatte damit genug angerichtet. Es war Zeit für einen

Neubeginn. Nach getaner Arbeit erhob sie sich und klopfte den Sand von ihren Gewändern. Dann ging sie zurück zu den anderen.

Vom Strand aus warf sie dem Dörfchen Kilmhor, Dunnyvaig und Islay einen letzten Blick zu, danach wandte sie sich schweren Herzens ab und trat die Reise in eine ungewisse Zukunft an.

apitel 23 – Exodus

»Wer vor dem Tode flieht, der flieht vor seinem Schatten.«
Magnus Gottfried Lichtwer

Sie liefen um ihr Leben, doch aufgrund der Dunkelheit und Ethans Verletzung, kamen sie nur schlecht voran.

»Siehst du sie? Sind sie hinter uns? Ich kann nichts erkennen«, keuchte Lily außer Atem.

»Nein, es ist einfach zu dunkel. Aber ich glaube nicht.« Ethan warf einen prüfenden Blick über die Schulter, lief dabei aber weiter.

»Wo sind wir? Ich weiß gar nicht mehr, wo wir überhaupt hinlaufen.«

»Genau weiß ich es auch nicht, aber ich schätze, die Distillery müsste jeden Moment vor uns auftauchen.«

Und wirklich sahen sie kurz darauf schemenhaft die Pagodendächer der Whiskybrennerei vor sich aus der Schwärze steigen. Lily lachte vor Erleichterung kurz auf und sah sich nach Hilfe um. Um diese Zeit jedoch war

keiner der Arbeiter mehr zu sehen. Alles schien wie ausgestorben.

»Es ist niemand mehr hier, was sollen wir tun? Wir
können hier draußen nicht stehenbleiben. Sie werden
uns einholen. Und zurück können wir auch nicht mehr.«
Lily war nun kurz davor, vor Verzweiflung zusammenzubrechen. Alles schien ihr aussichtslos.

»Keine Sorge, wir finden einen Weg. Ich versuche, in
eines der Lagerhäuser zu kommen.«

Doch nach minutenlanger Suche konnte er keine Öffnung entdecken. Alles war verriegelt und die Fenster zu
hoch, um daran zu kommen. Ethan stieß einen Fluch aus
und Lily vergrub ihr Gesicht in den Händen. Da hörten
sie plötzlich ein seltsames Schaben, gefolgt von einem
metallischen Geräusch. Lily und Ethan zuckten erschrocken zusammen.

»Was war das?«, flüsterte Lily ängstlich.

»Weiß nicht.«

Beide spitzten die Ohren. Aber es war nichts mehr zu
hören. Neben ihnen jedoch ging ganz langsam die
schwere Stahltür des Lagerhauses auf. Lilys Atem kam in
kleinen, weißen Wölkchen aus ihrem entsetzt aufgerissenen Mund und sie wichen beide einige Schritte zurück.
Ethan legte schützend den Arm um Lily und zog sie fester
an sich. Sie blinzelte, dann sah sie ein schwaches, bläuli-
ches Leuchten, das auf sie zuschwebte.

»Hallo Lily! Ich dachte, ihr könntet ein wenig Hilfe gebrauchen …«

Das zarte Stimmchen kam ihr bekannt vor.

»Maisie! Du bist es«, rief sie erstaunt.

Ethan sah verwirrt von der offenen Tür zu Lily und zurück.

»Sie ist hier, sie hat diese Tür für uns geöffnet«, erklärte Lily, an Ethan gewandt.

»Schnell, verliert keine Zeit! Die böse Hexe wird vor nichts zurückschrecken.«

Lily zog Ethan voran in die riesige Halle, die erfüllt von intensivem Whiskyduft war.

Mit einem Rums fiel die Stahltür hinter ihnen wieder ins Schloss.

»Hier seid ihr erstmal sicher«, verkündete Maisie.

Lily fiel Ethan erleichtert um den Hals. Sanft strich er ihr das schweißnasse Haar aus dem Gesicht. Danach hob er den Kopf und versuchte, etwas zu erkennen.

»Danke, Maisie! Danke, dass du uns geholfen hast!«, rief Ethan in die Dunkelheit hinein. Ein eisiger Schauer durchfuhr ihn, so als wolle sie ihm zeigen, dass sie ihn gehört hatte. Erschöpft sanken Lily und Ethan zu Boden und lehnten sich dabei an die Fässer.

»Was jetzt? Wir müssen sie irgendwie aufhalten!«

»Ich glaube nicht, dass wir diese Höllenbrut stoppen können«, gab Ethan zu bedenken.

Noch immer hielt Lily krampfhaft das Grimoire in Händen, das sie Morna entwendet hatte, doch erst jetzt fiel es ihr wieder ein.

»Das Buch! Ich hab der Hexe das Zauberbuch gestohlen. Vielleicht können wir damit alles wieder rückgängig machen!«

Hoffnung schwang in ihrer Stimme mit.

Aber es herrschte absolute Finsternis im Lagerhaus. Und selbst wenn sie Maisie losschicken würden, um den Lichtschalter zu finden, würde die nächtliche Beleuchtung zu viel Aufmerksamkeit auf sich ziehen. Als hätte sie ihre Gedanken gelesen, meldete sich Maisie wieder zu Wort, die – noch immer sanft leuchtend – neben sie trat.

»Gib mir deine Hände und konzentriere dich darauf, mir deine Energie zu geben«, bat sie Lily.

Lily reichte ihr die Hände, die allerdings durch den substanzlosen, kleinen Geist hindurchgingen. Doch sie versuchte, sie innerhalb des blauen Lichtes zu halten. Dann konzentrierte sie sich auf Maisie. Sie wusste nicht genau, was sie tun musste, folgte aber ihrem Instinkt. Bald schon begann Maisie, blau zu pulsieren und gewann an Helligkeit. Erschrocken fuhr Ethan zusammen. Auch er konnte nun das blaue Leuchten erkennen, das aus heiterem Himmel neben ihm aufgetaucht war.

»Was zum …?!«, entfuhr es ihm.

Aber Lily beruhigte ihn sofort, indem sie erklärte, was gerade vor sich ging. Nun war es hell genug, um die Schrift im Grimoire lesen zu können. Sofort schlug Lily es auf und blätterte durch die Seiten. Sie versuchte konzentriert, die Überschriften über den magischen Texten zu entziffern. Auch Ethan sah ihr über die Schulter und versuchte zu helfen. Es dauerte Stunden, bis sie sich durch das Buch gearbeitet hatten. Leider entdeckten sie auch beim Zombiezauber keinen Hinweis auf ein Gegenmittel. Doch als sie schon aufgeben und das Grimoire zur Seite legen wollten, entdeckte Lily einige Notizen, die am Ende des Buches gekritzelt waren.

»Da steht noch etwas, ganz hinten. Es ist schwer zu entziffern …«, verkündete Lily. »Eine Quelle mit heilkräftigem Wasser … und irgendwas über einen Frosch mit einem Fuchsschwanz. Was um Himmels willen!? Ah, da steht, dass man mit dem Wasser und einem Zauberspruch negative Hexereien wieder aufheben kann.«

»Steht da auch, welcher Zauberspruch das sein soll?« Ethan schöpfte neue Hoffnung.

»Moment – ja. Da steht ein Spruch, das muss er sein. Ich glaube, wir haben gefunden, was wir suchen!«

Mit einem kleinen Jubelschrei sprang sie auf.

»Los, wir dürfen keine Zeit mehr verlieren! Maisie, kannst du uns bitte wieder hier rauslassen?«

Der kleine Geist nickte. Ihr Licht begann bereits wieder zu verblassen und Ethan konnte nur mehr einen leichten Schemen erkennen, wo sie stand.

»Kannst du uns zu dieser Quelle von Lasrach führen?«, wandte sich Lily erneut an Maisie, als diese das Schloss der Stahltür aufschnappen ließ.

»Ich weiß nicht. Ich kenne nur eine Kapelle der heiligen Lasair, weiß aber nichts von einer Quelle«, erwiderte die Kleine.

»Schon gut, wir werden sie schon finden. Fangen wir doch bei dieser Kapelle mit der Suche an.«

»Lily, denk mal nach! Es ist spät und stockfinster, so werden wir sie doch nie entdecken. Außerdem ist das viel zu gefährlich. Wir müssen zurück zu Onkel Ewan und morgen suchen wir nach dieser Quelle.«

Ethan sah Lily mit eindringlichem Blick an und widerwillig nickte sie.

Als sie den Schutz des Lagerhauses verließen, war es fast Mitternacht. Draußen war es sehr ruhig, keine Zombies weit und breit. Maisie führte die beiden zurück zu Ewans Cottage, wo dieser schon auf sie wartete.

»Wo zum Teufel habt ihr gesteckt?! Ich war bereits drauf und dran, die Polizei zu verständigen«, rief er ihnen aufgebracht entgegen, als sie die Stufen in den ersten Stock erklommen.

»Du wirst es uns bestimmt wieder nicht glauben, wenn wir es dir erzählen …«, begann Ethan.

»Versuche es!«, brüllte Ewan zurück.

»Es ist uns wirklich etwas Schlimmes passiert, wir können nichts dafür!«, verteidigte sich Lily.

Sie setzten sich in die kleine Küche und erzählten dem noch immer vor Wut schnaubenden Ewan von den abendlichen und nächtlichen Ereignissen.

Als sie geendet hatten, gab Ewan ein boshaftes Lachen von sich.

»Natürlich! Wieder dieser Zombieunsinn. Verkauft mich doch nicht für blöd!«

»Es ist wahr!« Mit diesen Worten riss Ethan sich sein schmutziges und blutiges T-Shirt vom Leib und zeigte Ewan seine Wunde.

Dieser starrte entsetzt darauf. Dann dreht er sich um und schnappte sich seine Autoschlüssel.

»Ich bringe dich in die Notaufnahme! Komm schon, worauf wartest du?«

»Es ist nicht so schlimm, wie es aussieht. Sicher liegt es an einem Zauber. Die Hexe wollte dadurch ja nur Lily anlocken. Es geht schon wieder«, versuchte Ethan seinen Onkel zu beschwichtigen.

»Du kommst mit, sofort!«

Ewan duldete keine Widerrede.

Und so wurde Ethan von seinem Onkel zum Auto geführt und Lily lief hinterher.

»Wo ist denn dieses Krankenhaus?«, wollte Ethan wissen.

»In Bowmore – ein gutes Stück Fahrt.«

Und dieses Stück Fahrt legten die Drei in eisigem Schweigen zurück.

✳ ✳ ✳

Morna war unterdessen auf dem Weg in die düsteren, nächtlichen Hügel, gefolgt von einem Tross ihrer wiederauferstandenen Lieben. Sie spürte das feuchtkalte Gras unter ihren nackten Füßen und roch den herben Duft des nahen Torfmoores. Es war der Duft der Freiheit und eines neuen Anfangs. Wie hatte sie sich gefreut, als sich aus den wilden Wirbeln menschliche Gestalten geformt hatten. Gesichter, die sie seit langer Zeit nicht mehr gesehen hatte. Ihr Mann, ihre Schwester und deren längst verstorbener Ehemann, ihre geliebten Kinder und einige Freunde.

Doch in den Augen der Erweckten spiegelte sich keineswegs dieselbe Freude. Sie schienen verwirrt, verängstigt und traurig.

Morna hatte zu ihnen gesprochen und ihnen alles erklärt, alles was ihr passiert war und was sie deshalb tun musste. Aber ihre Zombiefamilie schien sie nicht zu verstehen. Vielleicht brauchten sie nur mehr Zeit? Morna wusste, sie mussten sich nun verstecken. Sie mussten in die Hügel fliehen, wo sie sich ihr altes Dorf wiederaufbauen würden. Dort wären sie sicher und könnten wieder eine Familie sein. Ein zufriedenes Lächeln umspielte ihr Gesicht und vertrieb kurz die Erschöpfung.

Das Terrain stieg nun sanft an und bald schon würden sie ihr Ziel erreicht haben. Da trat eine alte, weißhaarige Frau zu ihr. Es war, wie sie bereits erfahren hatte, ihre Tochter Ealasaid.

»Mutter, was du getan hast war falsch. Du musst den Zauber rückgängig machen. Derart schwarze Magie wird deine Seele zerstören. Und niemand von uns wollte zurückkehren. Wir waren in einer wunderbar glücklichen, friedlichen Welt, bevor wir ihr gewaltsam entrissen und hier zurück auf die Erde geschleudert wurden.«

»Aber du bist meine Tochter, ich liebe dich! Ich liebe euch alle! Wir wurden auseinandergerissen und haben nun die Chance, gemeinsam leben zu können. Ich könnte dich wieder verjüngen, meine Kleine!«

»Ich verstehe, warum du es getan hast, Mutter. Aber es war Unrecht. Du musst es rückgängig machen. Bitte! Wir wollen zurück in die bessere Welt. Wir waren dort so glücklich. Bald kannst du uns folgen und wir werden auf ewig beisammen sein.«

Doch Morna presste nur fest ihre Lippen zusammen und schüttelte den Kopf. Stur marschierte sie voran und ließ ihre alternde Tochter links liegen. Widerwillig folgten ihr die Erweckten den Hügel hinauf. Ein Blick in ihre Gesichter genügte, um zu wissen, dass sie alle Ealasaids Meinung teilten. Keiner von ihnen war glücklich darüber, wieder leben zu müssen.

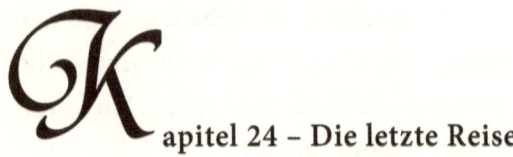

apitel 24 – Die letzte Reise

*»Es nahen Mönche, die in Händen bergen
Die Totenlichter in den Prozessionen.«*
Georg Heym

Der Wind peitschte die wilde Gischt in die Höhe, das Meer brodelte und spuckte, als sei es erzürnt. Kleine, eiskalte Tröpfchen benetzten ihr faltiges Gesicht. Ealasaid zog ihren warmen Wollschal enger über ihre knochigen, gebeugten Schultern. Sie besah sich das Schauspiel eine Weile, dann kehrte sie in ihr kleines Häuschen zurück. Es war das Haus ihrer Eltern, ihrer Kindheit, in das sie nach Dougalls Tod zurückgekehrt war. Als der rachsüchtige Herrscher tot war, hatten seine Anhänger Ealasaid längst vergessen. Niemand erinnerte sich mehr an Somerleds Ausruf vor seinem Tod oder was dieser bedeuten könnte. Als sie erneut ihre Heimat betreten hatte, war sie dreißig Jahre alt gewesen und bereits weit gereist.

Ealasaid schürte das Kaminfeuer in ihrem Cottage und machte es sich davor gemütlich, während der Wind

draußen laut ums Haus tobte. Die Winterstürme auf Islay waren manchmal furchteinflößend. Doch Ealasaid
konnte so schnell nichts aus der Ruhe bringen. An solchen Tagen aber, wenn der Sturm sie ans Haus fesselte
und nicht viel zu tun war, musste sie wieder an Calum
denken. Wie es ihm wohl inzwischen ergangen war? Ob
die Jahre seinen Hass gemildert hatten? Sie hatte neulich
von ihrem Dorfpriester gehört, er habe mit König
Alaxandair mac Uilliam das Blackfriars Kloster in Aberdeen gegründet, wo er nun Abt war. Ob er sich nach wie
vor der Hexenverfolgung widmete? Seinem grausamen
Urteil waren bereits viele Frauen und auch einige Männer zum Opfer gefallen. Düstere Gedanken bewölkten
ihre friedliche Seele und eine Unruhe ermächtigte sich
ihrer. Sie fühlte, dass ihr nur noch wenig Zeit auf Erden
blieb. Vielleicht sollte sie Frieden schließen. So erhob sie
sich von ihrem gemütlichen Platz am Feuer, ging zu einer
kleinen Truhe und holte Schreibzeug daraus hervor. Damit setzte sie sich an den grob gezimmerten Holztisch
und machte sich ans Werk. In lateinischer Sprache
schrieb sie folgenden Brief:

»Mein liebster Calum,

*es sind nun einundsiebzig lange Jahre, seit wir uns
trennten. Es ist ein Wunder, dass Gott uns beiden dieses
lange Leben geschenkt hat, doch ich fühle, meines geht nun
seinem Ende zu. Ich muss mein Gewissen erleichtern und
ich möchte, dass Du die ganze Wahrheit erfährst. Ich*

hoffe, dass Du mir Glauben schenkst und verzeihst – so wie ich Dir verziehen habe.

Zunächst: ja, ich bin eine Hexe. Aber ich habe niemals jemandem willentlich Schaden zugefügt. Somerled hat einst meine Mutter und dann auch mich ausgenutzt, da er unsere Kräfte kannte. Er benutzte uns für seine Kriegspläne. Das kostete uns das Leben meiner geliebten Mutter und er entriss mich und meine beiden ältesten Brüder dem Schoß der Familie. Mein Vater kam nie darüber hinweg.

Aber etwas Gutes kam dabei heraus: ich durfte Dich kennen und lieben lernen. Ich half Somerled einst dabei, die große Seeschlacht zu gewinnen, die zur Eroberung der Isle of Man führte – wie ihm zuvor meine Mutter in der Dreikönigsschlacht half. Er hat dafür gesorgt, dass ich meine Kräfte entwickelte und schulte, indem er mich mit Grimoires versorgte und mir einen Raum im Turm von Dunnyvaig überließ, wo ich ungestört war.

In meinem fünzehnten Sommer dann, verlangte er wieder meine Hilfe. Er wollte meine beiden Brüder in die Schlacht schicken und bat mich darum, ihn und seine Armee unverwundbar zu machen. Ich konnte aber doch unmöglich unschuldige Menschenleben opfern. Er hatte mich als Kind schon einmal dazu gezwungen und meine Seele so der Dunkelheit ausgeliefert. Ich konnte es nicht wieder tun oder ich wäre für immer verdammt gewesen. So entschied ich mich dazu, seinen Plan zu vereiteln. Ich gab ihm einen Zauber, der ihn zur Zielscheibe seiner Feinde machte und ihn schnell außer Gefecht setzen würde.

Aber obwohl ich dadurch viele Leben rettete, fielen dennoch einige bei der Schlacht – unter ihnen mein geliebter Bruder Duncan und auch Somerled. Es war der Preis, den ich zahlen musste. Somerleds letzer Ausruf verriet mich und da auch Du mich verurteilt hast, ohne mich anzuhören, musste ich fliehen.

Am Beginn meiner Flucht ging ich mit Fearghus und Annis nach England und wirkte dort einige Jahre als Heilerin. Aufgrund meiner Fähigkeiten, die sich weit herumsprachen, wurde ich sogar an den königlichen Hof Henrys II. gerufen.

Ich blieb lange Jahre in des Königs Diensten, bis ich schließlich vom Tod Dougalls im Jahre 1179 erfuhr und in unsere Heimat zurückkehrte. Fearghus jedoch blieb bei Hofe und als Richard Löwenherz König wurde, begleitete er ihn auf seinen Kreuzzug, von dem mein Bruder nie zurückkehrte. Mit Henrys Hofstaat hatte ich im Laufe der Zeit weite Teile Englands und auch seine Gebiete in Frankreich bereist. Annis hat dort spätes Eheglück mit einem einheimischen Kaufmann namens Philip gefunden und war geblieben. Ich allerdings habe nie geheiratet, obwohl viele Männer Interesse zeigten. Mein Herz war gebrochen, verraten von Dir, meinem Liebsten.

Niemals wieder wollte ich mich so verletzlich zeigen. Nie wieder sollte ein Mann diese Macht über mich haben. Das schwor ich mir! So widmete ich mich ganz meiner Arbeit, heilte und tröstete, umsorgte und pflegte. Doch der Magie habe ich endgültig abgeschworen. Ich möchte, dass

Du das weißt. Die Zauberei war schuld daran, dass ich meine große Liebe und auch meine Heimat verloren habe. Ich habe mich zeitlebens an diesen Schwur gehalten.

Als ich nach all diesen Jahren in England und Frankreich wieder nach Hause zurückkehrte, war meine Tante Eibhlin bereits schwer krank und lebte noch immer in meinem alten Dorf. Auch meine Brüder hatten sich dort mit ihren Familien niedergelassen. Sie waren zurückgekehrt, nachdem der kränkliche Dougall nicht mehr dazu in der Lage gewesen war, seine Rachepläne in die Tat umzusetzen. Anfangs lebte ich mit meinem jüngsten Bruder Domnall und seiner Familie hier im Haus meiner Eltern. Doch nach Domnalls frühem Tod zog seine Witwe mit den Kindern zurück in ihr Heimatdorf, auf der anderen Seite Islays. So blieb ich allein zurück.

Aber ich habe ja noch meinen Bruder Cormac, seine liebe Frau Bethoc und deren acht Kinder in der Nachbarschaft – bin also nie einsam gewesen. Und doch war da ein kleiner Teil von mir, der bedauerte, niemals eigene Kinder gehabt zu haben.

Ich habe oft an Dich gedacht und mir vorgestellt, wie es wohl gewesen wäre, wenn Du nicht für das Kloster und ich nicht für die Hexenkunst vorgesehen gewesen wäre. Wenn wir geheiratet und eine Familie gegründet hätten ... Nun ist es zu spät. Unsere Leben sind gelebt und Gott sei unseren Seelen gnädig! Ich will Dir nur noch eines sagen, bevor ich von hier gehe: ich liebe Dich, Calum, habe Dich immer geliebt und werde Dich immer lieben.

Deine Ealasaid«

✳ ✳ ✳

Nach der Terz inspizierte Abt Michael das Scriptorium, wo einige seiner Brüder sich eifrig dem Kopieren der Heiligen Schrift widmeten. Er stützte sich schwer auf seinen Gehstock und ging die Reihen ab, wobei er immer wieder eine kurze Pause einlegen musste. Er war in die Jahre gekommen, doch das alte Feuer brannte noch in seiner Seele und trieb ihn voran, um die Feinde seines Glaubens zu besiegen und die Brut des Drachen auszumerzen. Seinen weltlichen Namen Calum hatte er einst abgelegt, um seinem Vorbild, dem Erzengel Michael zu folgen, der mit flammendem Schwert das Böse besiegte. Zufrieden über den Fortschritt seiner Brüder, zog er sich zurück in seine Räume, um sich den Briefen zuzuwenden und die Aufgaben des Tages mit Prior Stephanus zu besprechen. Auf seinem Schreibtisch erwarteten ihn bereits mehrere Pergamente. Seufzend ließ er sich auf dem ausladenden Stuhl nieder und begann mit der Lektüre.

Unter einem Stapel offizieller Dokumente fand er alsbald einen Brief in einer Handschrift, die ihm vage bekannt vorkam. Neugierig zog er ihn hervor und brach das Siegel. Sein zuvor ruhiger Gemütszustand wandelte sich schnell ins Gegenteil, als er die ersten Zeilen las.

»Mein liebster Calum,

es sind nun einundsiebzig lange Jahre, seit wir uns trennten. [...]

Deine Ealasaid«

Seine Hände zitterten und Schweißperlen bildeten sich auf seiner bleichen Stirn.

»Ealasaid!« Sein Aufschrei zerriss die Stille des Klosters. Seine Gefühle schwankten zwischen blankem Hass und großem Bedauern. Sollte er ihren Worten Glauben schenken? Vielleicht war es nur die List einer verruchten Hexe, der Satansbrut, die er sich auszulöschen geschworen hatte? Doch er wollte ihr so gerne glauben, wollte ihr verzeihen. Niemals wieder hatte er eine Frau geliebt. Er hatte sie die erste Zeit im Kloster schmerzlich vermisst – ihre Stimme, ihr Lachen und ihre Zärtlichkeiten. Aber ihr Vergehen trieb ihn dazu, all das durch Hass auszumerzen und sich in die Verfolgung derer zu stürzen, die er derselben Missetaten verdächtigte. Viele waren durch sein Urteil gestorben – qualvolle, langsame Tode. Es war seine persönliche Rache an Ealasaid und Ihresgleichen, die statt seiner Liebe und seinem Vertrauen die dunkle Seite und das Böse gewählt hatte.

Sollte es wahr sein, traf sie keine Schuld. Sie war von seinem machtgierigen Großvater dazu gezwungen worden. Und dennoch – hätte sie sich ihm anvertraut, dann wäre es nie so weit gekommen!

Aber auch ihn traf Schuld. Er hatte sie verurteilt ohne sie anzuhören. Vielleicht hatte er all die Jahre einen falschen Weg eingeschlagen? Ealasaid hatte ihre Sünden wiedergutgemacht, indem sie sich der Heilung Kranker verschrieben hatte und er? Er hatte das Leben vieler Frauen gewaltsam beendet. Was, wenn er es war, der nun dem Schattenreich anheimgefallen war? War es seine Seele, die in Gefahr schwebte? Er erhob sich, steckte den Brief in seine Tasche und ging zitternd zu seiner Gebetsecke. Dort ließ er sich auf die Kniebank fallen und flehte Gott um die Vergebung seiner Sünden an.

Als er seine Gebete beendet hatte, spürte er einen stechenden Schmerz in der Brust, als hätte ihm jemand ein glühendes Messer hineingerammt. Wieder hallte sein Aufschrei durch das Kloster. Er fasst sich ans Herz und krümmte sich vor unerträglicher Qual. Das war also das Ende! Er griff nach Ealasaids Brief und küsste ihn, bevor er mühevoll seinen letzten Atemzug tat und leblos am kalten Boden zusammensackte.

✳ ✳ ✳

Durch den schmerzerfüllten Schrei aufgeschreckt, eilten verschieden Ordensbrüder herbei, um nach ihrem Abt zu sehen.

Pater Laurentius klopfte an die schwere Eichentür, doch kam keine Antwort. Da hörten sie aufgeregte Schritte hinter sich und ein schwitzender und schnaufender Prior kam den Gang entlanggelaufen. Er war ein kleiner, rundlicher Mann von etwa fünfundfünfzig Jahren, der sich nun erstaunt der wartenden Menge zuwandte.

»Tretet zur Seite, meine Brüder! Ich habe mich verspätet und sollte längst bei unserem Abt sein. Was stehet Ihr da vor der Türe? Sprechet, Pater Laurentius!«

»Oh, wir haben gar schreckliche Schreie aus den Gemächern unseres gnädigsten Abtes vernommen und eilten hierher, um nachzusehen. Er antwortet nicht auf unser Klopfen.«

Pater Laurentius stand händeringend vor dem Prior und warf seinen anderen Ordensbrüdern nervöse Blicke zu.

»Und da stehet Ihr noch immer hier?! Öffnet die Türe! Geschwind!«, rief Prior Stephanus panisch.

Wie vom Blitz getroffen, zuckte Pater Laurentius zusammen, um dann sofort die Türklinke herunterzudrücken. Mit einem kläglichen Quietschen öffnete sie sich und gab den Anblick auf den leblosen Körper des Abtes frei, der noch immer den Brief umklammert hielt. Stephanus beugte sich zu ihm herab, fühlte seinen Puls und schüttelte traurig den Kopf.

»Der Herr hat ihn zu sich genommen.«

Da sah er das Pergament in seiner Hand. Vorsichtig entwand er es seinem Griff und überflog die ersten Zeilen. Sein Blick blieb an einem Satz hängen und seine Augen weiteten sich mit Entsetzen: »[...] *ja, ich bin eine Hexe.*«

»Malefica! Gott steh uns bei! Sie haben ihn geholt. Die Hexen haben unseren Abt getötet.« Schnell bekreuzigte er sich und seine Ordensbrüder taten es ihm gleich.

»Wir müssen alle auf der Hut sein. Vielleicht genügt ihnen ein Leben nicht und sie wollen sich ein weiteres holen?!«

Aufgeregtes Raunen ging durch die mittlerweile gewachsene Menge an Patern.

»Pater Gabriel, kümmert Euch um den Leichnam. Wir werden Totenwache halten und die Beerdigung vorbereiten. Doch seid stets wachsam! Sie sind unter uns. Ihre schwarze Magie kann jeden von uns treffen.«

❋ ❋ ❋

In der feuchten Dunkelheit des Gewölbes roch es nach Moder und Verwesung. Die Fackeln der Klosterbrüder kamen nur ungenügend gegen die Schwärze an. In langsam schlurfendem Gleichschritt ging es immer weiter hinab. Die schmalen Gänge wanden sich wie kalte Schlangen in die Eingeweide des Klosters. Hier unten herrschte Totenstille, nur unterbrochen durch stetiges Tropfen. Die Brüder, die den schweren Sarg trugen, spürten die Erschöpfung und wurden zunehmend langsamer. Am Kopf der kleinen Prozession gingen die Pater Laurentius und Gabriel mit Fackeln, dahinter folgte Prior Stephanus mit einem großen Kreuz, das er vor sich hertrug. Dann kamen die Sargträger mit ihrer schweren Last.

»Nun ist es fast geschafft, meine Brüder.«

Der Prior stimmte das Vaterunser an und alle stimmten in den Singsang ein:

»Pater noster, qui es in caelis: sanctificetur nomen tuum. Adveniat regnum tuum. Fiat voluntas tua, sicut in caelo, et in terra …«

Ihre Stimmen hallten hundertfach von den bröckelnden Steinwänden.

Bald schon bogen sie um die letzte Kurve und erreichten ein Steinpodest, auf dem sie den Sarg abstellten. Kaum hatten sie den Holzsarg daraufgestellt, hörten sie, wie ein scharrendes Geräusch die Stille zerriss. Prior Stephanus fuhr herum, konnte aber in der Finsternis nichts erkennen. Er entriss Pater Laurentius die Fackel und drückte ihm das Kruzifix in die Hand. Dann suchte er die Stelle ab, von der er das Geräusch gehört hatte. Er nahm eine Bewegung wahr. Schon blickte er in die weit aufgerissenen Augen einer jungen Frau. Das musste sie sein! Mit einer Mischung aus Entsetzen und kochender Wut rief er aus: »Malefica!«

Nun hatten auch seine Brüder die Hexe bemerkt und bekreuzigten sich ängstlich. Der Prior reagierte schnell. Er schnappte sich das Kruzifix, das an einem langen Stab befestigt war, und versuchte, sie damit zu erwischen. Mit einem Kampfschrei stürzte er sich auf die böse Hexe, doch das Kreuz ging ins Leere und er kippte nach vorne. Nur mit Mühe konnte er sein Gleichgewicht halten. Die Hexe hatte sich in Luft aufgelöst!

»Schwarze Magie! Gott steh uns bei! Wir sind alle verloren.«

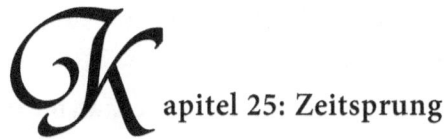

apitel 25: Zeitsprung

»*Wer vor der Vergangenheit die Augen verschließt, wird blind für die Gegenwart.*«

Richard von Weizsäcker

Sie hatten eine lange Nacht hinter sich. In der Notaufnahme mussten sie eine Ewigkeit warten, da es nur ein winziges Krankenhaus mit einem einzigen diensthabenden Arzt war. Er hatte die Wunde an Ethans Schulter gereinigt und mit ein paar Stichen geschlossen. Dann waren sie in den frühen Morgenstunden wieder nach Hause gefahren.

»Ich werde euch für morgen in der Distillery entschuldigen. Aber wenn sowas nochmal passiert, schicke ich euch sofort wieder zurück nach Aberdewy!«

Mit diesen Worten zog Ewan sich in sein Schlafzimmer zurück und knallte die Tür zu. Lily und Ethan lagen noch lange wach, geplagt von ihren Sorgen. Erst als sich die ersten Sonnenstrahlen durch die Finsternis kämpften, schliefen sie erschöpft ein.

Doch lange dauerte ihr Schlaf nicht, denn Ethan hatte den Wecker auf acht Uhr gestellt. Als das durchdringende Fiepen ertönte, waren beide noch halb im Koma. Sie kämpften sich aus den Federn und zogen sich geschwind an.

»Ich nehme an, wir haben keine Zeit für ein Frühstück?«, fragte Lily mit einer Stimme, in der Hoffnung mitschwang.

»Wir sollten uns so schnell wie möglich auf den Weg zur Quelle machen. Wer weiß, was diese Kreaturen alles anstellen?«

»Du hast Recht.« Lily seufzte tief.

»Wo steckt eigentlich Maisie?«

Lily sah sich ratlos um.

»Keine Ahnung! Ich sehe sie nirgends. Maisie?!«

Es kam keine Antwort. Der kleine Geist blieb verschwunden.

Einige Minuten später verließen sie das Cottage. Ein eisiger Wind wehte und Lily machte schnell ihre Regenjacke zu. Erste Regentropfen peitschten ihnen entgegen und es versprach ein ungemütlicher Fußmarsch zu werden. Ethans Auto war noch immer in der Werkstatt. Als sie auf den Friedhof zusteuerten, entdeckte Lily eine kleine, transparente Gestalt, die auf der Mauer saß und auf sie zu warten schien.

»Maisie, da bist du ja!«

Lily lief freudig auf sie zu und hätte sie umarmt, wäre es denn möglich gewesen.

»Wo warst du denn die ganze Zeit?«

»Ich war bei der Kirche der heiligen Lasair und habe versucht, diese Quelle zu finden. Aber die Kirche ist nur noch ein Haufen Steine und eine Quelle ist da weit und breit auch nicht.«

Maisie blickte Lily traurig an.

Lily wiederholte, was Maisie gesagt hatte, damit Ethan es auch hören konnte. Dieser fluchte laut.

»Was sollen wir denn jetzt machen? Wie finden wir diese Quelle?«

»Keine Ahnung, aber es ist unsere einzige Chance. Wir müssen sie einfach finden. Maisie, bitte zeige uns den Weg.«

Maisie hüpfte von der Mauer und lief ihnen voran. Bald schon war das Wetter unerträglich. Der Regen kam in langen Schnüren und machte ein Vorankommen mehr als schwierig. Auch der eisige Wind schnitt ihnen scharf in die Gesichter. Oft rief Lily Maisie zurück, die, unbeeindruckt vom Wetter, schnell vorauslief, so dass die anderen beiden ihr kaum folgen konnten. Sie kämpften sich durch das nasse, hohe Gras, durch sumpfiges Gelände, auf dem sie mit jedem Schritt einsanken, durch stachelige Disteln, vorbei an grasenden Schafherden und über Weidezäune. Keuchend und schnaufend mussten sie einige Male Rast machen. In Lilys Regenjacke klaffte ein großes Loch, das ein Brombeerstrauch hineingerissen hatte. Zum Glück waren es nur etwa fünfundzwanzig Minuten, bis sie ihr Ziel erreicht hatten. Sie erkannten allerdings erst, dass sie da waren, als Maisie abrupt stehen blieb und Lily direkt in sie hineinlief, was sie noch mehr frösteln ließ.

»Hier ist es«, verkündete Maisie.

Lily und Ethan blickten sich verwundert um und erkannten dann ein vages Muster aus kleinen, moosbewachsenen Erhebungen unter sich.

»Das soll es sein? Irgendwie habe ich mir da aber was Anderes vorgestellt.«

Enttäuscht ließ Ethan sich auf einem der Steine nieder. Lily tat es ihm gleich. Sie war komplett erschöpft nach dem schwierigen Marsch querfeldein. Von hier oben hatte man einen wunderschönen Blick auf Port Ellen und das Meer, doch im Moment konnten sie sich nicht daran erfreuen. Müde ließ Lily ihren Kopf auf Ethans Schulter fallen. Da räusperte sich Maisie, was natürlich nur Lily hören konnte.

»Wir haben keine Zeit zum Ausruhen! Wir müssen diese Quelle finden!«

Schuldbewusst sprang Lily auf.

»Du hast ja Recht. Keine Zeit zum Faulenzen. Komm Ethan, Maisie hat mich gerade wieder an unser Vorhaben erinnert. Ich würde sagen, du gehst nach Norden und ich nach Süden. Wir laufen dann einfach einmal um den ganzen Steinhaufen herum.«

Gesagt, getan – Ethan stand widerwillig auf und ging das Gelände um die Umrisse der Kirche nach Norden hin ab, während Lily sich dem Süden zuwandte. Sie entdeckten, dass die Kirche wohl einst an einer Seite eines umschlossenen Bereiches gelegen hatte, den man von Südwesten her durch ein Tor betreten konnte. Es waren jedoch nur mehr niedrige Mauerreste übrig. Eine Quelle konnten sie nirgendwo finden.

Nachdem sie mehrmals die gesamte Anlage umkreist und durchquert hatten, sanken sie erneut erschöpft auf den Steinen zusammen.

»Ich weiß einfach nicht, was wir noch versuchen sollen.« Lilys Stimme klang verzweifelt.

Ethan runzelte nachdenklich die Stirn. Dann rief er aus:

»Ich glaub, ich hab's! Weißt du noch, wie du damals in Aberdeen in diesem Keller die Vision hattest? Du hast alles so gesehen, wie es vor hunderten von Jahren war. Wenn du das hier auch schaffen könntest, würdest du sehen, wo sich diese Quelle befindet.«

Lily sah ihn skeptisch an, während Maisie neugierig näherkam.

»Du weißt doch, dass ich das nicht kontrollieren kann. Es kommt manchmal ganz plötzlich, aber nie, wenn ich es möchte.«

»Versuch es halt einfach mal. Wir haben keine andere Wahl. Vielleicht klappt es, wenn du die Steine der Kapelle berührst.«

Lily gab ein unwilliges Grummeln von sich, erhob sich aber dann doch und berührte nacheinander mehrere Steinhaufen. Nichts.

»Du musst deine Hexenkräfte freisetzen«, riet ihr Maisie, die sie interessiert beobachtete.

»Und wie, bitteschön, soll ich das machen?«, fragte Lily nun leicht gereizt. Sie war wütend auf sich selbst, weil sie wusste, wie wichtig es war, dass sie das schaffte. Aber bisher spürte sie nichts außer dem kalten Wind, der über das Gras strich.

Statt Maisie antwortete ihr Ethan:

»Erinnere dich an letztes Jahr, als du mich mit deinen magischen Kräften vor dem Geist des Lords gerettet hast. Ich glaube, dass du instinktiv weißt, was zu tun ist. Du musst versuchen, mehr auf dein Inneres zu hören.«

Lily seufzte tief. Dann legte sie sich der Länge nach ins feuchte Gras und schloss die Augen. Sie versuchte, an nichts zu denken, einfach nur zu fühlen und in sich hineinzuhören. Langsam entspannte sie sich, ihr Atem wurde gleichmäßig und ruhig.

Da schlich Ethan sich an sie heran und brüllte laut in ihr Ohr. Schockiert und mit rasendem Herzen, fuhr Lily hoch, dabei verlor sie das Gleichgewicht und stürzte auf einen Mauerrest in der Nähe des ehemaligen Eingangs der Kapelle. Sie spürte einen scharfen Schmerz in ihrer rechten Hand, dann wurde alles um sie herum schwarz. Sie verlor den Boden unter sich. In wilden Spiralen begann sie in ein tiefes Loch zu stürzen. Es war schlimmer

als jeder Achterbahnlooping! Sie schrie auf, wollte, dass
es stoppte. Ihr wurde wieder übel. Was war nur los hier?!
Doch da landete sie mit einem Platsch auf einem Steinboden. Das Achterbahngefühl hörte schlagartig auf, aber
um sie herum war es noch immer düster. Sie erhob sich
von den kalten, glatten Steinplatten und versuchte, etwas
zu erkennen. Durch das schmale Fenster, hoch über ihrem Kopf, drang nur wenig Licht herein. Sie erkannte
grobe, graue Steinwände und eine große Holztür, direkt
vor sich. Als sie den Kopf zurückwandte, sah sie, dass sie
in einer kleinen Kirche war, an deren anderem Ende sie
einen Altar ausmachen konnte. Es war alles still, kein
Laut war zu hören.

Vorsichtig trat sie auf die schwere Tür zu und zog mit
der unverletzten Hand am Riegel. Mit einem protestierenden Quietschen glitt dieser ruckelnd zurück. Sie
stemmte sich mit aller Kraft mit den Füßen gegen den
glatten Boden und zog nun mit beiden Händen an dem
großen Eisenring, der statt einer Türklinke auf dem Portal angebracht war.

Trotz größter Anstrengung, öffnete sich die Tür nur
einen kleinen Spalt. Durch diesen lugte sie ins Freie.
Draußen war es Tag, aber so trüb und neblig, dass sich
die Sonne kaum durchsetzen konnte. Man konnte nur
wenige Meter weit sehen. Sie gönnte sich eine kurze Ver-
schnaufpause, dann stemmte sie sich erneut gegen die
Tür und zog nach Leibeskräften. Wieder öffnete sie sich
ein kleines Stückchen. Nun war der Spalt breit genug, um

sich hindurchzuzwängen. Sie spürte die kühle, feuchte Luft auf ihrer Haut und ein Schauer lief ihr den Rücken hinab. Es war hier wirklich unheimlich. Weit und breit war niemand zu sehen und auch nichts zu hören. Es herrschte Grabesstille.

Vorsichtig ging sie ein paar Schritte nach vorne und versuchte, in der dicken Suppe etwas zu erkennen. Vor sich konnte sie in einigen Metern Entfernung eine hohe Umfassungsmauer sehen, in der sich eine Öffnung befand. Ein schmaler, gepflasterter Weg führte vom Kirchenportal dorthin. Langsam folgte sie dem Pfad und erblickte bald zu ihrer Rechten einige Grabsteine, die wie schiefe Zähne aus dem Nebel ragten. Es erinnerte sie an einen schlechten Horrorfilm. Auch wenn es klischeehaft war, es kam ihr doch mehr als real vor. Und bei ihrem Glück würden gleich wieder irgendwelche Zombies auftauchen. Aber sie durfte jetzt nicht aufgeben. Wenn sie nicht alles täuschte, dann hatte Ethans Plan funktioniert. Sie war wieder inmitten einer dieser seltsamen Visionen. Oder waren es sogar Zeitsprünge? Sie befand sich bestimmt noch an der Kirche der heiligen Lasair, aber zu einer Zeit, als diese noch intakt war. Also musste auch diese Quelle irgendwo zu finden sein. Sie ging nicht weiter bis zur Maueröffnung, sondern bog nach links ab. Unter den Füßen fühlte sie weiches Gras. Sie hoffte, jetzt nicht über ein Grab zu stolpern, das sich in der weißen, wabernden Wand verbarg.

Zögerlich setzte sie einen Fuß vor den anderen. Nach einigen Minuten hörte sie ein leises Plätschern, konnte aber nichts erkennen. Sie folgte dem Geräusch, das nun deutlicher wurde. Vor ihr sah sie einen von Säulen umschlossenen, runden Bezirk, in dessen Mitte sich ein kreisrundes, gemauertes Becken befand. An einer Seite dieses Beckens floss Wasser aus einem Felsbrocken. Über dem Ganzen befand sich auf einem Sockel die Statue einer Frau in altertümlicher Gewandung, vermutlich eine Heiligenfigur. Ein Adrenalinstoß ging durch ihren Körper. Endlich hatte sie die Heilquelle gefunden. Sie war drauf und dran, ein kleines Freudentänzchen aufzuführen, als sie hinter sich leise Schritte hörte. Oh nein!

Schnell zog sie die Plastikflaschen aus ihrer grauen Umhängetasche und füllte sie mit dem Quellwasser. Einen Moment lang musste sie ein Kichern unterdrücken, als sie daran dachte, dass sie sich im Mittelalter befand und zwei große Colaflaschen mit gesegnetem, magischem Wasser füllte. Gerade als sie die Flaschen in die Tasche zurücksteckte, hörte sie Stimmen, die ganz in ihrer Nähe zu sein schienen. Sie redeten irgendeine Art von Kauderwelsch, mit einigen Brocken Latein dazwischen. Ihr Schulwissen reichte bei Weitem nicht aus, um zu erahnen, worüber sich die beiden Stimmen unterhielten. Eigentlich wollte sie auch gar nicht lange genug bleiben, um es herauszufinden. Sie musste wieder zurück! Nur wie? Lily versuchte, sich möglichst unauffällig an den Gestalten vorbeizuschleichen, aber diese blockierten anscheinend den Eingang zur heiligen Quelle. Sie musste also auf der anderen Seite durch einen der Säulenzwischenräume. Noch immer hatte sich der dichte Nebel nicht gelichtet und erschwerte ein Vorankommen. Sie kletterte auf ein niedriges Mäuerchen, das den Bereich zwischen allen Säulen, mit Ausnahme des Eingangs, einnahm. Doch als sie auf der Mauerkrone hockte und gerade auf der anderen Seite nach unten springen wollte, brach einer der Steine aus dem Mörtel und sie fiel mit einem schrillen Aufschrei auf die feuchte Erde. Schmerzhaft meldete sich ihre linke Schulter, mit der sie den Sturz abgefangen hatte. Hinter sich hörte sie die beiden Stimmen aufgeregt durcheinanderreden. Sie kamen näher. Doch sie konnte sich vor Schmerz nicht bewegen. Ihr Herz drohte vor Angst gleich aus ihrem Brustkorb zu hüpfen. Da tauchte auch schon ein Gesicht über ihr auf, es steckte in einer Mönchskutte, aus der sich nun eine Hand löste und nach ihr griff. Wieder schrie sie laut auf. Da öffnete sich wieder das Seelenwurmloch und sog sie in die Schwärze, immer weiter nach oben, in wilden Spiralen und Mäandern. Bis sie, halb ohnmächtig, wieder unsanft ausgespuckt wurde.

»Lily! Lily, um Himmels Willen, bist du verletzt? Es tut mir leid, es war eine ganz dumme Idee von mir!«

Lily blinzelte kurz, dann erkannte sie Ethans besorgtes Gesicht über sich und verlor das Bewusstsein. Als sie wieder zu sich kam, hatte Ethan ihre Hand notdürftig verbunden, an der sie sich bei ihrem ersten Sturz verletzt hatte. Als sie sich aufsetzen wollte, fühlte sie erneut den Schmerz in ihrer Schulter. Es war also kein Traum gewesen. Benommen tastete sie nach ihrer Umhängetasche und zog eine der Flaschen heraus. Sie waren gefüllt! Ethan beugte sich nun zu ihr herunter und strich sanft über ihr Haar.

»Mein süßes Londongirl! Ich bin so froh, dass du wieder zu dir gekommen bist. Ich war kurz davor, dich nach Hause zu tragen. Hier in dieser schottischen Einöde hat man ja nicht mal Handyempfang, um Hilfe zu holen!«

»Wie lange war ich weg?« Lily fasste sich an den Kopf, der sich anfühlte wie ein überdimensionaler Wattebausch.

»Zum Glück nur ein paar Minuten. Aber du hast mir einen riesigen Schrecken eingejagt. Dafür darfst du mir jetzt eine saftige Ohrfeige geben. Ich Idiot bin schuld an allem. Wenn ich dich nicht erschreckt hätte, dann wärst du nicht auf die Mauer gefallen und ohnmächtig geworden.«

»Was? Ach so. Ähm, Ethan ... ich glaube, dein Plan hat doch funktioniert. Als ich auf die Mauer gefallen bin, hat es mich wieder durch das Alice-Loch gezogen, wie damals in Aberdeen. Und ich war im Mittelalter, als die Kirche noch stand. Ich hab sogar das Wasser aus der Quelle geholt. Sieh mal!«

Sie zog zur Demonstration eine der vollen Flaschen aus der Tasche. Ethan starrte sie mit offenem Mund an und war für einen Moment sprachlos. Dafür brach Maisie in Jubelschreie aus und hüpfte neben Lily auf und ab. »Du bist doch eine richtige Hexe, ich wusste es! Juhu!«

Da erschien ein Schmunzeln auf Lilys Gesicht. Irgendwie war sie stolz darauf, was sie getan hatte. Manchmal war es echt cool, eine Hexe zu sein!

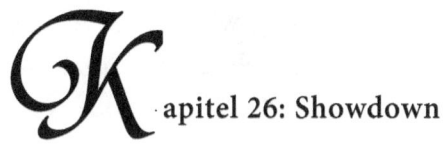

apitel 26: Showdown

»Du bist nicht tot, Du wechselst nur die Räume.
Du lebst in uns und gehst durch unsere Träume.«
Michelangelo

Der Weg zurück war noch mühsamer als der Hinweg. Lily taten von all den Stürzen sämtliche Knochen weh. Immerhin hatte Ethan ihr die Tasche mit dem Heilwasser abgenommen. Maisie schwebte ihnen wieder schweigend voraus. Sie glitt mühelos über jedes Hindernis, während die beiden Lebenden sich abmühen mussten, um über Zäune, Mäuerchen und Weideroste zu kommen. Es nieselte und noch immer ging ein eisiger Wind.

»Bestimmt holen wir uns noch alle den Tod!«, rief Lily aus. Maisie drehte sich stirnrunzelnd zu ihr um.

»Oh, es tut mir leid, Maisie, so war das nicht gemeint!« Ethan grinste still vor sich hin.

»Hey, das ist nicht witzig! Die arme Maisie hat Schlimmes durchgemacht und ihr Leben so früh verloren!«, ermahnte Lily.

»Ich weiß, sorry! Aber es ist witzig, wie du dich scheinbar immer mit der Luft unterhälst. Ich seh und höre Maisie ja nicht.«

»Ja, sehr witzig.«

Lily zog eine Augenbraue hoch und stapfte dann weiter durch die sumpfige Wiese, vorbei an mehreren
durchweichten Wollknäueln auf Beinen, die ab und zu
ein missmutiges Blöken von sich gaben.

Diesmal kamen sie langsamer voran, doch nach etwa
vierzig Minuten standen sie wieder vor dem Cottage.

»Ich brauch erstmal eine heiße Dusche und trockene
Klamotten. Dann können wir auf Zombiejagd gehen«,
rief Lily den anderen zu.

»Ja, ich auch! Ich friere erbärmlich. Sag Maisie, sie
kann im Wohnzimmer warten, bis wir soweit sind.«

»Schnucki, auch wenn du sie nicht hören kannst, sie
dich schon.«

»Ah ja, klar. Es ist nur so ungewohnt. Wenn ich nur
ein paar unserer Geisterjägermessgeräte dabei hätte. So
wüsste ich wenigstens, wo sie sich befindet.«

»Sie steht direkt hinter dir – und schneidet Grimas-
sen. Hahaha!«

Ethan warf Lily einen gespielt-beleidigten Blick zu
und sperrte die Tür auf. Wenige Minuten später saß
Ethan bei einer dampfenden Tasse Tee in der Küche,
während Lily unter der Dusche stand und ihre Lebensgeister langsam zurückkamen.

Maisie schwebte derweil gelangweilt von Zimmer zu Zimmer. Als Lily mit einem Handtuchturban in die Küche trat, verschwand Ethan schnell unter der Dusche. Lily wandte sich an Maisie, die gerade zur Tür hereinglitt:

»Hast du eine Idee, wie wir diese Zombies finden sollen? Den Zauberspruch hab ich mir auf einen Zettel geschrieben und das Wasser haben wir auch. Fehlen uns nur die lebenden Toten – oh, tut mir leid!«

»Schon gut. Nein, keine Ahnung, wie wir diese Monster finden sollen.«

Sie zuckte mit ihren transparenten Schultern.

Als Ethan kurz darauf aus der Dusche kam, mit einem Handtuch um die Hüften, stellte sie ihm die gleiche Frage. Die Antwort jedoch bekam sie nur zur Hälfte mit, da sie nur Augen für seine durchtrainierten Brustmuskeln hatte, auf denen kleine Wassertröpfchen glitzerten.

»… Grant anrufen. Der soll das mal herausfinden. Er kennt sich doch recht gut aus mit diesem ganzen Esokram. Da gibt es sicher eine Methode.«

Und schon war Ethan im Schlafzimmer verschwunden und Lily der Anblick entrissen. Sie schüttelte über sich selbst den Kopf. Wie konnte sie jetzt an sowas denken?! Wo schließlich Horden ekliger Zombies da draußen frei herumliefen! Nach etwa zehn Minuten, in denen Ethan mit Grant gesprochen, ihn auf den neuesten Stand gebracht und erneut um Rat gefragt hatte, erschien er grinsend und siegessicher in der kleinen Küche, in einer

Hand eine Landkarte der Insel, in der anderen einen Faden.

»Ich weiß, wie wir sie finden. Durch Magie! Lily, gib mir bitte mal deinen Ring. Wir müssen ein Pendel machen.«

»Was? Ein Pendel? Wozu das denn?«

Sie ruckelte an ihrem silbernen Claddagh-Ring, den sie von Ethan zu Weihnachten bekommen hatte, und zog ihn ab.

»Hier, bitte! Und was genau willst du damit?«

Ethan nahm den Ring und knotete ihn an ein Ende des Wollfadens.

»Ganz einfach: Grant hat mir erzählt, dass eine Hexe dazu in der Lage sei, Leute und Gegenstände auszupendeln. Du nimmst also das Pendel in die linke Hand, dann breitest du die Karte vor dir aus, hälst das Pendel genau in die Mitte der Landkarte und konzentrierst dich auf die böse Hexe und die Zombies. Danach sollte sich das Pendel in Bewegung setzen und nach einer Weile auf dem Punkt landen, an dem sie sich gerade aufhalten. Genial, oder?!«

Lily blickte skeptisch auf das improvisierte Pendel in seiner Hand. Sie nahm es jedoch und Ethan breitete die Karte vor ihr aus.

»Na ja, probieren kann ich es ja mal.«

Gesagt, getan: sie hielt das Pendel über die Mitte der Karte. Zunächst passierte nichts. Doch dann konzentrierte sie sich auf Morna und ihre Kreaturen und das

Pendel begann langsam im Kreis zu schwingen. Bald wurde es schneller und drehte sich wie ein Propeller über der Karte.

Maisie und Ethan versuchten, ihm mit den Augen zu folgen, aber bald sah man nur noch einen unscharfen Kreis. Es bewegte sich zu schnell.

»Ich kann es kaum mehr halten, es zieht so und wird ganz heiß.«

»Lass es einfach los, es sucht sich schon sein Ziel.«

Lily öffnete die Hand und das Pendel fiel nach unten. Der Ring landete mit der Kante auf dem Papier. Lily und Ethan beugten sich herab, um die Schrift auf der Karte entziffern zu können.

»Es scheint irgendwo in den Bergen zu sein. Das ist unbewohntes Gebiet.«

»Da steht Loch Sholum. Irgendein abgelegener See an einem Berghang.«

»Dann ist es wohl nun an der Zeit, dass wir uns ausrüsten und losziehen. Auf in den Kampf!«, rief Ethan entschlossen und lief zielgerichtet zum Kühlschrank.

Verblüfft beobachtete Lily, wie er verschiedene Wurst- und Käsesorten hervorholte und dann begann, Sandwiches zu machen.

»Was tust du denn da? Wollten wir nicht gehen?«

»Mit leerem Magen kämpft es sich nicht gut. Außerdem wird es wieder ein langer Marsch. Wir brauchen Proviant.«

»Wie du meinst. Für mich bitte eins mit Thunfisch.«

Etwa zwanzig Minuten später waren sie ausgerüstet mit Wanderstiefeln, dicken Regenjacken mit Kapuze, Mützen und zwei vollgepackten Rucksäcken mit Proviant und ihrer Zombieabwehr.

»OK, also Wasser von der Heilquelle und Zauberspruch?«

»Check und check.«

»Weihwasser, falls das Erste nicht funktioniert?«

»Check.«

»Kompass und Karte, falls das GPS nicht funktioniert, und Proviant?«

»Alle drei: check.«

»Ewans längstes Küchenmesser für alle Fälle?«

»Ja, ist alles da. Nun lass uns schon gehen, Ethan!«

»OK, ja. Aber wir müssen schon sicher sein, dass wir wirklich alles dabeihaben.«

Sie verließen das Cottage und mussten erneut dem ungemütlichen Inselwetter trotzen. Maisie, der es ja in ihrem ätherischen Zustand nichts ausmachte, schwebte wie immer barfuß voraus.

Nach etwa zweieinhalb Stunden Fußmarsch waren sie am Ende ihrer Kräfte. Ihr Proviant war fast aufgebraucht. Zum Glück hatte der Regen nun aufgehört, dafür waren sie um ein Haar in einen Bach gefallen, den sie überqueren mussten.

»Sind wir endlich da?«, jammerte Lily, die in Gedanken die Blasen an ihren Füßen zählte.

»Ja, es scheint so. Laut GPS muss der See gleich dahinten liegen.«

Er deutete in die Richtung einer kleinen Erhebung, die den Blick versperrte.

Ergeben trottete Lily weiter hinter Ethan her und sie umrundeten das letzte Hindernis. Da sahen sie sie: unter ihnen, am Berghang, der sanft bis ans Ufer des kleinen Sees abfiel, lagerten etliche grotesk aussehende Ex-Menschen in verschiedenen, bunten Zelten.

»Sicher ist auch die Hexe nicht weit. Wir können da nicht einfach hineinlaufen. Es ist zu gefährlich«, warnte Ethan.

Lily nickte nachdenklich.

»Wir müssen warten, bis sie eingeschlafen sind. Dann überraschen wir sie.«

Sie suchten sich Unterschlupf unter einem kleinen Felsvorsprung und kuschelten sich zusammen.

✱ ✱ ✱

Morna gähnte ausgiebig. Der Tag war anstrengend gewesen, da sie für ihre neue alte Familie einige Notunterkünfte hatte besorgen müssen. Fündig war sie an einem seltsamen Ort geworden, an dem viele bunte Zelte standen.

Sobald die Menschen dort abgelenkt gewesen waren, hatte sie mit ihrem Mann Darach einige der bunten Dinger einfach gepackt und mitgenommen. Mittlerweile hatten sie genug zusammen, um allen ausreichenden

Schutz vor dem Wetter zu bieten, bevor sie sich daranmachen konnten, ihr neues Dorf hier in den Bergen aufzubauen. Es war nicht einfach gewesen, diese seltsamen Gebilde aufzustellen und sie war sich fast sicher, dass es bei den Menschen der Zukunft irgendwie anders ausgesehen hatte. Aber nachdem sie einige dicke Äste und Steine zu Hilfe genommen hatten, schienen die Zelte ihren Zweck zu erfüllen.

Sie hörte ein gequältes Stöhnen hinter sich und sah stirnrunzelnd auf die gekrümmte Gestalt, die im größten Zelt lag. Das Gesicht grotesk geschwollen und mit lila Blutergüssen übersäht.

Leider war ihr Mann nach dem Zeltklau hungrig geworden und hatte versucht, einen 1,85 m großen, blonden Mann anzufallen und sein Gehirn zu fressen. Dummerweise hatte der junge, muskulöse Bursche andere Pläne gehabt und ihren armen Mann zu Brei geschlagen. Sicher würden bald alle vor Hunger außer Kontrolle geraten. Sie würde etwas unternehmen müssen.

Es war wirklich zu ärgerlich, dass der Zauber wieder nicht so ganz geklappt hatte. Wieso mussten sie nur auf diese wirklich widerliche Diät von rohem Gehirn bestehen? Wo sollte sie denn sowas auf die Schnelle auftreiben? Mit einem tiefen Seufzer legte sie sich neben Darach und ihre kleine Tochter Éua, der sie einen Kuss auf die bleiche Stirn hauchte. Liebevoll blickte sie sie an.

»Ich bin so froh, dass ich dich wieder bei mir habe, meine Süße! Ich hab dich so unendlich vermisst«, flüsterte sie. Dann schloss sie die Augen und schlief erschöpft aber glücklich ein.

✳ ✳ ✳

Auch Lily war kurz eingeschlafen und schreckte hoch, als ihr Kopf an Ethans Schulter herabzurutschen begann.

»Was?! Wo bin ich?«, murmelte sie verschlafen.

»Leider nicht in unserem kuscheligen Bettchen, Londongirl. Wir haben jetzt noch etwas leicht Unangenehmes vor: ein paar Zombies ins Jenseits befördern.«

»Zombies? Zombies!«

Sofort war sie wieder hellwach.

»Ich habe schon längere Zeit keinen Mucks mehr aus ihrem Camp gehört. Ich glaub, sie sind alle eingeschlafen. Wir können also starten.«

»Wir sollten zuerst Maisie spionieren schicken. Wo ist sie nur?«

Lily blickte sich um, doch es war stockfinster und nichts zu erkennen. Da erschien plötzlich ein schwaches Leuchten am Hang und schwebte näher heran. Lily flüsterte Maisies Namen und prompt tauchte die kleine Leuchtgestalt vor ihr auf.

»Ist die Luft rein?«, fragte Lily.

Maisie streckte ihre Nase in die Luft und schnüffelte.

»Ich meinte, sind sie eingeschlafen?«

»Oh! Ja, sie schlafen alle tief und fest. Und die Luft da unten ist nicht gerade rein. Die stinken ganz schön! Puh!«

Lily musste grinsen, als sie Maisies Gesichtsausdruck sah.

»Was ist nun? Bringen wir es hinter uns, oder nicht?« Ethans Nervosität ließ ihn ungeduldig werden.

»Ja, lasst es uns tun.«

Entschlossen stand Lily auf, ihre vor Kälte und Feuchtigkeit steifen Glieder dehnend.

»Endlich! Ich halt es bald nicht mehr aus in der Kälte. Also, ich schleiche mich mit dem Zauberwasser zu den Verwesis da unten und du liest derweil hier oben hinter dem Felsen den Zauberspruch vor. Ich hoffe, der Plan funktioniert.«

»Das hoff' ich auch! Pass gut auf!«

Statt einer Antwort zog Ethan sie zu sich und gab ihr einen leidenschaftlichen Kuss.

Maisie verdrehte die Augen und schwebte davon, Richtung Zombiecamp.

Ethan löste sich widerwillig von Lilys weichen Lippen und zog die Wasserflaschen aus seinem Rucksack.

Er schlich hinter der schützenden Deckung des Felsvorsprungs hervor, die Flaschen fest umklammert. Eine Stirnlampe gab schwaches Licht ab. Geduckt arbeitete er sich Stück für Stück den Abhang hinunter, bis er so nahe war, dass er das Schnarchen der Zombietruppe hörte und ihm ein übler Verwesungsgeruch entgegenschlug. Nun musste er seine Lampe ausschalten, um nicht gleich ent-deckt zu werden. Zum Glück war Vollmond und obwohl immer wieder dunkle Wolken darüber hinwegzogen, konnte er doch auch ohne künstliches Licht die Zelte er-kennen. Zu seiner Linken erhob sich der schwarze Um-riss eines kleinen Zeltes, in dem jemand laut Holz zu sä-gen schien – zumindest dem Geräusch nach. Kopfschüt-telnd näherte er sich auf Zehenspitzen dem Zelteingang, öffnete den Reißverschluss so leise wie möglich und lugte hinein. Drinnen schienen nebeneinander zwei Gestalten zu liegen, aber mehr konnte er nicht erkennen. Er schraubte den Verschluss einer der Flaschen auf, goss ein wenig Wasser in seine Hand und träufelte es über die stinkenden, lauten Fleischberge.

Als er die zweite Gestalt besprengte, drehte diese sich um, das Schnarchen verstummte und für einen Moment dachte er, er wäre ertappt worden. Aber dann begann das Sägegeräusch von neuem. Erleichtert atmete er aus. Den Reißverschluss des Zeltes ließ er offen und wandte sich dem zweiten Zelt zu. Insgesamt standen sechs Zelte hier, die er nun alle abgehen musste, ohne erwischt zu werden. Kleine Schweißtropfen bildeten sich auf seiner Stirn, als er vor dem zweiten Zelt in die Hocke ging.

Wieder öffnete er den Reißverschluss, doch in der Hälfte klemmte er plötzlich. Ethan konnte sich gerade noch davon abhalten, einen lauten Fluch auszustoßen. Er begann am Stoff zu ziehen und zerren, um den Ver-schluss wieder freizubekommen. Dabei begann das ganze Zelt verdächtig zu schwanken und ein großer Ast, der scheinbar als Stütze diente, kippte um und stürzte mit lautem Pflomp auf das hintere Ende des Zeltes. Ethan wurde bleich vor Schreck.

Sofort regte sich im Inneren des Zeltes eine Gestalt und brummelte etwas Unverständliches vor sich hin. Verzweifelt sah Ethan sich um. Er musste schnell in Deckung gehen. So flink er nur konnte, hechtete er hinter das nächste Zelt und duckte sich tief. Gerade noch rechtzeitig, denn die Gestalt begann nun ebenfalls am Reißverschluss zu zerren. Als es auf Anhieb nicht klappte, riss das Wesen einfach den Stoff auf und steckte seinen grotesken Kopf hindurch. Ethan lugte vorsichtig um die Ecke und sein Herz setzte für einen Schlag aus, als er das Gesicht des Mannes sah. Es war das Antlitz einer aufgeschwemmten Wasserleiche, die scheinbar bereits von Fischen angefressen worden war. Überall befanden sich größere und kleinere Löcher im Fleisch, das sich im fahlen Mondlicht grün-grau abzeichnete. Die Gestalt schnüffelte, und daraufhin hörte man aus dem Zelt eine zweite, weibliche Stimme brummeln. Die Wasserleiche verschwand wieder nach innen. Ethan kauerte noch eine Weile reglos in seinem Versteck, doch als das vertraute Sägegeräusch erklang, wagte er sich wieder hervor. Zum Glück war der Zelteingang nun offen. Wieder besprengte er vorsichtig die Gestalten mit dem heiligen Wasser.

Bei den beiden nächsten Zelten klappte alles reibungslos. Alle schliefen tief und fest. Ethans Herz klopfte ihm nach wie vor bis zum Hals und seine Finger zitterten, als er die Flaschen aufschraubte, doch er zwang sich dazu, weiterzumachen. Der Gestank nach verwesendem, süßlichen Menschenfleisch aus den Zelten ließ ihn öfter würgen. Dann musste er sich jedes Mal schnell wegdrehen und tief die kühle, frische Nachtluft einatmen, bis die Übelkeitswelle überstanden war.

Als er zu Zelt Nummer fünf gelangte, übersah er eine Wurzel, die quer vor dem Eingang vorbeilief. Mit einem erstickten Aufschrei fiel er der Länge nach hin und landete mit einem lauten Rums, Gesicht voran, in der nassen Wiese.

❅ ❅ ❅

Lily kauerte hinter dem Felsvorsprung und versuchte, sich ein wenig aufzuwärmen, indem sie sich die Hände rieb. Lange würde sie es hier wirklich nicht mehr aushalten, denn schottische Nächte waren selbst im Sommer oft kalt und ungemütlich. Sie spitzte die Ohren, ob sie etwas von Ethan oder den Zombies hörte, aber alles blieb ruhig. Nun war er an die zehn Minuten weg. Wie lange würde er wohl brauchen? Wann würde Maisie ihr das Zeichen geben, dass sie ihren Zauberspruch aufsagen solle? Sie war nervös und hatte Angst um Ethan.

Die Minuten zogen sich wie Stunden träge dahin. Pflomp! Was war das?! Sie sprang auf und lugte um die Ecke, doch konnte sie im Dunkeln nichts erkennen. Ihr Herz raste. Waren da leise Stimmen? Was war nur los?

Sie zog den Zettel mit der Zauberformel aus der Jacken-tasche und rückte ihre Stirnlampe zurecht. Bereit!

Aber wieder zogen sich ereignislose Minuten wie Kau-gummi dahin und sie setze sich erneut hinter den Fels-vorsprung. Wieso dauerte das nur so lang? Lily friemelte ungeduldig an ihrem Zettel herum. Da hörte sie wieder etwas. Es klang wie ein Schrei und dann ein dumpfer Laut, so als ob etwas Schweres gefallen wäre. Wieder sprang sie auf, um in die Dunkelheit zu spähen. Wo war nur Maisie? Da sah sie ein schwach leuchtendes Etwas heranschweben. Die kleine, transparente Gestalt hatte eine ungewohnte Geschwindigkeit drauf und stand so schnell vor Lily, dass diese erschrocken zurückzuckte.

»Was ist passiert? Wo ist Ethan? Soll ich loslegen?«, sprudelte es aus Lily heraus.

Maisies Augen waren geweitet und ihr Gesicht schien fast noch bleicher als sonst:

»Ja, schnell! Lies den Spruch! Ethan hat es nicht ge-schafft, er ist gestürzt und eines dieser Dinger hat ihn an-gefallen. Wir müssen die anderen außer Gefecht setzen. Beeil dich!«

Lily gab einen Schreckensschrei von sich und schlug sich daraufhin die Hand vor den Mund. Sie stand unter Schock und konnte sich zuerst nicht vom Fleck bewegen, starrte nur entsetzt in Maisies besorgtes Gesicht. Da ging auf einmal ihre Stirnlampe an. Maisie hatte ein wenig nachgeholfen und versuchte nun, Lily dazu zu bringen, den Spruch zu rezitieren.

»… und wenn du nicht sofort anfängst, wirst du sicher auch noch gefressen! Beeil dich!«

Nur langsam sickerte die Bedeutung dieser Worte in Lilys Bewusstsein.

»Schnell, sie kommen!«

Endlich begann sie damit, den Zauberspruch aufzusagen. Ihre Stimme zitterte, doch sie machte tapfer weiter. Wort für Wort, Satz für Satz, immer wieder von vorne, bis Maisie aufgeregt verkündete, dass es Wirkung zeige.

»Es funktioniert! Sie fangen Feuer und lösen sich auf.« Sie führte ein kleines Freudentänzchen auf.

»Allerdings sind noch welche übrig, die Ethan nicht bespritzt hat. Was sollen wir tun?«

Lily hatte nun Tränen in den Augen und ließ den Zettel sinken. Alles fühlte sich unwirklich an, wie in einem Albtraum. Da schlug ein greller Blitz direkt neben ihr in den Fels und ließ sie zurücktaumeln. Panisch sah sie sich um, konnte aber noch immer nichts erkennen. Sie lief nach vorne, aus der Deckung des Felsens. Was war das nur? Ein wütender Aufschrei zerriss die Stille der Nacht.

»Ich krieg dich, du Natternbrut! Wie kannst du es wagen, meine Familie zu töten?! Dafür wirst du büßen!«

Morna!

✳ ✳ ✳

Ethan stöhnte, als er sich erhob. Der Sturz hatte ihm die Luft aus den Lungen gedrückt und er hatte an mehreren Stellen schmerzhafte Prellungen. Zu allem Übel hatte er den Mund voll feuchter Erde. Angewidert spuckte er aus. Er wusste, er musste nun schnell verschwinden und sich verstecken. Er hörte bereits im Zelt neben sich verdächtige Geräusche.

Doch gerade als er sich hinter das nächste Zelt schleichen wollte, packte ihn etwas am Fußgelenk. Panisch fuhr er herum. Die Hand, die ihn gepackt hatte, bestand zum Großteil aus blanken Knochen, teilweise bedeckt von losen Hautfetzen. Und die Hand hing an einem übelriechenden, hässlichen und angsteinflößend die Zähne fletschenden Zombie! Auf einer Seite sah er ganz normal aus, wie ein Mann mittleren Alters, einen lockigen Schopf dunkelblonder Haare auf dem Kopf. Als er sich Ethan zuwandte, sah er, dass die Haut an einer Seite herabhing und im darunter hervorkommenden Fleisch etwas weißes, Längliches steckte, das große Ähnlichkeit mit Maden hatte. Ethans Magen rebellierte, doch er unterdrückte den Würgereiz. In seiner Not packte er panisch einen der Äste, die das Zelt stützten und schlug auf die grässliche Gestalt, die mit einem Aufheulen zurückschreckte.

Schnell nutzte er seine Chance zur Flucht. Bevor das Scheusal ihn nochmal zu fassen bekam, hechtete er hinter das letzte Zelt und hoffte, nicht gesehen worden zu sein. Sein Herz schlug ihm bis zum Hals. Doch er hatte nicht lange Zeit, um zu verschnaufen, denn vom Hügel her hörte er Lily schreien.

Durch den durchdringenden Schrei geweckt, erwachte sofort das ganze Camp zum Leben. Von allen Seiten krochen Untote aus ihren Zelten und machten sich auf den Weg, um der Quelle des Schreis nachzugehen. Entsetzt verließ Ethan sein Versteck und nahm die Beine in die Hand, um als Erster zum Felsvorsprung zu gelangen und Lily zu warnen. Auch im letzten Zelt regte sich nun etwas und als Ethan den Kopf zurückwandte, sah er, wie die böse Hexe daraus hervorkroch. Das hatte grade noch gefehlt!

Als Ethan dabei war, die ersten beiden Zombies zu überholen, hörte er ein lautes Zischen und sie gingen in Flammen auf. Sie schrien erbärmlich und es stank nach verbranntem Gammelfleisch – ein Geruch, der Ethan irgendwie bekannt vorkam. Was war es gleich? Ja, natürlich: Dads angebrannte Hähnchenpfanne mit dem Fleisch vom Discounter. Und schon gingen auch die nächsten beiden Zombies in Flammen auf, daraufhin wieder zwei und dann noch einer. Hinter sich hörte er ein wütendes Schnauben und ein erneutes Zischen. An seinem Kopf vorbei flog eine leuchtende Kugel und sauste in Richtung Felsvorsprung.

Lily! Er musste zu ihr! Da hört er die wütende Stimme der Hexe:

»Ich krieg dich, du Natternbrut! Wie kannst du es wagen, meine Familie zu töten?! Dafür wirst du büßen!«

»Scheiße!«, entfuhr es ihm. Schon schoss wieder eine Leuchtkugel auf Lilys Versteck zu. Er hoffte, dass sie mittlerweile geflohen war.

Eine andere Stimme war nun zu hören. Ebenfalls die einer Frau.

»Mutter, hör auf! Lass sie in Ruhe.«

»Misch dich nicht ein, Ealasaid. Ich werde sie vernichten.«

Ein drittes Leuchtgeschoss sauste an Ethan vorbei, doch wurde es verfolgt von einem bläulichen Licht, das es einholte und mit ihm in einer funkensprühenden Explosion kollidierte. Die böse Hexe heulte wütend auf. Ethan stoppte kurz und drehte sich um. Zwei Frauen standen sich gegenüber und funkelten sich an, umringt von zwei Zombiemännern und einem übel aussehenden Kleinkind.

»Es ist vorbei, Mutter. Du musst uns gehen lassen.«

»Niemals! Ich habe euch bereits einmal verloren und das hat mir das Herz gebrochen.«

»Wo wir hingehen, können wir für immer zusammen sein, glücklich sein, Mutter. Ich war schon dort und ich wünschte, du hättest mich niemals zurückgeholt. Diese Gestalt ist meiner unwürdig.«

»Undankbares Kind! Dann geh, aber lass mir meine kleine Éua, Duncan und Darach.«

»Das kann ich nicht, Mutter. Sie werden unschuldige Menschen angreifen. Schon jetzt verspüre ich einen unstillbaren Hunger. Sie werden nicht zu halten sein.«

»Was kümmern mich die Menschen? Was haben sie je für mich getan?«

Die böse Hexe spie aus.

»Du lässt mir keine andere Wahl«, sagte Ealasaid traurig. »Leb wohl, Mutter. Ich hoffe, wir sehen uns im Himmel wieder.«

Kaum hatte sie diese Worte gesprochen, formte sich in ihren Händen erneut eine blaue Lichtkugel, die sie blitzschnell auf ihre Mutter schleuderte. Diese schrie vor Schmerz auf und sackte zusammen, doch erholte sie sich schnell wieder. Ein verbittertes Lachen erklang tief aus ihrer Kehle, als sie sich wieder hochrappelte.

»Glaubst du wirklich, du kannst mich so leicht loswerden? Du magst eine begabte Hexe sein, aber mir kannst du nicht das Wasser reichen.«

Ethan drehte sich nun wieder um und rannte weiter den Hang nach oben. Ihm schwante Übles. Einen Moment hatte er gedacht, der alte Hexenzombie könne die fiese Oberhexe mit dem blauen Licht zu BBQ verarbeiten, aber leider sah es jetzt nicht mehr gut aus.

Wieso nannte eigentlich die alte Zombiefrau mit den weißen Haaren die junge, böse Hexe Mutter? War er vorhin etwa stärker auf den Kopf gefallen, als er dachte? Ethan war schon fast oben angekommen, da sah er einige Meter zu seiner Rechten eine Gestalt auftauchen und schnurstracks nach unten stapfen. Lily!

Ethan änderte seine Richtung und rannte ihr hinterher, rief dabei ihren Namen. Doch sie schien ihn gar nicht zu bemerken. Wie in Trance schritt sie immer weiter in Richtung des Zombie-Showdowns.

❋ ❋ ❋

Lily sah die zweite Lichtkugel heransausen und brachte sich mit einem Hechtsprung gerade noch in Sicherheit.

»Das ist dieses Hexenbiest! Sie schießt auf uns«, rief Maisie.

Da kochte eine unendliche Wut in Lily hoch. Es braute sich zuerst in ihrer Magengegend zusammen wie ein kleiner Tornado, stieg dann auf und durchfuhr jede Faser ihres Körpers, pulsierte durch ihre Adern. Ihre Augen begannen zu glühen und wild entschlossen stapfte sie los. Maisie sah sie erstaunt und ehrfürchtig an, dann schwebte sie hinter ihr her, den Hügel hinab. Als sie am Fuße des Hügels angekommen war, sah sie sich einem seltsamen Grüppchen gegenüber. Eine Frau Mitte zwanzig giftete eine alte Zombiefrau mit schlohweißen Haaren an. Drumherum standen ein etwa vierzigjähriger Halbverwester und ein Junge, der auch nicht mehr so frisch aussah. Aus den Augenwinkeln sah sie eine Bewegung. Irgendwas huschte da heran. Da spürte sie einen scharfen Schmerz in ihrem linken Bein. Als sie nach unten sah, erblickte sie ein etwa vierjähriges Mädchen, das sich in ihren Oberschenkel verbissen hatte.

»Au! Was …?«

Weiter kam sie nicht, da die jüngere der beiden Frauen zu ihr herumfuhr und im nächsten Augenblick wieder eine Feuerkugel nach ihr flog. Wut brodelte in Lilys Brust. Sie war auf Rache aus. Diese Irre und ihre Höllenbrut hatten Ethan auf dem Gewissen. Sie hob die Arme und es schoss eine Druckwelle nach vorne, die nicht nur den glühenden Ball, sondern auch sämtliche Zombies plus Anhang zurückschleuderte. Danach schüttelte sie das Balg von ihrem Bein und versetzte ihr eine Ohrfeige.

»Böser Zombie! Man beißt keine Leute, hörst du?«

Entschlossen marschierte sie weiter auf die am Boden liegende Gruppe zu. Erneut hob sie die Hände, um zum nächsten Angriff anzusetzen. Da hörte sie neben sich eine Stimme:

»Warte! Ich kann dir helfen. Keine von uns kann sie allein besiegen. Wir müssen es zusammen tun.«

Lily wandte sich der alten Frau zu, die sich nun erstaunlich geschmeidig erhob. Misstrauisch beäugte sie sie.

»Du kannst mir vertrauen, ich will das Gleiche wie du. Diese Kreaturen müssen verschwinden, mich eingeschlossen, und meine Mutter muss besiegt werden.«

Da kam auch die jüngere Frau wieder zu sich und rappelte sich hoch.

»Ich werde euch alle ins Jenseits befördern, und mit diesem jungen, hübschen Mann fange ich an.«

Verblüfft drehte sich Lily um und sah einen verzweifelten aber lebendigen Ethan hinter sich stehen.

»Du lebst?!«

»Aber nicht mehr lange.«

Die Hexe lachte auf und ein großes Stück Fels sauste heran und blieb über Ethans Kopf stehen, nur um dann herabzufallen. Lily schrie auf. Doch bevor es Ethans Kopf berühren konnte, zerbarst es zu feinem Staub, der lediglich einen Hustenanfall bei Ethan auslöste.

»Lass dir was Besseres einfallen, Mutter.«

»Du! Warte, bis du dran bist!«

Als Ethan sich die Tränen aus seinen vom Staub gereizten Augen wischte, sprang das Zombiekind ihm an die Gurgel und die fiese Hexe begann laut zu lachen.

»Recht so Éua, Zeit für ein Mitternachtsmahl.«

Ethan musste all seine Kräfte aufbringen, um die Kleine von sich wegzuschleudern. Währenddessen knuffte die alte Hexe Lily in die Seite und rief:

»Jetzt!«

Beide hoben ihre Hände und es begannen sich Blitze zu bilden, die zwischen ihnen hin- und her sausten. Ein starker Wind kam auf und wirbelte ihre Haare durcheinander, wehte die Zelte weg und verursachte ein bedrohliches Tosen. Als ihre Gegnerin sich umwandte, traf sie ein gigantischer Blitzschlag mitten in die Brust.

Ihr Schrei blieb stumm, ihre Augen weit aufgerissen. Sie ging in die Knie und starrte ungläubig ihre weißhaarige Tochter an. Nun begann sie in Zeitraffer zu altern.

Ihre zuvor noch pralle, junge Haut wurde immer schlaffer. Es bildeten sich Falten, Furchen und Flecken. Die dunkelblonden, langen Haare wurden immer weißer, bis ihr gesamtes Haupt davon bedeckt war, dann lichteten sie sich. Sie wirkte nun gebrechlich, man sah, wie sich der Schädel unter der Haut abzeichnete. Bald zersetzte sich das Fleisch und sie hatte Ähnlichkeit mit ihren Zombies. Es löste sich von den Knochen und auch die Knochen zerfielen letztendlich. Was am Ende blieb, war ein Häufchen Knochenmehl, das der Wind davontrug. Der Sturm begann sich wieder zu legen und die beiden Frauen senkten ihre Hände.

»Es ist getan«, flüsterte die Alte.

Lily nickte. Sie spürte, dass ihre ganze Energie aus ihr herausgeflossen war. Sie war schwach und fühlte sich schwindlig.

Da meldete sich Ethan zu Wort:

»Wir müssen die Zombies noch vernichten. Schnell, bevor sie wieder zu sich kommen!«

»Du hast recht, junger Mann. Ich nehme an, ihr habt das Wasser der Lasairquelle benutzt? Und ich habe vorhin einen meiner Zauber gespürt. Du hast mein Grimoire gefunden?«

Sie hatte sich nun Lily zugewandt, die schwach nickte.

»Ich habe mir einen passenden Spruch abgeschrieben und mitgenommen. Ich fürchte aber, ich habe ihn oben auf dem Hügel verloren, als mir die Flammenkugeln um die Ohren flogen.«

»Die Wasserflaschen müssen irgendwo dahinten liegen, wo vorhin das große Zelt stand«, mischte sich auch
Ethan wieder ins Gespräch.

»Nun gut. Du, junger Mann, holst das Wasser. Den
Spruch kann ich auswendig, immerhin habe ich ihn ent-
wickelt.«

Lily, der nun die Tragweite dieser Worte endlich be-
wusstwurde, rief aus:

»Du hast das Zauberbuch geschrieben?! Wie alt bist
du dann?«

»Nun, verfasst habe ich nur einen kleinen Teil davon.
Ich habe es als junges Mädchen erhalten und immer weiter ergänzt. Ich denke, in deinen Händen ist es gut aufgehoben. Halte dich nur ja von der schwarzen Magie fern.
Sie zerstört deine Seele.«

Lily war fassungslos. Diese Frau musste viele Jahrhunderte alt sein.

Als hätte sie ihre Gedanken gelesen, antwortete sie lachend:

»Achthundertsechsundsechzig, um genau zu sein,
aber ich fühle mich wie hundert.«

Ethan kam mit den Flaschen angerannt und übergoss
die Zombiemänner großzügig mit deren Inhalt.

»Wo ist das Kind?«, wunderte sich Lily. Der Minizombie war nirgends mehr zu erblicken. Da schwebte Maisie
heran, die das ganze Schauspiel ängstlich aus einiger Entfernung beobachtet hatte.

»Die ist da langgelaufen.«

Sie deutete in Richtung des Sees.

»Ich könnte sie noch einholen.«

Ethan sprintete los, stolperte in der Dunkelheit aber bald. Seine Stirnlampe war ihm längst abhandengekommen.

»Lass sie laufen! Wir müssen uns jetzt um diese beiden kümmern.«

Die Alte deutete auf die Zombiemänner, die bereits langsam ihr Bewusstsein wiedererlangten.

»Merke dir meine Worte, Kleine. Du brauchst den Spruch dann gleich für mich.«

Wieder erhob die Weißhaarige die Hände und sprach den Zauber, den zuvor Lily intoniert hatte. Die beiden Zombies gingen zischend in Flammen auf. Lily schauderte bei diesem Anblick. Sie wusste, dass die nette Zombiedame als Nächstes dran war und sie tat ihr leid.

»Es muss dir nicht leidtun. Bald bin ich erlöst und wieder an dem wunderschönen und friedlichen Ort, aus dem Morna mich fortgerissen hat.«

»Woher weißt du ..?«

»Grimoire, Seite 324. Und nun macht schon, ich bin soweit.«

Ergeben spritzte Ethan das Heilwasser auf sie.

»Lebt wohl, meine Lieben! Passt gut auf das Grimoire auf und fangt meine kleine Schwester ein, bevor sie jemanden annagt!«

»Leb wohl!«

»Mach's gut! Und vielen Dank für die Hilfe!«, verabschiedete sich auch Ethan.

Ealasaid zwinkerte den beiden und dann auch Maisie zu, danach schloss sie die Augen und nickte. Lily begann mit der Zauberformel und nach kurzer Zeit fing Ealasaid Feuer. Innerhalb von Sekunden hatte sie sich aufgelöst, bis nichts mehr von ihr übrig war.

Erschöpft brachen Lily und Ethan zusammen und klammerten sich schluchzend aneinander. Nach einer Weile flüsterte Ethan in ihr Ohr:

»Du hast es wiedermal geschafft, kleine Hexe. Ich bin stolz auf dich!«

»Wir haben es gemeinsam geschafft. Wir sind eben ein gutes Team.«

Als sich hinter ihnen jemand laut räusperte, lösten sie sich aus ihrer Umklammerung.

»Meint ihr nicht, wir sollten etwas gegen den Babyzombie tun?«

Maisie schwebte neben ihnen auf und ab, ihre kleinen Hände in die Hüften gestemmt.

»Wir haben Maisie ganz vergessen. Und den Minizombie.«

Ethan seufzte.

»Hat man denn wirklich nie seine Ruhe hier? Das sind Probleme für morgen. Heute will ich nur noch in mein Bett!«

»Komm, Maisie, zeig uns bitte den Weg nach Hause. Für heute hatten wir wirklich genug Action und in der Dunkelheit finden wir sie ohnehin nie.«

So machten sich die Drei auf den langen Heimweg Richtung Küste.

 pilog

Lily kuschelte sich zufrieden an Ethans Schulter und er beugte sich zu ihr herunter, um ihre Stirn zu küssen. Sie saßen auf einer kleinen Insel, inmitten des Loch Finlaggan und betrachteten die Sonnenstrahlen, die glitzernd auf der Oberfläche des Sees tanzten. Um sie herum lagen die Überreste der mittelalterlichen Siedlung, die einst das Zentrum der Lords of the Isles gewesen war.

»Endlich hat unser Picknick geklappt. Das letzte Mal ist es ja buchstäblich ins Wasser gefallen«, meinte Lily.

»Dafür haben wir heute richtig Glück mit dem Wetter. So schön warm und sonnig ist es selten hier. Möchtest du was trinken?«

Ethan zog den gut gefüllten Picknickkorb näher an sich heran.

Doch Lily schüttelte den Kopf.

»Nein, danke. Ich bin wunschlos glücklich.«

Sie strahlte ihn an.

»Das hier ist ein magischer Ort, findest du nicht? Es ist so, als ob man die Energie von allen Menschen, die hier mal gelebt haben, noch irgendwie fühlen könnte. Und es ist so still.«

»Ja, es ist wirklich wunderschön. Endlich können wir wieder ein wenig Zeit zusammen verbringen – ohne Zombies oder Geister. Die Romantik ist in letzter Zeit echt zu kurz gekommen.«

»Es waren ein paar harte Tage. Aber heute gibt es nur uns beide.«

Sie zog ihn zu sich und küsste ihn. Er stöhnte leise und seine Hände begannen über ihren Körper zu wandern.

»Ethan! Da sind doch Leute! Wir müssen uns benehmen.«

Murrend ließ er von ihr ab und drehte sich zum Steg um, auf dem sich gerade eine Familie mit zwei kleinen Kindern näherte.

»Heute Abend ...«, raunte er ihr ins Ohr und biss liebevoll hinein. Lily kicherte nervös. Das wird dann wohl das nächste Abenteuer, dachte sie. Aber wenigstens ein Angenehmes.

Als sie eine Stunde später zurück zum Auto liefen, das nun endlich wieder aus der Werkstatt war, klingelte Ethans Handy.

»Hi Grant, was gibt's?«

»Hallo Ethan, hör mal, mein Junge, ich hab da ein kleines Problem … Ich bin grad in einem kleinen Dörfchen in England und allein kann ich die Sache nicht in den Griff kriegen. Poltergeist, ziemlich wild! Wir sollten wieder unsere kleine Geisterjägertruppe zusammentrommeln. Wann seid ihr zurück?«

»Erst in zehn Tagen.«

»Mist! Na ja, hilft nichts. Ich ruf dich heute Abend mal an und geb dir die Details. Bis später!«

»Ähm, OK. Bis dann!«

»Was ist?«

»Das war Grant. Scheinbar hat er mal wieder ein Geisterproblem und will, dass wir als Team die Sache übernehmen. Man hat echt nie seine Ruhe«, seufzte Ethan.

»Oh nein, nicht schon wieder!«

»Wir müssen also die paar Tage, die wir hier auf unserer Insel haben, noch genießen.«

Er knabberte an ihrem Hals.

Auf der Heimfahrt kamen sie wieder an der Stelle vorbei, an der sie die Autopanne gehabt und an der sie Belle getroffen hatten. Noch immer gab es Lily einen Stich, wenn sie an sie dachte. Zum Glück hatte Ethan den Kontakt mittlerweile abgebrochen. Das Letzte, was sie über sie gehört hatte, war, dass sie eine Affäre mit dem Manager der Bàgh an Isla Distillery angefangen hatte, was dessen Frau nicht gerade witzig fand.

»Wir müssen Grant noch die Geschichte erzählen, wie wir die kleine Éua eingefangen haben. Das war ja auch ganz schön abenteuerlich.«, riss Ethan sie aus ihren Gedanken.

»Ja, allerdings! Wir haben etliche Tage nach ihr gesucht. Hätte Maisie sie nicht in der Burgruine von Dunnyvaig aufgespürt, hätte sie vermutlich noch mehr gefressen als nur ein paar arme Schafe. Wenn man bedenkt, wie viele Touristen da immer herumlaufen ...«

Lily überlief ein kalter Schauer bei dem Gedanken.

»Die war echt flink, um ein Haar wäre sie uns wieder entwischt. Aber mit meinem gekonnten Hechtsprung hab ich sie mir geschnappt. Bissiges Ding! Ich hoffe, mir bleibt keine Narbe am Handgelenk. Na ja, jetzt ist die Kleine wieder mit ihrer Mutter vereint. Ich hoffe, sie sind nun alle glücklich, wo auch immer sie sich befinden.«

Lily nickte.

»Das ist die Hauptsache. Dann hat es sich wenigstens gelohnt. - Und das war wirklich ein beeindruckender Hechtsprung, mein Held!«

Ethan grinste breit.

»Ich weiß, fantastisch, oder?! Richtig athletisch.«

Lily musste lachen und Ethan stimmte ein. Als sie von der Hauptstraße in die kleine Nebenstraße einbogen, die zu Ewans Cottage führte, erschien auf einmal Maisie auf dem Rücksitz und Lily schrie vor Schreck auf, was wiederum Ethan dazu brachte, das Lenkrad zu verreißen und hart auf die Bremse zu treten.

»Was zum … ?!«, setzte Ethan an und Lily rief gleichzeitig wütend Maisies Namen.

»Du sollst doch nicht ohne Vorwarnung in einem fahrenden Auto erscheinen. Das ist lebensgefährlich für uns. Schäm dich!«

Maisie senkte schuldbewusst den Kopf.

»Tut mir leid! Ich dachte, ihr hättet euch schon an mich gewöhnt. Immerhin werde ich bald bei Lily einziehen.«

»Ich fürchte, daran werde ich mich wohl nie gewöhnen.«

»Bist du sicher, dass es eine gute Idee war, sie mitnehmen zu wollen? Was, wenn sie sowas ständig macht?«, gab Ethan zu bedenken.

Lily seufzte.

»Sie hat sonst niemanden und ich bin die Einzige, die sie immer sehen kann. Außerdem denke ich, dass ein Tapetenwechsel ganz gut für sie wäre. Und es ist ja nur vorübergehend, bis wir einen Weg gefunden haben, sie ins Licht zu schicken ...«

»Na schön, deine Entscheidung«, sagte Ethan. »Aber ich sage dir eins«, wandte er sich dem für ihn leer aussehenden Rücksitz zu, »Badezimmer und Schlafzimmer sind tabu für dich. Und es wäre nett, wenn du generell vorher anklopfen würdest, wenn du irgendwo reinkommst. Kein Carjacking mehr! Wenn du mitfahren willst, wartest du, bis wir anhalten und sagst Lily vorher Bescheid. Verstanden?«

»Sie ist einverstanden«, gab Lily Maisies Antwort weiter.

»Klasse, jetzt haben wir auch noch einen eigenen Hausgeist. Was kommt wohl als Nächstes? Vampire, Werwölfe?«

»Sei bloß still! Ich hab langsam genug von all dem übernatürlichen Kram.«

Ethan startete das Auto erneut und fuhr den kurzen Weg bis zum Cottage.

Als er davor geparkt hatte, drehte er sich zu Lily.

»Immerhin wird es mit dir nie langweilig, kleine Hexe! Und egal, welche Abenteuer noch vor uns liegen, ich bin glücklich mit dir und bleibe an deiner Seite.« Dann beugte er sich zu ihr und küsste sie, dass es ihr für einen Moment fast den Atem nahm.

Danksagung

Einen besonderen Dank schulde ich wie immer meiner Familie – vor allem für ihre Geduld mit mir.

Danke auch an Bea Ellis, die mir die nötige Zeit fürs Schreiben verschafft hat.

Ich möchte mich natürlich ebenso bei meinen Testlesern herzlich bedanken! Was würde ich nur ohne Euch machen?

Vielen Dank auch an alle aus der Facebook-Büchergruppe Bookciting!

Und last but not least: ein Dank an meine lieben Leser und Blogger für Euer Interesse und Eure Unterstützung!

Wer über Lily und Ethan und ihre weiteren Abenteuer auf dem Laufenden bleiben möchte, der ist herzlich eingeladen, auf meiner Website oder Facebookseite vorbeizuschauen:

http://www.lucymoregan.com/

https://www.facebook.com/lucymoregan/

Über die Autorin:

Geboren und aufgewachsen im äußersten Südosten Deutschlands, entdeckte die Autorin schon sehr früh ihre Liebe zu den wilden und mystischen Landschaften Schottlands - einem Land, das sie bereits unzählige Male bereiste und das sie nach wie vor fasziniert.

Nach dem Studium in den Fächern Vor- und Frühgeschichte und Klassische Archäologie mit erfolgreicher Promotion, ist sie nun als Autorin und selbstständige Eventmanagerin tätig. Sie lebt mit ihrem Mann und ihren drei kleinen Söhnen sowie drei Katern in einem Dörfchen in Süddeutschland.

Quellenverzeichnis der Originalabbildungen:

Abbildungen in der Reihenfolge ihres Erscheinens:

Coverfotos: Shutterstock

-G. W. Griffin, My Danish Days. With a glance at the history and literature of the old northern country, 1875, 127.

-R. Faulder, Tales of terror - with an introductory dialogue, London 1808.

- E. A. H. Ogilvy, A Book of Highland Minsrelsy, London 1860, 221.

-Normannenschiff: W. Longman, Lectures on the History of England, etc. Lectures I.-V., London 1859, 77.

-Lilie: E. W. Streeter, Precious Stones and Gems ... Fifth edition, revised and largely rewritten, with chapters on the ruby mines of Burma, London 1892, 39.

-Skelette: R. Dagley, Death's Doings; consisting of numerous original compositions, in prose and verse, the contributions of various writers; principally intended as illustrations of twenty-four plates designed and etched by R. Dagley, London 1827, 7.